80歳からの哲学

この齢になって見えてきたこと・言葉に騙され支配されないこと

春 夢子

東京図書出版

80歳までの若い地球人へ

はじめに

　私は精神科医だが、週二日間だけ北海道鶴居村の精神科・内科病院併設の百床の老人保健施設（老健）で医師として働いている。入所者は私より若い方もおられるが殆どが先輩の方々だ。これまでコロナのクラスターが三回発生し、私も出勤時のコロナ発生に万全の防護体制を固め数日ほどクラスター中も勤務したが、慢性閉塞性肺疾患のため専用マスクの長時間使用が苦しく閉鎖解除までしばし休まざるをえなかった。日誌はそのだいぶ前から書いていたが、コロナの日本上陸の頃から世情に対する批判的な文章が多くなった。医療行政への不信や不満は若い頃からあり、私の医療行政への不信感は大学の卒業時が最初で、卒業後の身分保障が全くなく医学部卒業時に学友と国家試験ボイコットで意思表示した。二回目の試験は受けて医師になって大学の精神神経科教室に入局し、医局にいて数年目でどうにか有給助手となれた。二度目の不信感を抱いたのは、大学勤務を辞め沖縄本土復帰一年前の沖縄の精神病院勤務時代、同僚だった島成郎医師（元共産主義者同盟ブント書記長）が屋良朝苗沖縄主席から沖縄からの排斥に遭ったことで、他の同僚と共に彼の擁護運動に加わり、結果彼は沖縄に残った。さらに三度目は某市民病院勤務時代、労働組合の不法な某医師排斥運動に反対したため、私がスケープゴートとして社会党系の市長によって病院勤務から市役所勤務へ異動を命じられたことだ。病院に居座ったままの裁判闘争を経て元の精神科勤務医に戻った。そんな経緯も経て医師としての私が出来上がってしまった。精神科医として一人前であったかどうか自信は全くない。蹴とばされたり、往診先で畑に投げとばされても患者さんを否定したことはない。逆に若い頃、開放病棟の集団療法の場で、患者さんたちから集団で吊るし上げられたことがある。当初書いていた日誌には仕事のことも書き綴ったが没とした。そのため日誌の中身は、今回のコロナパンデミックへの行政への不満や、政治や国際情勢への疑惑や不満の私なりの解釈と、言葉、特に詩歌に関した表現や哲学用語などへの関心が主になったきらいがある。私は少年時代、吃音でそのための対人関係に悩んだことがあり、精神科医になった訳も心や言葉が持つ不思議さに心惹かれたためだ。さらに短歌や俳句に関心を持ち詠んでいるが、なぜかこの頃、世界の景色や本の中の言葉から哲学的関心が広がった。本の中の言葉からの刺激で、私は私を読み解くことに関心を持ち人生を見通す気持ちが強まった。

私が四十八歳の時、亡兄が鶴居村の丘の上に精神科・内科病院を建設し、開院して僅か一カ月と少しで亡くなった後釜を引き受けざるをえず、北海道に渡って七十歳近くなるまでは病院理事長という立場から足元ばかり見ざるをえない心理状態だった。人生を登山に喩ればそれまでは樹林帯の急でひどい山道だった。責任ある立場から離れ、来た道を振り返ったり飛んできた高山蝶や野草を見つめたり、雲海の切れ目から遠く山並みや海を眺められるようになった。気づけば山自体が自分であることも了解できるようになり、それも八十歳を超え始める頃から私には見えなかった人生と世界が見え始めてきた。読み解くとは解釈するということだが、主に読書からさまざまなヒントを得て、私に見えてきたものをその都度解釈し、思い付くまま日誌につけた。中身は言語・宗教哲学、自然、随筆など。内容は全て私の解釈でしかないが、その解釈が今の私が見ている世界であり、同時に私自身である。解釈とは不勉強の言い訳でもあるが、ここで私が使う言葉のキーワードはまず「関係」であり「出逢いと選択」であり、そこから私の思考としての哲学が「解釈」である。これからの時代、人はＡＩも含む外からの膨大な量の言葉からも、言葉自体を主体的に選択する能力を強化し、自己免疫機能を強めていかねばならないだろう。私がそのために言葉を己のものにしようとしてきたのも、言葉にごまかされだまされ支配されぬためだ。

日誌に通底しているテーマは「言葉」そのものであり、それに見えてきた「私」であり、その先の「死」も含まれている。

言葉には心惑はす言葉ありされど言葉に情あればよし

80歳からの哲学◎目次

二〇二二年

二〇二〇年
二月

日誌・読書録・哲学

私は強迫的傾向があるが同時にずぼらだ。そのおかげでなんとかバランスがとれている。本を読んでも頷いたところなどに傍線を引く。無論文庫本のみで、何かの折の手掛かりにと考えるが、備忘録としてのノートなど取らない。本の裏扉など空白に俳句や自説を書いたりして、それを見直してもったいないと、これから読書の際に備忘録的な日誌を書いていこうと思った。物忘れも気になってきたし、読んでいる本から自分なりの思考をその都度まとめあげてみよう。読書録でなく本の文章からヒントを得て自分の思考も深め哲学を試みようと思い立った。

臨床医になってからは、医学雑誌で知識を仕入れ、それを臨床で実践に使う受け売りだけだった。学問、つまり知識を得ることは人の為と思っていたが、この齢になって自分の問いに気づいてこなかったことに気づいた。これからは自分のための学問を試みてみよう。過去読んできた本は医学学術書以外、哲学や宗教関係の類い、自然科学や随筆や、詩歌関係の本などで中年過ぎからはめったに小説は読まない。哲学という表現は硬いが、根源的な問いを掘り起こし向き合って考えることが哲学で極めて個人的な学問と思う。問いの対象は自分自身とこの世界で、仏陀が考えその弟子が考えたこと、老子や荘子や孔子が考えたこと、我が国の空海や道元らが考えたことは全て哲学だ。ソクラテスやプラトンもスフィンクスの謎のような問いから人や世界を考えたはずだ。考えることこそ人間の証しだ。そう思ったとたん驚いた。残された時間の少なさで、「少年老い易く学成り難し、一寸の光陰軽んずるべからず」。残された時間と読んだ本の圧倒的な少なさに驚き、「後悔先に立たず」を実感する。読んでいない本がどれほどあるだろうという強迫神経症的な怖れ。でもこれまでの読書を含めた経験だけでそれなりの哲学はできるだろうし、そうした日誌なら続く可能性があると考え直した。

道元の言葉に「仏道をならふといふは、自己をならふなり」とあった。この齢になって初めて自分で問いを立て自分で考え初めて分かることがあるはずだ。それが道元の「脱落」につながればよい。若い頃「悟り」という表現に拘ったことがあり、それがどんな体験か知りたいと思っていた。そして今、この齢だからこそ可能な、読書と共に哲学していくことを試みよう。哲学とは問いを立てることだ。道元が言う自己を忘れる前に「自己をならう」ことから始めたい。本から考えるヒントをくみ取って、そこで考えた事柄を可能な限り思い付くままに文章として綴ってみよう。それが哲学することだ。考えれば今の私の齢こそが哲学の最良な季節なのではあるまいか。ひとつの効能として脳機能の活性化もある。ついでに私自身の思考の総括をしてみようと思う。

「哲学」、「読書録」、「備忘録」に加えて「遺書」という意味も含ませる。八十歳にあと二カ月の私、ひたひたと足の裏から海水が膝小僧まで、あるいはもっと上まで、死の影を感じ取れる年頃。考えてみれば綴る文章の私の最大の本音は「死」を正面に見据えること、海水が首に浸かるまで、「私」を見据えるということこそが死を直に見据えることだろう。こうした私の試みを後押ししたもののひとつに、ウィトゲンシュタインの「世界が斯く有るという事が不思議なのではない、世界が有る事が不思議なのだ」への疑問、私にとっては「斯く」有るというその「斯く」こそ問われねばならない。例えば日本人で二十一世紀に後期高齢者の男性がこの私ということこそが不可思議であり、問いとなるのだから、反論を試みてみたい。さらにその不思議さの奥にある更なる不思議、「自我同一性」としての「私」が私であり続けているこの「私のクオリア」（二〇二一年六月の「本当の私」で解説）という不可思議。そこから私を解放することこそこれからの目標としてみよう。私のクオリアという感覚が十八歳頃に身に沁みつき固定されてしまったが、この不思議さを問いとしそれを解きほぐしていく、それこそが道元の「心身脱落」となるような気すらすると、ここまで来てなんとなく落ち着けた。

この地では日輪いまだ斜めにて月は頭上に春は暦に

二〇二〇年二月　記

五月

哲学とは

哲学は問いを立てることだ。何が問いかそれが問題だが、問いは開かれていて、自己や生命や世界の原理をその根本から疑って、それを理性的に追い求めようとする行為自体を哲学というのだろう。疑問となるような問いはあまり浮かばないが、たまたま選び取った本や、ニュースなどでヒントを掴みそれから考えていこう。八十歳になって気がついたことも記していこうと思う。北海道に妙な縁で単身やむをえず移り住んでもう三十年以上経つ。次兄がこの地に精神科病院を創設し、開院日から二カ月足らずで亡くなった。その後を引き受けざるをえなく、四十七歳人生で最大の危機的選択で、あの時は将棋で詰められていく気分だった。幼い頃吃音でシャイと云ってしまえばそれまでのことだが、己が組織の上に立つことなど実に嫌だった。経済とか経営とかに全く疎かったし自信が無かった。市民病院勤務をしていた頃、組合闘争に巻き込まれスケープゴート的に臨床の職場を奪われ市役所勤務を命じられたが、病院に居座ったまま裁判闘争で勝って、仕事も安定し家も改築したばかりだった。北海道への移住はそれまでの人生の布石からどうにも逃げられない事態だった。それからは「何で」などといった疑問すら持ちえず、東京の家族のもとにいつか帰れると思いながらこの地で妻や義母も失くし、再婚して今この齢となり、「何で私が今ここに？」という素朴な疑問が湧いてきた。ただそんな疑問などそれまでの私と世界との関わりでの人生、外に開かれておらず、哲学的疑問とならない。ようやく思い付いた疑問の最たるものが言葉自体だった。

哲学とは言葉を覚えるときから始まって疑うところまでいかないと生まれないものだろう。哲学とは言葉をその根源から考えることと思う。私は若い頃から短歌に心惹かれ、俳句も医師になってから詠みはじめ、精神科の臨床の現場で「連句」も集団精神療法に応用してみた。精神科医の基本も精神療法と呼ばれる人間関係自体の操作であって言葉を介したものだから、言語が持つ機能の複雑さに驚くとともに大きな関心を持ってきた。俳句など世界で最も言葉数の少ない詩歌で、僅か十七文字で世界を表現しうること、それもその言葉の使い方に全て依存していること、世界を見つめる目自体が言葉を探し続けてきたのだ。言葉が己自身をこの世界に浮かび上がらせ、言葉が世界を彩り、言葉が世界全ての秘密を覆うと同時に、解明も解釈もする唯一の道具であることを学んできた。あらゆる問いは全て言葉からであり、言葉でなければ解明もできない。つまり哲学とは言葉を考えることだ。だから日誌を付けること、本を読むこと、そしてそれを結びつけ考えていくこと、その全てが言語の支配下にあることを再確認することになる。

日常的に言葉なくしては成り立たないこの世、その中で生きていく術の大半が言葉のみから成り立っていること、であるなら逆に世界を新たに創造することも可能だろう。時空に縛り付けられ、言語機能に縛られ、さらに「私」という我執の檻に閉じ込められている場から飛翔しうる可能性もどこかに見つけることもできるのではと妄想してしまうが、妄想もまた言葉に支配されてのものだ。人は重力からの解放による飛翔同様に、言語からの解放もどこかで期待しているはずだ。医局に入局して私の関心は分裂病（統合失調症）の幻聴という症状だったが、それ自体言葉の病ともいえる。少なくとも三十年近く見てきた老女の幻聴、主治医だった私がなんとか彼女を苦しめている幻聴の消失に努力したが、できなかった。今執拗な幻聴はほとんど訴えなくなったが、頑固な幻聴から解放されたと思いたい。思い起こせば精神科を選択した訳も言葉自体への関心が強かったせいだろう。その言葉から考えていこうと思う。私の考えが私を作り、その考えが文となり「文は人なり」の表現通りこの「私」となる。その私を考えていこう。

今、世界は緑色だ。緑が美しく今日も天気が良い。木漏れ日の中、何から考えようか。

五月二十日　記

木漏れ日に言葉ひとつを探しをり

七月

自我同一性

心の説明はまことに難しい。心の定義などせず考えて、まず心が向かう方向はふたつある。一方は世界であり、もう一方が己自身に関わるものだ。つまり心とは「我」の外側と内側へ向かう関心、あるいは「関係」の「場」だろう。私は以前からキーワードに「関係」という言葉を重視してきたし、実在という概念に疑問を持ち、実体という存在者に疑いを持ってきた。人間と世界とは「彼有り故に我有り（逆も真なり）」という関係そのものだろう。世界は実体としての存在者なく事柄のみがあり、事柄とは関係が収斂した結果として浮かび上がってきた現象と考えている。仏教の「空」という概念も関係が成り立つ場と思う。インドラの網の喩も十分納得できる。網の結び目の一つの水晶の映像の場がこの「私」なのだ。そこに映し出される関係の焦点として「私」が立ち現れる。そこに認められるのは私という意識だ。ウィトゲンシュタインの名言「世界は成立している事柄の総体である」や「世界は事実の総体であって、事物の総体ではない」も、同じことの表現だろう。ここに在る机、その上に在るパソコン、それら物体は実在者ではない。この私がぐるりと周囲を見渡すとき、そこに立ち現れる世界、その総体が現象世界だ。次に己自身に向けられる関心も心の機能だが、先の心の対象と違い、その関係もまず感覚を異にする。身体感覚として痛みや温度感覚や重力の感覚や時間感覚など肉体からの情報を介した関係があるが、それ以上に記憶の想起や未来の予測、さらに想像の世界とか、はたまた夢の世界とか実在とは云えない別次元の世界像との関係も生まれる。こうした関係の中心に自己同一性という特別な性質を持つ機能がある。主観としての「我」が己の眼球の裏側を覗き込むような奇妙な関係で、私が「我」という存在をいったいどう対象化しうるかという疑問が湧く。別の表現を使えば、私のイメージとかあるいは私自身のクオリアという現象はどのような「関係」の下に浮かび出てくるのだろう。私の大きな問いがまさにここにあり、この点こそ表現しようのない、コチコチの実体、硬質な水晶としての実質とでも云えそうな、異質な感じを受ける。心とは言い換えれば関係性でしかないが、関係の表現が意識であり、その意識の底に自己同一性としての不変な部分が沈殿している。この心の底はまるで開かずの間のように閉ざされているが、そこまで注意を向ければ立ち現れる。自己同一という意識は心理学者エリク・エリクソンが使った言葉だが、思うに青年期に完成される感覚で、言語化し得ないイメージでしかなく、哲学的に私は「自我同一性の確認意識」と定義する。「我」という感覚も概念も共に世界から与えられたもの、強いて云えば、世界の中から作り出されたものだ。その我はその後も絶えず時間の流れに沿い、かつ世界とのその都度の関係から作り続けられて変化していく。仏陀の「諸行無常・諸法無我」だろうが、それにもかかわらずこの自我同一性というイメージはある時点から私のこの歳まで変化していない。世界とはその都度生成され続けるであろうに、私を振り返って再確認する自我意識の「私」のイメージ、自我像としてのクオリアは青年期のままなのだ。昨日の「私」どころか十年前も、もっと昔の、それこそ十八歳頃の「私」が存続している。世界もまたその都度生成され続ける関係性自体なのだから日々変化し続けているが、その関係性からは別次元の存在として、時間に縛り付けられることなく、変化を感じさせないものとして存続し、今なお固定化されてきた。この自我同一の意識とは「何」なのかという問いがいつも私につきまとって離れない。我執という仏教の言葉とは意味を異にしたものだが、禅宗の悟りとは、我執と共にこの固定化された自己同一性からの脱皮と考えてしまう。禅宗の人々は初めに言語を無視し、次に不変としての己自身、この「自我同一性」を否定しようとした人々ではなかろうか。八十歳を超えた今、私は「私」自身に困惑している。「私」とは元のまま、あの頃の私ということだ。

雨音に目覚めてみればまだ夜中よみがえりくる我は十八

七月六日　記

詩歌との出逢い

中学生頃だったろう、はっきりした記憶はないが父から聞いたと思う短歌がある。「窓の外に白き八つ手の花咲きて心淋しき冬はきにけり」との歌を覚えた。島木赤彦の歌で、庭にも八つ手が花を咲かせたが、十一月が嫌いな原因のひとつがこの歌の淋しさで、初めての短歌との出逢いだ。俳句との出逢いはもっとずっと後で出逢いの句は記憶がない。俳句を意識し出したのは母親が飯田龍太の「雲母」に入会しており、巻頭句を取ったと喜んでいたが、その記憶は私が大学の精神科教室に入局した後だと思う。市民病院時代には昼休みなどに先輩医師と遊び半分に作句していた。出逢いの句も詠んだ句も全く記憶がない。やはり私の出逢いは短歌のほうが先だ。高校時代若山牧水の『みなかみ紀行』という本に心惹かれ、春に伊豆を歩きそこでいくつか詠んで、記憶に残っている一首は「蓮華花摘みつつゆかん常春の海辺づたいのあぜ径のなか」という歌。

大学入学時、仲間と文芸部を作り、私が名付けた『アルビレオ（星の名）』という詩文集を創刊した。私は短歌より少し長い現代詩を載せたが、詩歌など作っているゆとりなどすぐなくなり文集の出版は初回だけだった。詩歌への憧れは牧水に因っていると思うが、医局時代から市民病院時代は専ら芭蕉に関心が集中した。以前、知人の紹介で三千院の堀澤祖門師の第六十二代門主晋山式に参加させていただき、その後祖門門主から「好日」という短歌の会を勧められ入会した。その後、妻と参加していた村の俳句同好会から全員で俳句結社「葦牙」に加入した。この地に来てからは平仄など無関係に漢詩を作ったりしたが、それは風土が実に漢詩的世界だったからだ。平仄は別として、韻や対句などのルールは守ったつもりだが、北京大学から病院を見学に来てくれた中国の女性精神科医師に読んでもらいテープに録音した。その医師から漢詩に問題ないと言われた。実に日本語が上手で、彼女がテープに吹き込んでくれた作詩者の私の氏名は北京語の発音で実に奇妙なイントネーションの言葉だった。詩歌は音読でのリズムやイントネーションが大事だ。今もって詩歌とは何なのか、どう説明したらよいか分からないが、言葉の最も広い範疇では「ゲーム」だろう。原点は声や音の音楽のようなルール重視の「遊び」で、ウィトゲンシュタインが言う「言語ゲーム」はまだ理解できておらず分からないが、意味の次元を異にする「ゲーム」と思う。「ゲーム」に拘り喩れば、将棋と囲碁で、俳句が将棋、短歌が囲碁と云えそうな気がする。詩歌は言語の自己完結した世界でのゲームで勝負はないが、対人関係という関係性を持つ。印象的に俳句は言葉を切り捨てていくところからイメージ的に将棋が浮かび、連綿とした感情を引きずる短歌はどちらかといえば陣地を取り合う囲碁の世界にどことなく似る。私はどちらも好きだがさっぱり強くなれない。将棋は中学生頃覚えたがその後相手もおらず、囲碁は沖縄に渡ってそこで教えられ以後夢中になった。どちらもだいぶ前から相手をしてくれる人はいなくなった。テレビ番組を楽しむだけである。こうしたゲームは若い頃から覚えておいた方がよいと思う。将棋や囲碁ほど面白いゲームは私には思い付かない。スポーツも観戦だけでも面白いが、実践しないならこうしたゲームを覚えて楽しんでもよいと思うのだが。もちろん人は人それぞれ。上達などしなくてもよく、悩み苦しむが結果的に楽しむことがゲームの本質と思う。それでも将棋や囲碁の盤上でのゲームと異なって詩歌にはルールがあるようでなく、ないようである。人生も盤上での「ゲーム」と呼ぶことができれば、盤外は形而上学の世界で、詩歌は考えようではこれら盤上から離れ浮き上がった世界での「ゲーム」となる。俳句などは盤上遥か上での「ゲーム」と思う。言語は盤上から生まれ出てそこから盤外まで広がり出た「ゲーム」と思うし、詩歌というゲームほど難しいゲームは他にないだろう。ウィトゲンシュタインの「言語ゲーム」に捉われてしまったが、この「ゲーム」という表現の解釈も実に難しく、どう説明できるか悩んでしまう。先人の秀歌や秀句を読み私なりに解釈し続けていくほかないが、これも実に難しいことで詠むと読むは異なった難しさがある。そもそも言葉などを思考の対象とすること自体が「私とは誰？」との問い同様、難しすぎて先が見えないが、考えることそのものは楽しいことだ。

言の葉と遊ぶたのしさ外はみどり　　七月十七日　記

八月

不気味な夏の夜

単身赴任でこの地に来た当初、いつだったか記憶にないが夏の夜に不気味な体験をした。住宅は病院敷地内で病院の東側の一段低い丘の南端に、四軒の医師住宅が適度な隔たりを以て建ててあり、病院まで途中にある二階建ての看護宿舎を通り歩いていける距離にあった。五分ほどだったと思う。私の家の南と東側は鬱蒼とした落葉松林と熊笹に取り囲まれ僅かな庭にイチイや李の樹が植えられていた。病院の敷地がほぼ六万坪ほどで、全体が南にせり出した山で周囲は原野か牧草地だった。北西を除けば空は樹に囲まれ見上げるだけの狭い空でしかなく、その後林は伐採され南に開けて明るくなり、遥か釧路湿原まで見渡せたが、原野に変わりなかった。鶴居村は酪農地帯で落葉松の植林地と牧草地が点在して、村の中心の街まで車で七・八分ほどかかり、五・六キロある。病院周辺は昔は熊の栖などと云われていたらしいが、鹿や兎やキタキツネやエゾタヌキなどがいて、病院の農地に仕掛けた罠にエゾクロテンがかかったことがあった。

落葉松林が伐採されたあと、家の東の窓から北東の空にヘール・ボップ彗星を眺めたことがあるし、その方向からシマフクロウの図太い鳴き声を聞いたことも一度だけある。その方向の国道で職員がシマフクロウを路上で見ているし、一度、職員が通勤で帰る時、シマフクロウと衝突したと聞かされたこともある。CDで日本の野鳥三百種の鳴き声を聞きなれていたため、真夏の夜、寝ていて「ピー・フィー」と鳴く鵺《ぬえ》（トラツグミ）の声を聴き、飛び起きて庭に出て長いこと聴き惚れたこともある。美しい声で不気味でなかった。長い事東京下北沢の街中で生活してきた身には別天地だった。その前後だったか記憶がないが、夏の夜、昼の仕事の気疲れからぐっすり寝ていたところ、妙な気配、気配としか表現しようのない不思議で不気味で異様な感じで目が覚めた。家が揺すられるような響きというか音かもしれぬ揺れを全身で感じた。家の周りに何か得体の知れない巨大な生き物が身を家にこすり付けているような、何かが擦れ合う響きと揺れ。大蛇が家を丸ごと締め付けているような気配。北側の医師住宅とはレンギョウの大きな垣根で仕切られ幅は十分あり、西側の院長の家とも車を玄関前に駐車しても道を挟んで十分離れている。起き出して下着姿のまま居間の電気をつけカーテンを開けはなって驚いた。居間の大きな窓ガラスが割れてしまうかと思うほど間近に無数のホルスタインの大きな牛が取り巻いていたのだ。牛が身を家の壁にこすり付けていたのだ。外に出て追い払うなどできるはずもない大きな図体の牛の数だった。牛は黙々とゆっくり家の周りを歩き、鳴き声は今思い出しても聞いた記憶もなく、家を取り巻く足音も音が出るほどというより振動で、隣の医師家族は起きてきた覚えがない。電話で近くの酪農家に来てもらいやっとのことで牛にお引き取りいただいた。どうやら電話した酪農家の牛でなく、家の真南の丘を降りてはるか先の酪農家の牛が逃げ出して我が家まで訪ねてきて、別の道路を誘導されて帰っていったという顛末だった。追い払うというより誘導されていく牛の群れを後ろから見ていたが数えきれず、見事に統率されて国道の方へ連れさられていった。同じことがその後もあったがいずれも何事もなく済んだ。牛に蹴られて大怪我をしたという話はその後何度も聞いたし、その時もその後も牛には触れたことはない。

もうひとつ、不気味というより怖い「目」に遭ったことが一度だけある。家で飼っていた前の猫がある夏の晩に風呂場の窓から子兎を一羽くわえて来たことがあった。猫の半分ほど大きくなった子兎だったが、はや死んでいて猫が大収穫と自慢に持って帰って見せようとしたのだろう。慌てて掴んでその窓から遠くに投げ捨てた。猫が夜中でも出入りできるよう、窓を半分ほど開け、細長い板を橋渡しにしていたのだ。

翌朝、歩いて病院に行く途中、家を出てすぐそばのレンギョウの垣根の脇に、たぶん親兎だろう大きな兎が逃げようともせず蹲り、私を睨みつけたのだ。その目が実に空恐ろしかった。恨みに満ちた目だった。私が殺したわけでないのに。確かに私を憎しみの籠もった目で睨みつけていた。

生き死にの様は見せねど夏の闇

八月二十日　記

九月

選択と解釈

復帰前、沖縄で地方新聞のコラム欄に何回か書いたことがあった。一番初めだけはっきり覚えているが、「選び取る」との題で本屋での本の購入時の選択に関したものだ。本屋の本棚に縦に本が並べられて無数の本の中から自分が読みたいと思う本を選び取るという作業が、いかに難しく人生にとっていかに大切なことであるか、といった内容だった。選び取るといっても己の人格形成や成長のための栄養素を世界の中から選び取ることだ。人は人によって人に成ると思うが、しかし人格者との直接的出逢いからでなくとも、人は本からも単なる知識以外の多くの栄養素を仕入れることができる。世界との出逢いの中から人を選択することは自由にはいかない。人とは選択でなく巡り合わせとしての出逢いでしかないだろう。結婚相手のみが厳密な意味で他者の選択になるのではなかろうか。それでも空海とその師、恵果との出逢いや、道元と如浄との出逢いなど、彼らの伝記や小説の類いなど読めば、巡り合わせであっても双方からの真剣な選眼とその結果としての、人による人の選択があったとしか思えない。さらにその選択の上での出逢いが後の空海や道元の人生を決定的にしてしまった。その昔はそうしたことが多かったと思う。知識や技術や思想や、挙句に人格の相伝が行われてきたのだ。

現実に目を移せば人物の選択という最も身近な例は、私の孫もその権利を得た選挙ぐらいのものだ。それは現実的には物品の選択とさして変わらないが、実際はその選択が己自身の人生に多大な影響を及ぼす可能性を持っていることをほとんどの人が気付いていない。気が付いたときには手遅れのことがほとんどだろう。

人に対するほどの選眼能力はなくともよく、選択することができ、その選択がその人の思想や人格形成に大きな影響力を持つ対象が本であると私は考える。本に関して私はその選択に何度も失敗して積読という多くの本を過去残してきた。昨年購入した本で積読にした本に『12歳の少年が書いた量子力学の教科書』がある。手に取って頁まで捲ってみた本だが、著者が十二歳という点と、理解し難い内容であったため三分の一もいかず怖くなって本から逃げた。怖くなったとは私に残された時間を意識してしまったからだ。強いて言い訳すれば本から私にとってのヒントは何も読み取れないと考えたからだ。この齢でもはや知識を仕入れる気もなく、知識を仕入れたとしてそれ自体私には価値をほとんど見つけ出せないと考えたからだ。一冊の本を読んだからといって、目を通しただけでは無意味でしかなく、今は私なりのヒントを得てこそ読んだことになる。

だから今の私の読書とは私なりの哲学的問いを立てるためのヒントとなりうる本が選択の対象となる。

従って選択の範囲は狭く焦点を絞りやすいが、いざ本屋の本棚の前に立てば、急にその選択範囲が拡散してしまうのだ。それでも最近購入する本は文庫本ばかりで、それも高くなっためせいぜい一度に三冊ほどしか買えない。近頃は人ごみの中でのんびりしたくないし、私の村の中には本屋など一軒もなく、車でほぼ一時間もかけて大きな本屋まで選び取るために出掛けねばならない。加えて読書とは膨大な時間の消費であり、その理解はそれ以上の莫大なエネルギーの消耗となる。だから本の選択には、沖縄で本を買っていた頃以上の十分な注意を払い安易な衝動買いはしないことにしている。パソコンでの購入の失敗ももう何度もした。何のヒントも得られなかったどころか無駄な時間を消費したという後悔しか残らない。とにかく読み終えようなどと先を考えず、何かのヒントだけを探し出すために本を選択している。本を読みつつ考えていく、これがここ数年来の私の読書である。だから内容の理解ではなくその本から私が何を「解釈」したかがテーマとなる。

「手を打てば鯉が寄りくる鳥は逃げ女中茶を持つ猿沢の池」という釈教歌があるが、鳥は逃げ女中は茶を持って出てくるが、私は鯉のように餌、つまりヒントをもらうため本を読もうと思う。

昨日鶴見峠に通じる道端でしゃがみ込んでいる狐に出逢った。すぐ立ち上がってトコトコ逃げていったが、座り込んで振り返った姿は昔墨絵に書いた狐の姿にちょっと似ていた。

美しき狐ふり向くとうげ道峠の先は雌阿寒の峰

九月十九日　記

十月

個としての肉体

生命体は個としては死滅するが種としては存続する。個体は種の情報、DNAの運搬装置でしかないとする考えがあり、生命体の生存の目的は大半が子孫を残すことだと。知床の川で鮭の多くの死骸を見たが、鮭は子孫を残すため小さな川に川が黒くなるくらい集まって登り、産卵してそのままそこで死んでしまう。その姿を見ると命のこうした宿命に頷かざるをえない。全ての生命体がこの機能を持ち、それを至上の使命として付与されているのだ。唯一この宿命に抵抗した生命体が人類である。なぜ種としての生存欲が人類の最終目標ではなくなったのか。それは生命体の本能の力を精神機能の中に潜む欲望の力が上回ったからで、種を残す以上の欲望の発見や、逆に苦から解放される方法を見つけたことによる。人類は本能の役割を二の次とし、さらには放棄することができるようになった。東洋では輪廻など生存の苦痛に気づき、四苦八苦の生からの解放こそ生殖への役割を上回るものとして、仏陀がその生き方を説いたのだ。もちろん仏陀も生命体の全ての欲望を否定したわけではない。欲望にのみ支配される生き方を民衆に考えさせたのだ。それでも多くの仏教徒が生涯独身としての比丘、比丘尼で生きることを選択した。他には永続の命という欲望、例えば秦の始皇帝や仙人を夢みた人のような者もいたし、今は目先の欲望を追い求め、その肥大化で個人の生命維持まで二の次とし、生命体としての統合能力が失われ、己の命すら絶つところまできてしまった。

ところで、個体としての人間の肉体は動植物同様決してひとつだけの「個」ではない。それは人間社会に似て複雑な構成でできており、人間の肉体も巨大な社会としての世界である。欲望を生み出す意識は肉体のほんの一部の神経細胞群のみで、生命を維持しこれら神経細胞群を支えている下部構造は私本来のＤＮＡを持った細胞以外に、別の遺伝子を持つより多くの「生命体」から成り立っている。私の肉体もこの意識も、無数の生命体の関係である連鎖的生命活動があって初めて生じえたものだ。「私」とは本来の私の一部の脳神経細胞が意識しているだけのことで、それを下支えしているこの肉体は、私のＤＮＡ細胞群と、私とは異なった遺伝子を持つミトコンドリアや、無数のバクテリアやウイルスとの共生関係から出来上がっている。数の上では私のＤＮＡを持った細胞より多いらしく、これら無名の細胞たちは私の肉体の中で黙ってそれぞれの機能をはたしている。細胞の中のミトコンドリアや大腸に生息しているバクテリア、さらにその中に巣くうウイルスが、私が体験している世界を知らぬように、私という意識もそれら別の生命体の世界を知らずに生きている。私と、肉体の一部としてそれを支えている細胞やバクテリアやウイルスとの間には複雑できめ細かな関係が作られ保たれていて、それでこそ「私」がある。そんなことを知らなくとも、コンピューターの仕組み、その部品やそれらの関係性など知らずにパソコンが使えるように人は生きていける。人間が世界と向き合い関係を維持しているといっても、意識する世界はそれこそ針の穴から覗き見するほどの幅でしかない。腸が第二の脳であるなどと喧伝されるようになったのは、いったいいつ頃からであろう。とにかく大半の生命体は個で成り立ってはいない。クジラから飼い猫のナツコまでその中にも別の生命体と云ってよい寄生虫やその中のバクテリアが、さらにその中にウイルスが生きているのだ。世界中には無数のウイルスが別の生命体とどこかで共生関係をもって生きている。生命体とは入れ子構造をなしているのだ。今年も逆流性食道炎の内視鏡検査で食道の写真を見せられたが、一見して正常な粘膜と思えない平たい隆起を、「これは何ですか？」と若い医師に聞いたところ「パピローマです」との答え。パピローマとはウイルス由来の疣でもある。口内にも無数の細菌やウイルスが住み着いているはずだが、歯周病菌や一部の怖い菌を除けば大半が無害なウイルスである。とにかくこの肉体は巨大な宇宙でもあるわけで、「私」などといくら自我意識を主張してみてもその部分は典型的な独裁国家の独裁者みたいなものだ。

十月十日　記

鶴おりて地に豊穣の残りあり

語彙の定義

心、精神、意識とこれら言葉の定義は実に難しく、基本的にはそれらの言葉が使われる場は異なった次元にあるだけだ。この点を意識して文章を書くとなると実に煩わしいが、私なりに解釈して定義しておこう。

「心」は「唯心論」のように心身二元論を超越した場で使われることもある表現であり、ならばこの私や世界をひっくるめた現実と云えないこともない言葉だが、私が持つ語彙の中でも実に表現し難い言葉である。この心の範疇に下位概念でもあり別次元として精神とか意識という言葉があるが、「精神」は原則的に言語機能を持つ人間に限定され、人が世界と関わる仕方、つまり世界に向けられたその認識能力、および判断能力、さらに世界へ向けられる意志能力などを指し、精神力などと云われるようにエネルギー的な意味を備えたものだ。「意識」とはこれも心の機能のひとつの表現で、比較的より感覚的で存在論的な文脈としての場に用いられる。例えば、覚醒と睡眠の区別で説明されうるような場であり心の基盤のスイッチ的な価値も持ちうるものとして、即物的で限界を設けられた機能的意味を持つ。即興的に思い付いたまま文字を並べて考えたが、まともに定義付けることなど難しすぎ、三つの表現とも私の思い付くままでの解釈でしかない。

意識とは即物的な言い方をすれば、大脳の神経細胞群の複雑極まりない電気信号が整理・統合されたものだということで、つまり無数のシナプス間の神経伝達物質の流れと軸索の電気的流れ、それらの整理統合されたものでしかない。もちろん整理統合とはそれ以上解説できないが。

餌をねだって来た猫にももちろんこの意識はある。また厳密な定義などしなければ猫にも多分精神に類似した機能もあるだろう。心も精神も全てが肉体から生じた動きでありエネルギーが環境世界と関わってできたものだとすれば、猫も尻尾を立てたりして媚びるし情動は必ずあるし、とすれば彼らに心を認めてもよいとすら思えてくる。ただ、その心や精神や意識が全て首から上の神経組織の塊としての脳に結び付けられてしまうが、実際はそう単純ではない。

海鼠の俳句で私は芭蕉の「生きながらひとつに氷る海鼠かな」が好きだ。実に海鼠の本質を写実的に捉えて感心したが、人間も口から肛門までほとんどの動物は海鼠同様同じようなひとつの消化管で出来上がっている。もっと原始的な動物もいるが、私はなぜか肉体を考えるときまず脳と消化管を意識する。第二の脳などと云われたように、腸管の機能に関し興味をそそぐ話が多い。脳の親が腸管であると云われ、脳が腸管のドラ息子とも云われているそうだ。大腸にも旨み成分を感知する味覚まであり、脳内の神経伝達物質も腸管由来のものだという。腸管がそれこそ肉体全般を監視下に置いた高度な機能（これをなんと呼んでよいか分からないが）を持っているらしいし、それすらも腸内細菌などとの共同作業だろう。動物が世界と関係を取り結ぶ場合、第一にエネルギー源を取り込むという作業であり、その次が動くという機能であろう。だから発生学的に肉体の外部との関係では、まずは外部を取り込み、それをエネルギーに変換するという機能の方が先に働きだしたことは当然で、五感など後発品にすぎない。

世界との関係で、それが是か非かを決める決定的な機能を腸管が担ってきたわけで、魂とか魂魄という言葉も部位的に初めは腹の内であったはずだ。それならコロナ禍で「ゴートゥーイート」「ゴートゥートラベル」など人々の摂食中枢を刺激するだけの政治家や、テレビに映る何人前もの食べ物をバカ喰いする若い女性たちの存在をどうにかしてくれぬものだろうか。見ていて実に不愉快極まりない。

付け加えれば、第三の脳は皮膚であるとする学問もある。齢をとると皮膚も弱くなるが皮膚は世界とじかに接する実に大切な部分だ。心・精神・神経などを司る大脳の領域は、身体を地球に喩るなら、地球の上の北海道ぐらいの小さな存在でしかないと思ってもよさそうだ。今年も白鳥が渡ってきた。

十月二十八日　記

白鳥に宿貸す鶴の村の牧羽の白さは鶴がまされり

十一月

三界は虚妄

仏教の思想的な流れをたどれば、まずはシッダールタ以前のバラモン教の梵我、ブラフマンとアートマンの世界があり、仏陀は諸行無常・諸法無我・涅槃寂静など全世界は無我無常であると悟り、次に龍樹が全世界は空であると言い、更に世親がその空としての世界を立ち表しているものが阿頼耶識であると解明し、更に下って法蔵や澄観らが世界の現象界を四法界と区分した。四法界とは事法界・理法界・理事無礙法界・事事無礙法界の世界。その後の禅宗は、達磨から慧能らが生きる上での名文句を残し、仏教は更に我が国の空海や最澄や道元にいたる。

これまでの思考の流れを眺め、私にはやはり仏陀の「諸法無我」が問いの始まりとその答え、つまり「諸法とは」の問いと「無我なり」の答え、世界に「我（実体）」などはどこにもいないとの答えと感じられる。そして東洋的思考の流れはやはりどこまでも内面への関心であったと思う。西欧的思索はアリストテレス頃からだろうか、主に現象世界へ向けられ、東西世界の哲学的流れが二方向へと異なっていったのだろう。

華厳経に関した本を読んだあと、最近、井筒俊彦氏の『イスラーム文化』と『コスモスとアンチコスモス』を途中まで読んでいる。

そこで再び私にとってのあの「名言」に出逢った。華厳経典に出てくる言葉「三界ハ虚妄ニシテ唯是一心ノ作《サ》ナリ」。三界とは欲界・色界・無色界のことだが、言葉は語呂が良い方が記憶に残る。井筒の文章には「是心の作なり」とあったが、単に心ではなく一心としたほうがより発語者の意に適うと思う。西洋にもプロティノスの「ト・ヘン」といわれる一者という概念があり、世界を一と見る眼はどこにもあったらしいが、その見方を欲・色（物質）・無色（精神）の三界という視線を持っていたのはやはり仏教であったろう。彼の本のイスラーム神秘主義者、イブヌ・ル・アラビー解説も面白い。やはりどこか東洋の視点に近い感じがする。この本から唐の時代の法蔵との思想的相似性が実によく理解できる。法蔵は６４３年生まれの今の西安生まれで、神秘主義者イブヌ・ル・アラビーは１１６５年、アンダルシア生まれで、日本の明恵や道元などとほぼ同時代の人物。あのあたりから東側、多分今の中東辺りから東側の世界は、華厳経がいう「心・仏・衆生・是三無差別」のとおり一元論あるいは一心教の世界となり、西洋はキリスト教徒かイスラーム教の如きより手触りのある一神教となっていったと解釈した。

以前から華厳経が実に壮大な世界であることに感心していたが、事事無礙という言葉も十二分には理解できていなかったがこの本の解説で了解した。世界はこの私まで含めて全ての事象が相即渾融しているという。つまり別の視線では「三界ハ虚妄ニシテ唯是一心ノ作ナリ」ということになる。この世を見て、触って、嗅いで、聞いて味わったモノ、つまりギリシャ哲学で云うところの物体は、全て融合し、渾融して、全体としてひとつでしかなく全て心が作り出したもので、人の感覚が世界を個々に区分しているにすぎないという。確かに考えればその通りで、この事実を体得すれば道元が言うところの「心身脱落」「脱落心身」ということなのだろうと思えてしまう。

それにしても、私はこの言葉「三界ハ虚妄ニシテ唯是一心ノ作ナリ」にいつ、どこで、どの本で出逢ったのだろう。

私にとっての名言のひとつであったことは確かだ。昔から理事無礙とか事事無礙とかの言葉は知っていたが、その真の意味は十分理解していなかったようで新鮮な気がした。当時、井筒俊彦という学者の名前は知っていたし、先輩の精神科医が彼を読んで感心しつられて私も読んでいたことを思い出す。今頃になって井筒俊彦の数冊の本を読みやっと言葉の真の意味を悟ったが遅きに失した感がある。それに記憶に音の響きがいかに大切であるかという事も理解しえた。最初に耳にする話し言葉はイントネーションや、語呂などの快い響きが海馬の記憶の中枢に入り込みやすいのだろう。パロールとは語呂だとも思う。

どこからか秋の声がする。

十一月一日　記

秋の声君歩を止めよ凝視せよ

三界唯心・万法唯識

私が華厳経に関するどんな本を読んだのか忘れたが、華厳経が巨大なスケールであるとは知っていた。無意識もフロイトが言うようなものと違い、その最下層の阿頼耶識が巨大な「貯蔵庫」であり、世界との関係が作り出されるマグマのようなエネルギーの「場」であり、さらに人類の体験記憶の地層のような広がりの中で、意味が言語ともつれたりほぐれたり流動化している「場」でもある。しかし、世界の全ての事象がその根本のところ、つまり一心では絶対という一者でしかない。絶対という言葉は読んで字のごとく対象が存在しないということで、華厳思想では、「心・仏・衆生・是三無差別」といい、「三界虚妄唯是一心作」との表現がある。また、視線が実に巨大で一瞬が永遠を含み持ち、一念に、あるいは一塵に全世界を含むという「一即多・多即一」の世界を壮大に描き出している。

一神教的思想では信仰は絶対者への帰依だが、華厳思想は仏とは己自身の解明目標でしかないと宣言していると思う。一神教的世界に巨大な姿で立ちふさがった東洋思想がこの華厳思想ではなかろうか。その中身を見ただけでも教義とまとめ上げられない。中国は唐の則天武后の時代、華厳宗が思想的に大きな力を得てその後の中国仏教界の禅宗にその大きな影響を与えてきた。唐の時代には龍樹・世親らのインド僧から渡された仏教が荘子の思想と実にうまく渾融したと思う。私は荘子的話が好きで特に「胡蝶の夢」など東洋のロマンと思う。『老子』と『荘子』は愛読書だった。ある中国人の学者が華厳は荘子の斉物論の改変であるとも言っていたそうだ。絶対的一者という意味を価値付けたものが荘子の斉物論とすら思う。

私が捉える樹木や、そこに囀る小鳥や飛ぶ胡蝶などの個物、つまり事象が、さらに云えば意味の凝固体が、それぞれ輪郭が明快であらゆる感覚を通じて自己主張し全く別々の存在者であるにもかかわらず、それら個物が無礙であり、溶け合っているのだという。そう見え聞こえる世界を事事無礙法界と言うらしい。さらにそのうえ己自身もそこに溶け込んだ世界。禅宗の臨済が「三界唯心・万法唯識」とまとめて表現したが、「三界ハ虚妄ニシテ唯是一心ノ作ナリ」という唯心と、万法、つまり現象界は全て唯識、つまり只々意識の表現であると、二つをひとまとめにした臨済の表現は実にうまい。こうした表現は対語の三と万、心と識などの使用法で漢詩の文化そのものだろう。当時の禅僧は言葉の達人で詩人でもあったと思うし、世界を複眼で見る感覚を持っていたと思う。全体と個物の関係が海と波との関係とする比喩も理解しやすい。図と地のゲシュタルト的発想で見れば、地である「空」が一種のエネルギーである理の場として、有機的機能、あるいは動的機能を持ってそれぞれの部分としての世界を分別し、そこに事が生まれ、それら無数の分別された事が再び溶け渾融する、その作用が「理」ということらしい。この「理」とは西欧では「ロゴス」かもしれない。未だ「理」の明確化はなしえていないが、井筒俊彦は「理が、すなわち、有的様態における空、本源的存在エネルギーとしての空を指示する」と言っているが、融通無礙を無礙ならしめている「ことわり」としての「理」を私はこのように理解し解釈している。
老健で私が休息する部屋の窓は大きく東側に開かれて、すぐそばに二本の楓の樹があり、ほんの数週間前までは実に見事な紅葉であった。その後、落葉松林が金色になり、それも今日この頃は散り始めている。私の網膜に映し出されたここの世界はいつも美しい。一年中、この窓から区切られた外の世界を眺め、楓の樹と対話して俳句や短歌を詠んできたが、この窓枠という額縁に囲まれた世界も「事事無礙法界」ということだろう。法界の「界」とは「しきり」とか「区切り」とあるがこうした額縁でもあろう。界とは視学から作られた言葉だ。空には浮雲が幾つか浮き、風もないのか実に存在感がある雲だ。巨大な塊のように浮いてはいるが、いかにも重量感がある。それがいくつも浮かんでいる。国道添いの崖には鹿の径が幾筋もついていた。

幾筋も冬に向ひし獣みち

十一月七日　記

独我論と病識

また永井均の『ウィトゲンシュタイン入門』を捲り始めた。日誌を書いていく際に引用する部分がいつか出てくるだろうから、パソコンにファイルを作って書き残しておこうと考えたからだ。いっぺん読んだ本をひっくり返すことは実に苦痛だ。その分時間が無駄にされると考えてしまう。いかに要領よくノートを取るかのコツが分からない。何度も試み全て失敗したし、小さなノートへのメモで活用せず散逸した。

以下、括弧はこの本の引用である。

「私は私の独我論を、『私に見えるもの（あるいは今見えるもの）だけが真に見えるものである』と言うことで表現することができる」。「歴史にどんな関係があろう。私の世界こそが、最初にして唯一の世界なのだ」

まさにこうした文章から世界的哲学者である彼が、同時に独我論者であることが分かる。

このところ毎日がアメリカ大統領選挙のニュースで圧倒されている。関心がない者でもニュースに接していれば目に入るし、私が勤務する老健で独歩可能のご婦人から「トランプは負けたの？」と聞かれた。老健入所者の方々はさまざまな医療スタッフや多くの介護士が治療や看護や介護などの御世話で会話を重ねていくが、入所者のニュース源はスマホでなく、個人用の卓上テレビかホールの大型テレビで、最近のニュースの多くがトランプの大統領選と敗北ニュースである。トランプには己に入るニュースだけが「今見えるものだけが真に見えるものだ」であろうし、「歴史にどんな関係があろう」も彼からすれば（歴史という解釈に意味はない）となり、「世界の意義は、世界の外にあらねばならない」となって、トランプの云う世界はバイデンの票数が多いという事実の世界でなく、（世界とは私である）という独我論そのままの世界でしかなかろう。

もう一冊の鬼界彰夫著『ウィトゲンシュタインはこう考えた』から引用すれば、「最も客観的で公的なものであるはずの論理の最深部に（私）が存在することを発見する」や「全ての対象化に『これ』が隠されているように、全ての言語には（私）が隠されている」など。これは黒幕の表現でもある。これらのいくつかの言葉が、私には今現在の敗者たるトランプの言いぐさそのものとして聞こえてくる。彼がアメリカ大統領になった時、なぜかどこか、不自然で不似合いで妙な違和感を抱いたが、それが何であったか分からなかったが、今、代表的民主主義国家アメリカの歴史ある大統領選挙に敗者が敗者であることを認めず、選挙が不正だったなど、一個人がどこからそれほどの証拠を持ち出したか、持ち出せるか分からないが、幼児のような駄々をこねた様を全世界に曝し出した。金銭や権力の虜で言語学や論理学など全く無縁の、本当の他人に出逢った経験を持たぬ駄々っ子が齢をとっただけの独我論者にすぎない。独我論をそれが独我論であると気づけない思い上がり者としか思えない。トランプの人物評価はもう十分だが、彼をあたかも信仰するが如き民衆がアメリカを二分しているという。彼ら民衆のその存在、その心理自体が私に全く理解できない。

十一世紀のアラビアの神秘家のアブー・サイード・イブン・アビー・ル・ハイルが「悪とは？」と問われた時「悪とは汝が汝であることだ。そして最大の悪とは、汝が汝であることが悪であるのに、それを汝が知らないでいる状態のことだ」と言ったと、井筒俊彦著の『イスラーム文化』にあるが、「神」に対してなくとも、私にはトランプに、「全世界に対し汝が汝であること」、さらに「汝であり続けようとすること」は「悪」以外ではありえないと宣告する。多分「汝が汝であることが悪であるのは、トランプ、お前のことだ」とハーメネイーも云うだろう。

精神科医は「病識が無い」という表現を使っていたことがあったが、それは先の「最大の悪とは、それを汝が知らないでいることだ」と同じ意味内容であり、もはや私は臨床の場では使わず、その対象はこうした政治屋としている。

しばしば津軽海峡を渡っていく鴨の群れの映像をニュースで見るが、鴨は渡りをしない留鳥もいる。甲高い声で水切り石のような跳び方をするどこか態度が大きな鳥だが、あの鳴き方は冬の到来を告げている。

鴨鳴いて冬の日の朝その声の凍るが如き哀しさのあり

十一月十日　記

十二月

ドッカ（苦）

仏教の四法印とは諸行無常・諸法無我・涅槃寂静・一切皆苦の四つだが、「ドッカ」とは「一切皆苦」の「苦」を意味するパーリ語とある。但しパーリ語のこの意味は苦のみではないそうだ。第一義的には苦でよいのだろうが、他に不完全さ、不合理さ、空しさ、実質のなさといったものが含まれているらしい。当然、日本語的に不確実も不安定もあるだろうが、無感動や無意味はない。なぜなら、人生には幸福感や快楽など肯定的な感情や状態もあり、それらの肯定的な事項も全てが諸行無常であるが故に苦となる。ドッカの意味するものは具体的な苦楽を含めた人生全ての意味だろう。日本語的に一切皆苦などといわれると全てが絶望的になってしまうが、仏陀が説教したのは苦あれば楽あり楽あれば苦ありという、苦楽含めての人生という意味合いだったと思う。時代が下り我が国に入ってこの苦が強調されてきたのだ。仏陀は西欧的な人格神とは基本的に異なって、ふさわしい喩は教師であり心理学者であり精神的指導者であったと思う。彼の弟子たちとのやり取りはまさに教師そのものであったようだ。要は「不確実」でも「不安定」でも「不完全」でもよいが、本来それこそ生きていく道であり、それ以外確実な道などない。仏陀は生きていくことが全て流動的で状況依存的である以上、人生は不確実で不安定なものだと言ったのだ。彼は「諸行無常・諸法無我・涅槃寂静」とまで断言したが「一切皆苦」は後から追加されたものと思う。

「ドッカ」を不条理の苦だけと解釈すれば、それはシジフォスの神話のような話となる。そうだとすれば人生とは無意味で無価値となる。山の上まで巨岩を押し上げ、頂上に着いたとたん巨岩が元の場所まで転がり落ち、再び際限なくそれを山の頂上まで持ち上げる。人生とはそうしたものだなどと断言されれば生きる気力など生まれるはずもない。しかし、人間以外の生命は全て彼らなりの生を生き続けている。生存の目的は彼ら自身には何もない。生きることだけなのだから。彼等には言語がないから意味も無い。それでこそ生きていけるのだろう。禅の祖師たちやイスラームのスーフィーたちは、そうした言語を超え出る作法を身に付けようとしていたらしいが「一切皆苦」から脱却するには意味や価値やそれらから引き出される目的などの言葉からの脱却しかなかったろう。しかし今の私にそのまねはできないし、そうしようという気もない。ドッカとしての「苦」をこの心身に全面的に引き受けざるをえないのなら、それ自体に意味を付けていくことを考えたい。現に見渡せば周囲は不都合なことばかりが目に付く。

今の私には、正月に鏡の奥で出逢った「私」の客観的顔貌と、それを己と自覚し受け入れた意識との格差が不都合としてのドッカとなるだろう。当面の課題は十八歳頃出来上がったらしい同一で不変な存在としての自我意識と、客観視された己の心身の「老い」そのものとの「格差」をどう理解し受け入れるかということだ。こうした感覚を他人は私と同じように感じているのかどうか、それをどう解決しているか聞いてみたい気もするが、それぞれの人生は絶対に比較できない以上無意味でしかない。しかし私は人生に何らかの喜び、或いは感動を体験することをその都度見つけ出すことができると思う。人生は「一切皆苦」であるとしてもその不都合に「意味」を見つけ出せると思うし、その意味に価値を付与することもできるはずと考えたい。

もうじき冬至だ。去年家の柚子湯の匂いを思い出して、今日も近くの温泉の露天風呂に浸かり一首詠んでみた。私の感覚つまり「受」、思考つまり「想」、意思つまり「行」、そして意識体、つまり「識」としての私がコロナのため全て不確実かつ不自由なドッカとしての身であるということを詠いたかった。それが今年取った歳の吐息である。加えて柚子湯に浸かって満たされている「色」としての体の吐息、それは肉体が重力から解放されたがゆえの満足の、この歳の安堵としての吐息でもあり、ふたつの意味を含み持った吐息である。

短歌や俳句などの詩歌は人生の不都合を手のひらに載せてころころ弄ぶことだと考えてみてもよい。

柚子の香の湯面に歳の吐息して不都合なりし受想行識

十二月二日　記

エックハルト

田島照久編訳の『エックハルト説教集』を読み始めたがどうも読みづらい。そもそも「神」などがやたら出て来て、実に煩わしく、その他、愛とか被造物とか父とか子とか、説教だから仕方が無いとしても「神」の意味がこの私には分からないから理解しづらい。城という表現が出てくるが、これは心の底、仏教の阿頼耶識のことだと推測した。注釈には「魂の根底」とあり「神の根底」ともある。私なりに解釈すれば「場」であって、そこで人の精神は全世界と合一化しうる可能性の場と解釈した。

ただ、エックハルトが使う「無」という表現は東洋の、仏教が言う「無」とは異なったもので、それは有無を超越した虚無ということらしい。別のところで「神の根底は私の根底であり、私の根底は神の根底である」と述べている。さらに「何故という問い無しに生きる、是こそが人間の究極の生き方であり、それは神を生きる自己となる」とあり、あらゆる生命体が同様になぜという問い無しに生きていて、言語を超え出たところを意味しているのだろう。またこうも言っている。「あなたが自分の被造物としての有り方に従って、あなた自身から離れることを切に願うのである」と。また「聖グレゴリウスは、およそこの世に死に切った人ほど、神を豊かに所有できる人は他に無いと言っている」と。また「彼らは死を有している、死は彼らに有を与える」と。死は別として道元の心身脱落・脱落心身と同じ意味を指していると思う。彼は「神の最も固有な本質は有である」と言い「無」は虚無でしかないらしい。神に関しての説明で「神とは、必然的に有を超えた何かであって、自らは何ものも必要とする事は無いが、全ての事物がそれを必要とするような何か」と表現している。また「神はひとつの知性である」とも言っているが知性の説明はされていない。また別のところで「神と魂との近さとは両者の区別もみいだせないほどのものである」と。この「魂」がよく分からないがそれにしてもこの本は読みづらい。神という概念に馴染んでいないためと思うが、私からすれば何もかも神に絡めてしまっていると思う。

『エックハルト説教集』を読んでいるのは別の本で読んだエックハルトの言葉を確認するためだ。それは「汝の自己から離れ、神の自己に溶け込め、さすれば汝の自己と神の自己が完全ひとつの自己となる。神と共にある汝は神がまだ存在しない存在となり、名前無き無なる事を理解するであろう」。神と言う言葉を別にすれば道元の「ただわが身をも心をも放ちわすれて、仏の家になげいれて、仏の方よりおこなはれて、これにしたがひもてゆくとき、力をもいれず、こころをもつひやさずして、生死をはなれ、仏となる」との文句にそっくりだと思う。説教集の終わりに彼の「離脱について」があり、そこに「神が被造物を創造する以前、人と神との間にいかなる区別もなかったとき、(中略) わたしがそこにみつけたのは、純粋な離脱はあらゆる徳を凌ぐということに他ならなかった」。「離脱はあらゆる被造物から解き放たれているからである」と。さらに「わたしの側から神へと合一するよりは、神の側からがより強くわたしと結びつき、よりいっそうよくわたしと合一することができるからである」とあったが、これなど浄土真宗妙好人の浅原才市の「阿弥陀の方からわしになる」とそっくり同じと思える。鎌倉時代の道元と同時代、この地上に同じようなことを思考していた三つの宗教の哲人が三人も居たのだ。ここで、彼らの時代を記録しておこう。イブヌ・ル・アラビー（１１６５－１２４０）、道元（１２００－１２５３）、エックハルト（１２６０－１３２８）。三者ともに同じように「自己を捨て去れ」と言っているのだ。道元が言った心身脱落をエックハルトは離脱と呼んでいる。考えるにこうした哲人たちは仏教で言う「我執」からの自己の解放、つまり「私」という自己意識の脱却を目指していたのだろう。エックハルトを読んでいて分かったことは「神」とは実に要領の悪いかつ容量が多い定義付けし難い言葉でしかないということだった。実に言葉とは恣意的で曖昧模糊としたものであり、その解釈は千差万別となるだろう。

寝る前にまた体温を測ったが36・6度だった。

今日もまた夜の体温計りをりときどき塩も舐めてみるなり

十二月三日　記

寝しなのメモ

夜、寝しなにあれこれ考え眠れなくなった。今日一日あれこれ見聞きしたことや、手に取った本から得た考えた点を、明日の日誌のヒントとして枕元に小さなノートにメモを書き込み寝た。初めに「ラフマニノフのピアノ曲」と俳句のヒント。さらに「太陽の直視」と記し、次に受・想・行・識の「受」と書き、次に「人間の大きさ」と記し、最後に夕食後見た『チコちゃんに叱られる』の走行している隣の車の車輪が止まって見えるのはなぜか？　という問いの「答え」を加えておいた。翌朝、これを見直して日誌を書く。まず、車輪が止まって見えるのは、人間の視覚は一秒間に確か四十五枚の映像しかインプットされないからだという。スピードに関した比較の対照が見つけにくいが、網膜の視神経細胞への光の刺激が入り、そこから後頭部の視覚領域の脳細胞まで一定の時間がかかり、それらの画像を上層部で修正し統合し意味付けを終えるまでも時間はかかる。つまり、我々の視覚は映画のフィルムと同じであって、ひとコマずつ意味付け、その意味をつなぎ続けるという作業は写真のフィルムを現像するようなものだろう。若い頃自分で撮ったレントゲン写真の現像をしたことがあったが、結構時間がかかった記憶がある。時間概念に関してはイブヌ・ル・アラビーの「創造不断」という概念や、エックハルトの「日々創世記と同じ事が繰り返し起こっている」という考え方や、道元の「薪と灰」の時間概念の記述も結局時間に関しては同じことを言っていると考えている。時間に関してはは別に本も既に用意してありこれからも考えていこうと思う。人間が思考の対象とする時空はむしろ空間より時間の方が難しいと感じている。人間は哺乳動物の中でも圧倒的に視覚優位なのだ。それに時間に対応した感覚器を持っていない。

話はメモの次のテーマに移るが、実際、覚醒時に周囲からの刺激がいっぺんに脳神経に殺到したら、人は生きてはいけない。外部からの刺激のほとんどが人間の感覚器から無視されているからこそこの現象界が立ち現れているはずで、太陽を直視できないようなものだ。次にメモにある人間の大きさについてだが、考えれば当然で、この大きさが人間である私の現象界を浮かび上がらせている。世界が立ち現れてあるのは、私が今のこの大きさであるが故だ。地球と太陽の距離が斯くあることと同じだろう。

「世界は斯く有るようにして在る」とは当然のことなのだ。地球上の人間とほぼ同じ感覚器を持つ動物の大きさもせいぜいシロナガスクジラの三十メートルほど、小さいものは目にも見えないが、それぞれの生き物にとっての世界でしかありえない。ウィトゲンシュタインの「世界が斯く有る」という「斯く」もこうして納得できることになろう。世界は量子や原子があって人間が有るわけでなく、人間が先にあるのだ。世界という現象界が先に有るということでなく、「識」を持つ人間の在り方から世界が斯く立ち現れてくるのだ。世界は私あっての世界なのだ。でもこう考えると循環論法になってしまう。世界を斯く立ち表せるような感覚器と大きさを持った生き物としての人類を生み出したのは誰かということで、それが「神」なのか？

卵が先か鶏が先かという永遠の問いになってしまう。「沈黙」する以外なく、考えれば西洋と東洋の思考のスタート地点の違いがここにある。仏陀をはじめ東洋の古人はその先まで考える無駄なことを知っていたのだ。

俳句を思い出した。なぜか以前から十一月から十二月にかけて私はラフマニノフのピアノコンチェルト第二番が好きで、冬にふさわしいと思う。冬の薄曇りの日に見る淡い日輪はなんとなく存在の危うさを象徴してそれを表現したかのような曲だ。初め「冬薄日ラフマニノフの曲流る」としたが句にならず、直したがふっと昔持っていたレコードジャケットの絵が冬枯れの樹の下から見た薄雲に浮いた太陽だったことに気がついた。夏の太陽のイメージでない。

確かにこの曲はこの季節を慰めてくれる。

冬日薄しラフマニノフのピアノかな

十二月二十九日　記

二〇二一年

一月

鏡の内と外

「洗顔し鏡を覗く老人を見つめかへすは十八の我」

この歌をいつ詠んだのか覚えていない。正月に詠んだ歌であったが、一昨年であったか、三年前であったか。

この歌を詠んだ時から「私とは？」という疑念、こんな歳になったのになぜ「私」という自我意識はあの時のままなのか、これが私の思考の底にいつも通底している疑問である。つまり吃音であった私が、亡兄のアジ演説に同調して堂々意見を述べられた時に「出逢った私」以来、私としての自我のクオリアが全く変わりなくそのまま残っているという疑問だ。さらに町の病院でエレベーターの鏡に映った我が身の姿に気がついたのは、職場で貧血を指摘され、某病院で内視鏡の検査を受けた時だ。入院日、病室に行くために乗ろうとしたエレベーターのドアが開いて、正面の壁にはめ込まれた鏡に一人の老人が入って来た。まさかエレベーターの正面の壁一面の鏡など想像もしてなかったから一瞬ギョッとした。自分の客観視が齢をとるとなぜか不愉快となる。多分「これこそお前だ」と罪の証拠でも突きつけられたときのような気分だ。ところで先の歌は、正月の朝改まった気分で洗顔しふっと鏡を見た。間違いなく元旦の朝、その時の不快な感情は、自我同一性のイメージを強く保ったままの己と、現実との格差の唐突な出逢いから生じたものだ。自我同一性の自己意識を持ったままで鏡を見たのだ。自我意識は世界の変化に引きずられ日々少しは変化してきているが、そのスピードはこの肉体の変化とは比較にならない。しかし、同一性としての自分自身のクオリアは十八歳ぐらいで固定化されてしまっている。いわゆる自我確立の時期だろう。古い記憶はたぶん四歳頃で、五歳で空襲に遭ったが、その時の記憶が残っている。その後、六歳で父親のいる東京に移り、九歳で小学校を転校させられたが、自分を振り返ることなどした記憶がない。新橋の烏森の闇市の直ぐ隣にある桜田小学校に転校した。中学時代は始終友達と多摩丘陵の外れの丘の林で遊びまわり、教師から親が呼ばれて「要注意」という落第注意のレッテルを貼られて、叱られたりした時も親が怖かっただけで自分を顧みなかった。まだはっきりと自覚という自我意識は構築されていなかったと思う。大学に入った頃から、多分、その頃に、ほぼ現在と同じ「私」というイメージが完成しはじめた頃と思う。決定的だったのが先に書いたとおり、大学の進学過程に入学した最初の一時間目の授業に、ブントに入っていたらしい医学部で三年先輩の亡兄が、前触れなく突然入ってきて教壇からアジり始めた。私達は進学過程の一期生で知っている友人などいない。「安保条約が締結される危険がある、君たちはどう考え、いかに行動するか」といったような訥々としたアジテーションだった。教壇に立った人物が我々の先輩であることを誰も知らず、私はそれに同調しひとりも友達になっていない教室で挙手して賛同の意見を吐いた。それまでの吃音の悩みに縛り付けられ劣等感にさいなまれてきた自己の突然で唐突な解放だった。「私もそう考えます、これからの時代、大学生は社会人として自分の考えとその意見を持ち、明確に意思表示すべきと思います」といったような中学生並みの内容だった。それでもその瞬間、確かな自我の発見があり自我の確認がなされたと思う。全く知らぬ新入生のただ中で思ったことをそのままどもることなく云えたのだ。大きな満足感に浸った記憶もありありとある。その私が鏡から「私は今、後期高齢者だ」という唐突な現実を突き付けられたのだ。以来「私」とはという大きな疑問がへばり付いてしまった。この齢になっても不安は完全に無とならない。それこそが生きてある証拠だ。ある本に鉛筆で書きこんだ歌を見つけ、書き始めの歌が記憶と間違っていたことに気が付いた。

「洗顔しタオルに拭う老いの顔鏡を見るは十八の我」であった。

一月五日　記

宗教とは

独我論と「独」という文字が入るとこでイメージは変わる。日本語の言語が持つイメージはひとつに言葉の語呂や漢字などの見た目が衣をまとったものなのだろう。意味は共有できるがイメージとなると個人差が上乗せられてしまうのだ。「独我」からは即「独裁」という近縁の言葉が浮かび、トランプや習近平や金正恩の顔が浮かんでしまう。従って「自分さえよければ他はどうでもよい」というところに近い感情が浮かんでしまう。無論、独我論とは観念論に含まれる概念だ。「天上天下唯我独尊」と言ったとされる仏陀など歴史上最大の独我論者だろうが、無論そんな言葉は吐かれていない。独我論という表現を観念論と置き換えればよりイメージしやすくなると思う。心とか精神など心的現象と物理学的な物質とに世界を二分するのでなく、一元的に心があって初めて物が目の前に現れる観念論と云えば人は半分以上了解してくれるだろう。それでも世界を二分せず眺めることは難しい。仏陀より前にバラモン教での梵我一如という概念が出来上がっていたが、ブラフマンとしての梵とアートマンとしての我とは根源的にひとつだとする梵我一如と云われたほうが了解しやすくなる。

西洋は物質に焦点を当てた存在論の印象が強いが、私はどうしても観念論に惹かれる。いつ頃からか私は仏陀に始まる内面への志向性が強められてきて、西欧の物質主義が肌に合わない。

いったいこうした分類、一元論と二元論、観念論と存在論など日本人はどちらが多いのだろう。過去、日本人の宗教観に関した様々な調査が行われてきたが、こうした調査の仕方が問題だろう。宗教という言葉の理解が共有されていないと思う。国に文化庁宗務課という役所があって毎年統計を取っているそうで、その他にも様々な機関が日本人の宗教観を調査しているらしい。２０１８年のある調査では信仰している宗教で、仏教が31％、神道が３％、キリスト教が１％、その他が１％、無宗教が62％とあるが、いったい調査時の設問がどのようなものだったか、問われねばならないだろう。「貴方は宗教を信じていますか、信じておられればどのような宗教ですか？」などといった設問はおかしい。まず宗教の概念が共有されていない以上答えはでたらめなものでしかない。こうした設問自体設定することは実に難しい。一例として「貴方は信仰を持っておられますか、持っておられるとすればどのような宗教でどのような宗派ですか、下記の宗教・宗派に〇印を付けてください」とでもなろうが、それでも問題が残る。

世界中の名のある宗教組織の名を列記し、「一番親近感を持つところに〇印を付けてください」としてもおかしい。突き詰めればせいぜい「貴方にとって、あなたの世界は一元論か二元論の何れですか、観念論と存在論とではどちらですか」とでもなるが、「宗教」はどこかへ飛んでしまう。いずれにせよ文化庁総務課の統計結果を私は信用していない。北京や上海は日本人同様に無宗教者が多いとされているが、その報告も信じない。中国の歴史教育の内容を私は知らないが、老荘思想や儒教思想、その後の仏教思想など長く深い歴史を持つ国民が僅か百年ぐらいでそのＤＮＡの中からそれら思想をきれいさっぱり消し去ってしまうことなど考えられない。

仏教での帰依という表現は仏陀存命の頃からしばらくは仏陀の思考に同意するといったもので、何かの本に、信仰とは仏教では何かを対象的に信じるという意味合いでは使わない表現であると書いてあった。そんな記憶がある。私も「何か宗教を信仰されていますか、その宗教はどのような宗教ですか」などの設問には答えない。答えないし「無宗教ですか」との設問にも答えられない。いったい宗教をいかに定義付ければよいのだろう。

今日は昨夜から大雪だった。そういえば朝方から除雪車の音がうるさかった気がした。北海道の雪には慣れていない。慣れとは若い頃と齢をとってからとはそこにかかる時間には大きな差がある。それでもこの地は北海道で雪が少ない土地、除雪車も仕事を終えたか、静かになった。風がないから雪粒もゆったりと舞い落ちてくる。そんな雪の粒を眺めることが好きだ。昔、親友と進路を語り合った時、外科になった彼はこんな雪の日、「あの一片の雪がどこに落ちるか分からぬような精神科など行かぬ、外科医になる」と進路を報告してくれた。私が決めた後だった。


ひとひらの雪の舞ひゆくさまの末　　一月十三日　記

三月

事という存在

ハイデッガーと同じように「存在」について考えた。確認しておくことは「存在」であって「存在者」ではない。「存在とは」との問いは表現を変えれば、「有るという事」はどういうことかという問いである。次にこの問いを考える者が私であり、日本語で思考していくということになる。三段論法的に、存在とは「有るという事」であり、有るということは事とあり、有るとは「事」である。私は前から世界とは延長としての物体から成り立っているわけでなく、「事」という事象のみから出来上がっていると考えてきた。世界とは空間のみでなく時間的な対象でもある。時間に全く影響されない延長など存在しえない。宇宙自体膨張しているし３センチも背が低くなった私も存在していて、存在を問う立場で「有る」のだ。従ってまず「存在するという事としての私」が「存在」するということとなる。つまりこの特異的な関係をいかに表現しうるか。ここはハイデッガーにまかせて、「世界内存在」と要約し、かつその存在がその存在を問うことができること、言い換えれば「存在」が自己に開示されていること、ここに在ることをもってこれを「現存在」とハイデッガーが表現した。「現」とは、その都度存在せねばならないという時間性が表明されているのだろう。その「存在」が絶えず「存在」に関わりあうものとして、よく言われる「実存」がある。「現存在」のひとつの有り方（見方）として、視線を己以外の「外」へも向け得る存在、自己の外に出て立つ態度、言い換えれば世界と関わる有り方まで含め、「実存」と呼ぶのだと私は私の言葉で解釈することにしよう。実に哲学は「有る」という問いひとつとっても言語化する場合は「神」同様面倒な作業だ。デカルトの視覚的な延長とか、抵抗という感覚器官からの感覚のみの存在論には当然組しない。そこには「関係」という視点での考察が全く無い。「私」とは事であり関係の収斂した場に立ち現れる事であると考える。ハイデッガーが言うところの「実存」とは私なりに解釈すれば、プラトンの「パルメニデス」を解釈したプロティノスのト・ヘン（一者）としての全体の中で、見る側と見られる側、あるいは意味付ける側と意味付けられる側としての関係の中で関係する「事」（存在）ともいえよう。別な表現を使えば意味を見つけだすことを意味付けているもの、としての有り方を実存と解釈する。私なりのキーワードとは「意味」と「関係」で、従って私を含む一者としての宇宙は関係の中に「意味」を見つけ出す「事」となり、全て「意味」は「事」に収斂されるのだろう。そして「事」とは全て私に関わり、私の中で生起する。「私」は「存在」であると同時に「存在」を「存在」たらしめる「存在」で「場」の意味も持つ。日本語を繰り返せば、「有るという事」とは「有るという者（物）」ではない。ハイデッガーがどこまでも「存在」という表現に拘る以上、私は解釈し直した表現に執着するし、だから「存在」

つまり「有るという事」は「私」抜きに語りえぬ以上、独我論として世界は「私・内・存在」とも云える。

「事」とはかように私と世界が出逢ったところでの関係性それ自体である。「世界・内・存在」という表現も空間性が強く時間性が抜きさられており実に人間を解釈していくには不適切な気がする。どうも西洋的思考には「諸行無常」という視点が少なすぎる。確かに「内」とは時間内とも理解されうるが、翻訳とは思考の土台の入れ替え作業を要し意味の把握が困難極まりない。私が云いたい事柄は世界という「存在」は「私」の中に立ち現れた「事」である。私は日本人であり、長らく東洋的思考に馴染んできており、その視座から人間という存在の有り方を考えざるをえない。翻訳とは解釈だから、西洋の哲学用語の翻訳はその功罪共に実に大きいと思う。

外に出るとなんとなく風の感覚が触覚というより嗅覚的に感じられ始めた。

頬を撫でゆく風春の匂ひあり

三月二十五日　記

四月

『人新世の「資本論」』を読んで

先週買った斎藤幸平著『人新世の「資本論」』を読み終えた。読みづらかったのはカタカナが多かったせいだろう。内容はいささか楽観的過ぎるきらいがあったが、可能性を模索する姿勢が頼もしく思われた。

まず「外部社会化」という概念は「福は内、鬼は外社会」と云うことだ。著者はマルクスの資本論のその後の膨大な著作を、世界的な規模で研究している一人として、資本主義を後期マルクスの思考をたどって、この本を昨年九月に書き上げたが、テーマは地球の気候変動で私にとって直に恐怖を伴う最も大きな問題だ。この本はマルクスが資本論を書き上げた後、当時の農業者からエコロジーを学びそこから考え続けたマルクス後期思想を、この気象異常の今の世に取り出してそれを人新世の中で結びつけた。資本主義とは人類が持つ欲望を効率よく達成させていくシステムだが、それはどこまでも利潤を追求し、豆撒きの「福」と「鬼」とに世界を分断し、人間の欲を膨張させていく。イギリスでの産業革命の後から、余剰利益を積み上げるこの資本主義は、次第に人間性までも侵食していく。当初はヨーロッパ内部で都市部と農村部を分断し、資本家と労働者を区分していただけだったが、やがて海洋進出によりグローバル・サウス、つまり未開発地域とヨーロッパとを分断し、それら未開発地域が搾取の対象とされていく。人種差別の顕在化であり、人の奴隷化であり、資本はそのつけを遠く自分たちから見えないほど離れた人たちや地域へ払わせる。つまりは「鬼は外」ということだ。その挙句が地球を極端に小さくしてしまった。その結果、資本は外部地域の人からの搾取の上に彼らの地域にある自然までも搾取していく。資本主義は人類の欲望から生まれている以上、生態学的帝国主義と言われるとおり際限がない。どこまでも利潤を上げるため止まらない。結果、グレタ・トゥーンベリのような若者が声を上げはじめた。人類の欲望が狭くなった地球上に乗り上げてしまった現状が現代社会で、その表現が「プラネタリー・バウンダリー」つまり地球の限界である。

この限界上には「気候変動」「生物多様性の損失」「窒素・リン循環」「土地利用の変化」「海洋酸性化」「淡水消費量の増大」「オゾン層破壊」「大気エアロゾルの負荷」「化学物質による汚染」など無数の現象を著者が挙げている。なかでも種の絶滅やウイルスなどの微生物の突然変異などもあるだろう。著者が後期マルクスの考えを敷衍化して言っていることは、地球の温暖化の抑止に、経済学者や政治家や資本家たちの試みは、資本主義の下では無意味でしかないということだろう。例えば「持続可能な開発目標」や「グリーン・ニューディール」など資本主義下の発想では追い付けず、既に地球は解決不可能なまでに侵食され後戻りできないところまで来ている。そのひとつの表れが今のコロナ禍であり、オリンピックまでもが資本の経済活動の道具にされているにもかかわらず、未練がましく中止できないのもこの資本主義の恐ろしさだ。既に暴走列車の如く、ブレーキが利かない坂道をがけ下へ転がり落ちていくような現状。マルクスの「大洪水よ、我が亡き後に来たれ」との叫びが印象的だった。

今日、首相がバイデンと会うが、何もできないだろう。中国もこのプラネタリー・バウンダリーを無視するだろう。台湾海峡で戦闘機が飛べば、脅しでもそれだけで大気汚染は酷いものだろうし、それどころかたった一発のミサイルでプラネタリー・バウンダリーはさらに悪化する。この本の若い優れた著者にも、あのスウェーデンのグレタにも、それどころか孫たちにも世界としてのこの地球は戻らなくなる。今世界はコロナを含め全ての作用が人類破滅の方向に動いていっているわけだ。グローバル化とは地球の矮小化であり、資本主義にブレーキは付いていない。

四月十六日　記

どの花も西洋蒲公英見渡せばグローバル化は草花の世も

ウィトゲンシュタインとシュレーディンガーから

「世界が斯く有る事が不思議なのではない。世界が有る事が不思議なのだ」というウィトゲンシュタインの言葉を再考してみたい。再度、世界が「斯く有る」という事は不思議ではないのだろうか。

確かに世界は人が「斯く」作り出したが、人間が認知できない外側の「真」の世界は私が見ているように斯く彩られたものではない。感覚細胞の構造や言語に支配された人間にとって斯く見えるだけで、人間にとっての世界しか人間には認知することができないのだから「世界が斯く有る」とは当然で、人間の視覚がそのように、つまり「斯く」彩られているからだ。もし犬のような嗅覚を突然持ったとすれば、人間は即座に混乱の渦に巻き込まれてそこは別世界となる。感覚器官によって世界は斯く有るということだ。つまり我々人類が見て感じ取っている世界は全て人類が作り出したものにすぎない。「世界が有るという事が不思議なのだ」は私からすれば「私がある事が不思議なのだ」となる。ウィトゲンシュタインにとっては「神」あっての世界だったのであろうか。デカルトが偉大であったのは「我思う」と神の前にまず己自身からスタートしたことだと思う。ウィトゲンシュタインが言う世界は「人類にとっての世界」でしかない。その世界ですら、マルクスから見れば資本家と労働者、つまり搾取する者とされる者、北の市民と南の住民のように、人類は一種類の「ホモ」とくくれない多様性がある。だから「人類にとっての世界」は究極的に「私にとっての世界」でしかなくなる。

最近読み直した本に『生命とは何か』という量子物理学者シュレーディンガーが書いた本があり、その本のエピローグを三回繰り返し読み直して、やっと理解できたところがあった。シュレーディンガーが「私はマスク・プランクの力学的法則性と統計的法則性という小論文を思い出します」と統計学を持ち出し、その数頁後に、「私――最も広い意味での私、すなわち今までに（私）であると言いましたは（私）であると感じたあらゆる意識的な心――は、とにかく（原子の運動）を自然法則に従って制御する人間である」と書かれている。実に分かりにくいが括弧内の（最も広い意味での私）とは人類のことだろう。彼はウパニシャッドにあるブラフマンとアートマンの梵我一如を念頭に浮かべている気がする。つまり、人とは量子物理学的に見れば力学的かつ統計学的法則に沿って動くものであり、先の最も広い意味での私と括弧に入れられてあった私とはブラフマンであり、人それぞれの「私」とはアートマンということだろう。表現を変えて五木寛之風に見れば、ブラフマンという大河の流れのその中の一滴の水滴が「私」ということか。一滴であれそれ自体は確かに水分である。シュレーディンガーはその水滴を量子物理学的な視点で考えたのだろう。大河が無数の見分けられない水滴で出来上がっているように見えるのも、この唯一の自我意識が表出する、あるいは表現する一連の異なる姿に他ならないと、シュレーディンガーは考えたようだ。この本のもっと前の方に、彼はウパニシャッドの「人と天とは一致する」という認識を例に挙げていたからその限り彼は一元論者なのだろう。そう私は解釈した。『生命とは何か』のあとがきに訳者のひとり鎮目恭夫が「デカルト哲学の二元論世界は物理的三次元世界と非物理的な理性的精神の世界からなるが、後者の世界には、いろいろな理性人の各人にとっての（私）が存在するのか、各人にとっての（私）は実は総て全く同一のものなのかは問われていない。これに対してシュレーディンガーは、各人の（私）は実は全宇宙に一致する、または一致すべきものであり、従って互いに一致する同一のものであると言っているみたいだ」と言い、さらに「一種の唯心論的一元論である唯我論・無我論・汎我的な世界観への彼の帰依を唱えたもののようだ」と書き記している。私もこの本をそんなふうに解釈した。それにしても量子力学の学者が同じ言葉（思考）で哲学的人間論を語るから実に理解しにくかった。最新の量子力学の世界も行き着く先は形而上学の領域に入っていくような感じすらする。本を読むこともこうした私なりの世界の発見があるから楽しい。もちろん私の解釈だ。今しがた一陣の春風が吹きぬけた。桜の下枝を手元に引き寄せてみれば、つぼみが先週よりはるかに大きくなっているがまだ硬かった。

四月二十三日　記

まだまだと桜の蕾かたくなに固きままなる北国の春

『脳の意識　機械の意識』を読みつつ

人の身体は無数のＤＮＡを持つ細胞や微生物よりなり、私自身の細胞ひとつをとってみてもそのひとつひとつの細胞は無数の分子よりなり、一つの分子も多くの原子よりなりそれまた素粒子からなっている。その動きの元も量子の運動からなっているが、その全ての統合によってこそ「意識」がそれを考えている意識の次元から導き出されることはない。そこにはどうしても思考の「次元」を超越せねばならない。我々は確実にこの宇宙という四次元世界に生き、そこからは決して抜け出せぬような構造の中に閉じ込められている。

言い換えれば、この意識で「意識」を解明することは不可能なことだ。それどころか我々は今生きている世界の真の姿を見る事すらできない。外部からの一切の刺激はどの感覚器からインプットされようと、大半が脳で変形され彩られ加工され、都合よく作り替えられてしまっている。例えば、網膜での刺激表現も点から線へ変形され、さらに上位神経組織体へと複雑に変形され続けていく。加えて時間すら意識に上る時間と現実の世界の時間とはずれているのだ。さらに世界からの刺激を意識の上に乗せひとつの思考、あるいは概念とする際、人はその国の言語を使ってその人なりに作り出す。例えば虹という対象の色の区分など国によって異なるし、そのうえに社会などからも修正され着色されている。正確という意味での思考など初めからあるはずがない。こんなふうに考えるとノーベル賞を取った物理学者の新発見などは、それまでの作り上げられた思考の結果であり、ニュートンが「巨人の肩」と表現したのは過去の先人たちの知恵の総和のことだ。私の頭では世界は唯物論で出来上がっているわけでなく、唯心論でしか語りえない。ここに机があり、紙がある、我の手が見え、動かすことができても、それらは全てこの脳神経が描き出したものでしかない。その脳神経は見ることも触ることもできない思考上のもので、カハールのシナプス間隙や、レーヴィが明らかにしたその中の伝達物質や、ホジキンとハクスリーが観測した軸索の電気変化なども彼らによって見つけられ観測され彼らの頭脳内で考え出された結果でしかないと、私は理解している。人類は自分たちの都合に合わせて世界を考え出したにすぎないのだ。何人もが彼らの後を追試したが皆同じであったということも、人間の頭脳が考え出した範囲で正しいにすぎず、「真」の世界は決して分からないし分かるはずもない。神がヒトを創造したという話も、ヒトがその話の中に神を持ち込んだにすぎず、ヒトが神を生んだのだ。「真」の世界があるとしても人間には関係ない以上「真」など意味も価値もない。

渡辺正峰著『脳の意識　機械の意識』の時間に関するところ、意識の時間は現実より０・５秒も遅れていること、時速１６０キロのボールをピッチャーが投げて、その球が打者の所までには０・４秒時間がかかる。その球をスイングすると意思決定をしてスイングするまでにはそれなりの時間が、少なくとも０・４秒以上は必要となる。ではその球をホームランしたのはなぜだろう。意識の時間では打者が打とうと思い体を動かすのはピッチャーが球を投げる前でしかないのか。ホームランはたまたまでしかないのか。打席のホームラン王はこの時、時間がゆったり流れるのだろうか。

時間意識を考え始めていくとなると、今のコロナ禍で出歩く危険は車を運転することよりずっと安全と思えてしまう。なぜなら時間的に人は運転中居眠り運転をしているのと同じ状態でもあるからだ。

車のスピードがそれぞれ80キロ出ていてすれ違った瞬間など、もし衝突すれば160キロでぶつかることとなる。考えれば、車の道路が一方通行でないというこれほど危険な道など他にはない。にもかかわらず毎日車を運転している現実ほど恐ろしいこともない。人類は酸素や水分やその他の食物など物質によって生きているように見えて、実際は心の中でしか生きてはいないとすら思えてしまう。「真」の現実と我々人間の現実とは別の世界であることは忘れてはならない。こういう類いの本を読むと次々に妄念が湧きだして困る。

四月三十日　記

遠くより筒鳥の声恙なし

五月

環水平アーク

五月十五日、村のスーパーの買い物帰り、南の空に大きな彩雲がたなびいていた。家に帰り写真を撮ったが名作が撮れた。十一時五十分頃だった。消え去るまでおよそ二十分以上あったろう。珍しく長い時間の彩雲、正確には「環水平アーク」と呼ばれるものだが、水平に見える虹色の雲と環状の暈である。虹は太陽に近い外側が赤だが、この環水平アークも太陽に近いほうが赤色だ。南の空におよそ二十度あるいはもう少し高いところに、虹と違ってほぼ水平に横にたなびいて、上を見上げると、太陽が黒っぽい青空の中に暈をさしていた。この時ほど盧舎那佛の名を想い出したことはない。以前、飛行機上から暈を被り周りが黒い空の中の太陽をみたことがあったが、そのときは彩雲もなくこんな気分にはならなかった。暈の中の空は空色ではなく蒼穹の蒼という色で黒っぽい色だ。これほど大きく見事な彩雲や暈の出現は実に珍しい。やはり北海道は天空ショーの場には最適なところと思う。大きな火球も見たし、ヘール・ボップ彗星や他に彗星も幾つか見た。彩雲も数度見た。巨大な二重虹も見た。

今日、色紙額に「彩雲は匂ふが如し盧舎那佛光背まるき夏の陽の空」を老健の廊下の壁に掛けてきた。

仏様が出ているからといって老健の廊下に相応しくないはずはない。太陽の詩的表現と思ってほしい。昔から浄土真宗や浄土宗などという阿弥陀信仰にはさして興味が無かったのは祖母の信仰の有り様を見知っていたからだと思うが、禅宗や老荘思想などを知ってからは、神仏の擬人化には馴染まなかった。こうした事柄は全て私の世界との出逢いの中から形作られてきている。ひとつひとつの刺激が積み重ねられて一定の情報がひとつの価値体系を成してきたわけだ。つまりひとつの刺激、体験のみで価値が構成されるわけではない。それはひとつひとつの言語が羅列されてあっても意味を成さないことと同じであり、言葉の一定のつながりが意味を構成するように、一冊の本、祖母の念仏、葬儀の体験、それらの絶え間ないつながりがあったればこその今現在の私の価値観や宗教観がある。だから人はさまざまだ。たまたま『汎神論』という雑誌を読んでいたが、五感にそれぞれインプットされた刺激も、それぞれひとつひとつでは意味を成さないがそれらが収斂したときにプラスアルファが生じるらしい。つまり意味が与えられるという。別の表現をすれば、単語の羅列は無意味だが、その組み合わせから幾つもの意味が生じる。視覚や聴覚や味覚などの体験が収斂されたときにプラスアルファとして生まれたものが「心」というものだ。心とは要は受けた刺激の総体が、そこからなんらかの、ここが問題なのだが、異次元の反応を生じてプラスアルファとして出来上がったものである。例えば小説だが、何万文字かの小説も、ひとつひとつの言葉から出来上がってはいるが、その組み合わせ、あるいは廻り合わせのような連絡で話が続き、それで出来上がる。人生も同じようなものだ。その時、その場でのインプットされた刺激が重なり合い、補いつつ経験が生まれ、それが積み重なって人生という長編となる。複数の刺激があり、それが幾重にも重なり合って、あたかも化学反応のような変化を生じ、意味が生まれ、その意味がさらに幾重にも重なり合ってさらなる反応を生じて価値を作り出す。言語からも心が形作られていると考えれば、唯心論だろう。ものは考えよう、言葉の使いようでどうにでもなるのが人生かもしれない。今日も無事何事も無く終わり、老健入所者五名にワクチン接種があった。

私も五月十日に病院の同僚たちとファイザーのワクチンを外来で打ってもらった。痛くも痒くもなかった。二回目のワクチンは三週間後であるという。あの日、打ち終わってしばらくの間スタッフたちは外来の待合室にたむろし、ひそひそ声で嬉しそうに会話していたが、それでも私は皆から離れて約三十分じっとしていた。薬物のアナフィラキシーショックの経験があるからだ。外は蝦夷梅雨なのだろうか深い霧雨である。

五月二十一日　記

ワクチンを打ち終わりたる人に夏

六月

動物の心と精神

動物に精神はあるだろうか。前に考えた「心」と同じように考えてみよう。「精神」とは何かと問われればなんと答えよう。まずは身近なところから「精神科」と「心療内科」という表現から考察してみよう。

この二つ以外の科は専ら肉体が対象で、さらに治療の手段が異なる分野でも仕切られている。精神科と心療内科の区分は比較的に新しいが、大きな差異はなく、精神科となると古くからの精神病院のイメージが強いが実際は主に肉体以外の人間全体を対象とし、心療内科は精神疾患専用のベッドを持たないクリニックの標榜名で、どちらかといえば心と体との関係から生じる身体症状が主な対象となるのだが、心という表現が付くことでその限り心はより人間的で、精神はそれより低次元の呼び名の印象が作られる。「精神が傷む」という表現より「心が痛む」の方がより人間的な表現だ。いったい、どこが違うのだろう。アランは『アラン人間論』（原亨吉訳）という著書の中でこう言っている。「精神は（言語）の不断の形成によって、すなわち、徴の解釈によって目覚めたのである」と。つまりは精神とは言語の有無が必須となっている。最新・最高のＡＩ技術を使えば体の病気の患者さんと一切会話をせずに診断と治療法が引き出せる。言い換えれば「心」に言語機能という条件は要らない気がする。それにしても家猫のナツコとの会話が可能だということはどう説明できるのだろうか。猫との会話は可能だ。それに比べ今の国会議員たちの会話を聞いても私には理解できない。動物である猫との意思疎通ができるのに同じ人間仲間であるはずの政治家とは全く話にならない。これはいったいどういうことか。つまり心ではなく精神が介入するからだ。人類がこれほど複雑な言語機能など身に付け文化を作り出せたのに、議員と話が通じないのは、現代人がいい加減に言葉を使うためより大事なものを捨ててきたからで。何かと問えば「心」と思うのだが。

私はパソコンやスマホが自由に使いこなせないが、使いこなせるほうが確かに便利だ。便利とは要は手抜きであり、エネルギーの消費の抑制であり、時間の節約であり、心理的な自由度の拡大であろう。しかし、その見返りも必ずあると思う。アランの本『人間論』の中の「人間の権利」という箇所が面白かった。

「人間が何世紀もまえから飼いならされて生きているのは、彼らの本性そのものに実際に欠陥があるからか、それとも、記憶には残らなかったが、何かひどい目にあって、だめになったからなのか。実際、犬が自分で巣をこしらえたり、スープを作ったり、肉を切って焼いたりしたためしはない。いつだって、こんな卑しい労働をひきうけるのは人間で、彼らはこれが好きでやっているのかと思えるくらいだ」と委員会であるムク犬が言い、その後で別の太った犬が

「だが、人間を問題とする以上、彼らに思想があると考えるのは誤りであることをわすれまい」と。犬たちの委員会での会話である。我々人間が犬に飼育されているという話だ。太った犬が云った思想とは心のことだと私は考えた。

娘の飼い犬のドッグランでのほかの犬との交流を映像で見ると、彼らにも心や精神はあり、声や匂いや仕草や尻尾などでそれは深遠な会話をしていて、むしろ彼らの方が心が豊かだとさえ感じる。テレビの映像でも異種間での意思の疎通など当たり前のことかもしれないと思ったりする。アメリカの黒人や東洋人への差別、中国のチベットやウイグルへの差別や、ミャンマーの異民族に対しての迫害など、人種間での差別や迫害や睨み合いは他の動物間での仲の良い映像をテレビで見ると、どう考えても分からない。今、アメリカとロシアにはそれぞれ六千発程の核爆弾が有り、中国がまだ千発にはなっていないらしいが、その全部を使わずとも地球上のウイルスまで含めた生命が死滅するという。人間とはなんと馬鹿な動物なのだろう。

六月十八日　記

心こそ心惑はす心なりされど豊かなペットの心

本当の私

最近テレビのコマーシャルで流されている言葉である。いったい本当の私など存在するだろうか。まず「本当」という表現がいかにいい加減か。何も云っていないに等しいのはそれが私の形容詞になっているからだ。私などという存在が固定されてあるという思い込みが先走って、そんな実体がありえないという思いに至っていない。私とは時間内における諸関係の収斂したものであって、いっときも同一な有り様はない。唯一不変なものは自我意識の中の時間と無関係に私は私という同一という意識だけだ。昨日の私、昨年の私、三十年前の私、この感覚だけが不変なのだ。これを「本当の私」と呼んでいるのだろうか。己自身を振り返り見た場合の感覚、いい加減な表現で云えば私が「私の心」を振り返った場合、私は十八歳頃から同じとしか感じられない。肉体は思っている以上に老化し鏡に映る顔も変化した。しかし、私を振り返り見るときの「私」のイメージ、あるいはクオリアは不変だ。クオリアとは「感覚質」との訳語もあるが、私の哲学的解釈では、世界のある対象との接触で、その体験を言語も記憶もない状態で掴んだ感じ、とでも表現する。補足すれば、意識の中の感覚という一側面のみでなく、情動をも含み持った印象とでも云えようか。

永井均著『哲おじさんと学くん』を読み始める。副題は「世の中で隠されているいちばん大切なことについて」とある。別に隠されているわけでもなかろうし、いちばん大切なことより最も不可思議な事柄で、いちばん大切なこととは私が「私」であることとの不思議についてである。もの心がついてから自我意識はひとつしかなく、それも絶えず生まれ変わっているのだが、変わった気がしない。臨床現場で私は過去一度も多重人格の人を診たことがないし、私の疑問とは別次元のものだ。どこまでも比喩としてしか語りえないが、まずそれが機能しうる土台としての「場」が生まれ、それがさまざまな場面での事柄との関係の中で形作られたものが私である。それを内省的に「私」と振り返り見る意識を自我意識という。ここに視点がだぶる。強いて「本当の私」と云うことができるのは意識される（シニフィエ・意味されるモノ）自我でなく、意識する側の（シニフィアン・意味するモノ）自我だろうか。私の長らく抱き続けてきた疑問は、この二つの自我が区分できない点にある。全く変わりえない「私」とは、それが本当なのだろうかと疑問を以て見つめ直す方の「私」が本当なのだろうか。ところで、本の著者の「世界は私に現れる表象にすぎない」とは言葉を削れば「世界は私である」ということだ。実際にあらゆる人が同じ状態にいるが、その感覚は共有できない。「君どう思う？」などと問うても答えは返ってこない。

晴れ渡った六月の空と木々の緑、これ等は全て私であると同時に、空であり木々でもある。ウィトゲンシュタインを引き合いに出さなくとも、言語の表面的機能はそれ以上の区分けができない。例えば将棋というゲームは駒を将棋板の升目の外では使えないようなものだ。「私」

などは云ってみれば「僕」でも良いわけでどこまでも言葉に成りえないイメージでしかない。日本語に直せば「感じ」だが、質感としてのクオリアとでも云えようか。この感じは時間の中で関係の収斂された結果の印象を指した表現で、「私と同一の世界」は絶えず変化し移行しつつもそれを感じ取っている「私」は不変である。ここが不可思議で、統合されていないため今もって納得できない。

今、二十五日の午前四時。昨夜九時半頃寝て、一度十一時半頃トイレ覚醒。その後二時半頃二度目のトイレ。以降眠れず、あるいは寝ていたのか、盛んに言葉をこねくり回ししていた感じがした。八行ほどの余白をここに残していた訳はそれを記載するためだったのだろう。生きている時間の流れを世界という空間に体感するということが存在するということで、その体感を実感して眺め入ることが、存在を存在たらしめている存在ということになるのだろうか。いずれにしろその体感なり、実感は言語化できないものである。「本当の私」は二つの形が有り、世界を体感している「私」とその「私」を強いて意識する「私」で、哲学とは言葉遊びかもしれない。というよりしっかり覚醒していないだけだ。夕方見た庭の牡丹が美しく、思い出して一句詠んだ。まだ咲いていた。

夕闇に一輪白き牡丹かな

六月二十五日　記

ふるさとの匂い

若い頃、私が二十四歳頃であったろうか、横浜の家から新橋の大学の医局まで京浜東北線で通っていた時、電車の中での放送にふっと懐かしい「匂い」がした。「匂い」とはクオリアを解釈した私の喩のひとつである。それから何年か経って、沖縄から帰って来て世田谷の自宅から千葉の国府台の病院の神経科に通勤していた。その時も電車の中やホームの放送で一瞬だが懐かしい匂いがした。横浜を出てから幾つ目であったか、「新子安」の駅を通過した時と総武線の「新小岩」を通った時だった。「匂い」の元は分からずじまいだった。しばらくして知人の精神科医から紹介され甲府市の病院にアルバイトとして週一回通った。甲府の街中の古い病院で駅の北側にある。遠い昔、私が三歳頃からその近くに住んでいたのだ。祖母と母と、二人の兄と妹の六人が住んで、父親は東京にいた。小学校には長兄と次兄が一年生か三年生で通っていた。家の庭の板塀の隣は少将の邸宅であったと聞いた。昭和二十年七月六日、夜間に甲府市に空襲があった。この日付は長いこと分からなかったが、いつであったか俳人飯田龍太の散文で、彼が自宅から遠く甲府市街が燃えているのを眺めたという文章が載っていて知った。真夜中ドカーンという音がして目が覚め、居間に祖母も加えて六人が集まり合掌させられた。母がもう間に合わない皆で死のうと円座を組まされた記憶がある。いくらかは後から教えられた記憶になっているが、その後母が云うには急に思いなおしてまだ間に合うからと皆に支度させ、私には現金を詰めたリックサックを背負わせ西にある川まで逃げたと聞かされた。コンクリートらしき橋の下で、翌朝茶色の握り飯を配られた映像の記憶がある。そこへ行く途中に先のアルバイト先の病院があったがそこが病院だと知らずに細い路地を通った覚えもある。記憶かは定かでないが家族で円座を組んだことは覚えている。さて、東京の二つの駅名から私が感じ取った懐かしさの匂いは、兄たちが通っていた「新紺屋」小学校の名前からきたものだった。「新紺屋」が匂いの元だった。翌日であったかそれまで住んでいた家の焼け跡に行った記憶が残っている。その後、勝沼の父の知り合いであった人の薪小屋に家族全員が居候し、その後、甲府に近い日川村の農家の離れに転居した。養蚕もしていた三階建ての大きな農家で、二階からサラサラという蚕の葉をかむ音の記憶もある。蚕を触ったことも、桑の葉を取りに行かされた記憶もある。大きな庭を挟んで小川寄りの小さな一軒家が私達に提供された。妹がそこで山羊に追いかけられた映像や祖母が酔っぱらった映像の記憶もある。家の南瓜が収穫する寸前に盗まれたことを後から聞いたし、家の前の小川に若者が突然飛び込んで鰻を鷲掴みした映像の記憶もある。後から一切れの蒲焼きを母が貰ったと聞いた。作業小屋で縄編み機に左手の人差し指の先を挟み込まれ指を切って傷も残っている。藁の匂いも懐かしい。小川には源氏蛍がいっぱいいたし、ハヤという小魚を獲ってその胃袋で風船らしきものを作った記憶もある。楽しみは葡萄畑の下に梅か桃の小さな苗を見つけることとハヤ獲りであった。桑の実の味も記憶が残っている。家の周囲は桑畑と葡萄畑だった。終戦後小学生時代数回その農家を訪れた記憶がある。笛吹川の流れの淀みで泳いだ記憶、馬に乗せられた記憶も残っている。もう一つ色の印象で残っているものに、庭先の牡丹の蕾の桃色の色が鮮明にある。あの色合いが原風景の色として私に残された。空の色もある。ふるさとの記憶とは響きであり色であり匂いであり、原風景の景色が色濃く残るものだ。もう一度行ってみたい。ハヤを獲った小川もコンクリートで蓋をされているだろうが、同じ「場」に立ってみたい。ふるさとがもはやないことは十分に承知しているが、流れ去った時間を直に見てみたい。

私がこの北海道の鶴居村へ赴任したのはもう三十年以上前のことで、当時から十年以上の間、いつかは東京へ帰るつもりでいた。それがようようこの地に馴染んだ訳は空の透明感でふるさとの空と同じ匂いがするからだ。

ふるさとは甲府盆地の笛吹の川の脇なる藁屋根の家

六月二十六日　記

七月

気がつくから世界が存在する

何かの本にカントが「世界が斯く因果関係で出来上がっているということは、人間の精神構造の投影である」と書かれてあったが正しいと思う。といっても「因果関係」のカントの説明がないから私が完全にこの表現を理解したことにはなっていない。おおまかに分かったというだけだ。同じことがコペンハーゲン解釈に関しても云える。ただしカントの表現と比較すればこちらはほとんど理解できていない。量子力学などどう考えても今の私にとって好奇心の対象になりえないし、それ以前に数学、物理学など言語以外のツールのマニュアルが理解できなくなっている。量子というこの世界に物理学的に在るとされる対象をいかに捉えるかという点に関したことだと理解したが、観測方法によって量子はどうにでも「受け止め」られるということを「解釈」と表現したのだろうか。中学生レベルで「光とは波であると同時に観測次第では粒子でもある」ということと解釈してよいのだろうか。いったん「分かった」と思った例の「シュレーディンガーの猫の生死は箱を開けない限り分からない」とする解説書を読んで、一時は分かったつもりになっていただけらしい。今は居直って私は私なりのコペンハーゲン解釈を解釈していこうと思う。思考実験の結果の表現を「コペンハーゲン解釈」と謂うのであれば、調べた範囲内で今もって正確なこの言葉の定義ができていないらしいから、私はこの表現を「気がつくから世界が存在する」と解釈し直してみる。哲学などこうした思考実験みたいな事柄と考えてもよいと思う。

私にとって世界はまだまだカーテンかコンクリートか分からない壁の向こう側に存在している範囲が多いが、そこに眼を向けねば見えないように、向こうから立ち現れることは滅多にない。いったい、思考実験と妄念との正確な線引きなど可能なのだろうか。対象が片や「量子」や「力」であり私にとっては「私」であり「心」であり「神」であり「言葉」だ。この違いは確かに大きいと思う。思うが次元を異にするだけであって、喩として双方利用することに問題はないと思う。以前から日誌には観念論だとか独我論だなどと私の思考の立場を宣言してきたが、それも私の思考の立場を限定しただけで、人はさまざまな世界観を持っているが、私にとっての世界とは「気がつくから世界が立ち現れる」ことでしかない。本音を云えば別の眼鏡もかけて世界を眺めたいとは思うが、そんなことは私にはもう無理だ。

芭蕉に「よく見れば薺花さく垣ねかな」という句があり、後の蕪村に「妹が垣根三味線草の花咲きぬ」があり、山本健吉は『芭蕉　その鑑賞と批評』で白氏文集の詩文を蕪村が下敷きにし、芭蕉の句はあたりまえな発見の喜びであると看破しているがさすがだと思う。確かに言葉は歴史的にも意味と価値を奥底に含み持っていて、蕪村の詩嚢の豊かさには驚かされるが、薺、またの名の三味線草を広大無辺な世界の中から見出した芭蕉に私は素直な驚きを覚える。つまり「気がつくから世界が存在する」のだと思う。蕪村は白居易の肩に乗って世界を見つけ、芭蕉は地に屈みこんで薺を見出したのだ。世界への「挨拶」が句にあると思う。蕪村に比べ芭蕉は強迫性気質の持ち主だったと思うし、蕪村が詩的天才とすれば芭蕉はやはり禅的資質に優れた努力家であったろう。

言い換えれば蕪村は言葉の使い方に優れ、芭蕉は挨拶（世界との関係）に拘った詩人であったと思う。

ふっと七月という文字に拘った。初めに数学とか物理学など引き合いに出したからだろう。加えて年齢に拘っている。数字に拘ってこんな短歌を詠んでみたが人生とは数学の対象には決してならない。

「太陽を回し自分も回しけりたった三万あっという間に」数学的発想から文学的な推敲へ、「日輪を回し己も回しけり三万足らずの僅かなる日々」ではどうも鬱的になる。そこで、「日輪を回し己も回しけり僅か三万これからの日々」。日々是好日が雲門の表現であり、ならばものは全て見ようで、まだまだ気が付いていない世界が有る。今日は七夕だった。

日輪を回し己も回しけりこれまでこれから全て好日

七月七日　記

政治屋

この言葉の定義は今年の総理大臣の記者会見で最後に、ある外国人がたどたどしい日本語で質問したことに集約される。質問は「国民の生命の危険までおしてオリンピックをする動機は名誉ですか、お金ですか、それとも選挙ですか」とあった。総理大臣の答えは当然のように「全部違います」であった。名誉と金と選挙。この三つが動機で人と金を動かすために動く人種、これが政治屋の定義で、この三つの事に人生を「賭ける」者である。最近の国政に責任を持つべき与党の政治家はほとんどといってよいほど政治屋となっている気がする。

「政党の腐敗も軍人の暴行も、これを要するに一般国民の自覚の乏しきに起因するなり。個人の覚醒せざるがために起ることとなり。然り個人の覚醒は将来に於いてもこれは到底望むべからざる事なるべし」と永井荷風の昭和十一年二月の日記に、この時代の事まで予測して書いてありその通りになっている。彼の時代は支那事変が始まって、日本がアメリカを明確に敵国と視野に入れ始めていた時代だ。さらに当時は今の中国やロシア同様に領土は経済の基盤でもあり、満州が大日本帝国の生命線でもあった。さて、新型コロナのパンデミックの中でオリパラを決行しようとする我が国の政治屋は、その定義に違わずどうも最初からオリパラを決行する予定であったようだ。元総理大臣が無観客開催だなどと云っているが、開催は日本の名誉、つまり面子と経済のため絶対決行すべきであると決めていたらしい。太平洋戦争の時よりも早く、今回のコロナ戦は攻め込まれ撤退に撤退を重ねてきて、ついに間際の二週間前になって無観客もやむをえぬなどと云い始めた。もっともあの大戦当時よりコロナ戦の準備もせず当初より全くの無防備で、全てが後手ごてで経過してきたが、戦争同様、問題はオリパラ開催の大義名分である。前首相の答弁にもオリパラ開催の大義名分は全く示されていない。人命を賭しての開催であることは疑いがないが、今もって政治屋は「国民の安全安心を大前提に」など念仏を唱え、「世界平和のため」など意味不明としか受け取れぬ答弁しかしていない。コロナでの死者が出ているさなか、まさか世界のスポーツ選手のためなどとは云えないし、無論のこと金のためなどとは云えるはずもない。本当は前首相がコロナを克服した祭典としたかったろうが、いみじくも外国人記者が云った言葉の中の名誉と金のための決行でしかない。素直に考えれば安倍首相の時に二年後への延期を云っておけばよかったものを、それも自分がまだ首相でいるうちに己自身の名誉のために延期を図ったとまで勘ぐってしまう。その当の張本人が「オリパラ中止論を云う者は反日だ」など、国民を分断するトランプ如きの妄言まで吐く。コロナ戦を途中からウィズ・コロナなどと云い始めて、全てに後手を引き、昨日の七月七日に東京と沖縄に再度四回目の緊急事態宣言を出す始末。この前首相のように今の保守政党のナショナリズムは実に危険だ。欲望と面子が巨大化したものこそがナショナリズムであるからだ。先の大戦も我が国の政治指導者や軍部は実にお粗末極まりない戦略と戦術で、今回のコロナへの対応と実にが、今回は責任の所在、それだけがよく似ている。戦争では戦犯がはっきり決着をつけられたが、今回は責任の所在、それだけが彼ら政治屋にとっては頭の使いどころだったのだろう、誰が責任者なのか分からない。あの時代の軍人等の決意のほうがまだ今の政治屋たちよりもましだったかもしれない。人間の愚かさは時代を超えていつの時代も「何々戦」に最も見事に表現されている。あの大戦も軍部は長期戦になることも考えたろうが、「そうしたくない」「そうならないだろう」との心情は欲望の表れであり、その楽観視が敗戦を招いた。今回のコロナ戦も同じように考えているようだ。国民は今から長期戦を準備しておくべきである。ただ、今のような政治屋たちに任せておくことはできないだろう。政治屋は「なんとかなるだろう」が念仏なのだから。半藤一利著の『昭和史』を読んだが、読書のタイミングが実に良く合う。

庭に出てコミズムシ（風船虫）を見つけた。ボートのオールのような足をしていた。

風船虫われシジフォスを想ひけり

七月八日　記

コロナ禍に於ける国民性

今のコロナ禍の現状を見ると実に戦前の我が国の有り様によく似ているらしい。それどころか世界自体が進化していない。つまりここ八十年ほどの時間の推移にも人間はほとんど変わっていないということだ。第一に「そうなっては困る、だからならないだろう」という楽観論。コロナもいずれは終息するはずだという楽観論。次に「忘却」がある。フランスのアランの本の中の「眠りの法則」というところで「怒りのあとは、そのつづきである疲労が、別の規制者としてあらわれる（中略）保守主義者は何時もいづれは沈下し眠りこむことを確信して、疲労のうえに仕事を築く。ここには、たぶん、時を待つという政治的英知のほとんどすべてがある」と書いているが、これこそ政治家の常套手段だ。コロナへの政治の対応はほとんどあの太平洋戦争のやり方と同等かそれ以下だろう。全てがなるようにしかならないと居直っている気がするほどだ。むしろ飲食店への脅迫を卸売店や金融機関を介して政府ぐるみで行ったことなど戦前より悪質だ。首相夫婦が関わった小学校の土地に関した不正のため、地方の役人が自殺せざるをえなかった事件など、戦前の軍部の上官の兵たちへの態度と変わらないが、それが政治の上でのことなのだ。政権内部の上層部ほど無責任かつ恥知らずなことは戦前と同じと思う。さらに悪いことにあの当時より幼稚化していると思う。今回のオリンピックとパラリンピック実行に責任ある立場の者が、互いに責任を擦り付け合っている様は醜くさえある。「知らしむべからず」といった昔と違い今は一般国民に見え見えで実に幼稚極まりない。敬語だけは使いすぎるぐらい使うがその話しぶりは全く無内容だ。この期に及んでオリパラの決行は国民の命の犠牲に加え世界への恥さらしでもある。その上責任者はオリパラ実行の大義名分を語ることすらできずにいる。

戦前はもう少し国家を意識するところがあったが、今は国家の代わりに自己保身であり金銭欲と名誉欲の立場しかない。あの第二次世界大戦を経験し、敗戦国となって民主主義の洗礼を受けたにもかかわらず、最も変わっていないところは、私を含めこうした政治家たちを選出した国民の「民意度」が低いことだ。票の買収を行って己の妻を国会議員に当選させた者を法務大臣などに指名し、さらに指名した大臣経験者や多くの身内から逮捕者を出した総理大臣など、彼らを選出した国民自体が責任を問われねばならない。多分好き嫌いで与党支持者となっている中・高齢者たちは、日本の若者や、中国や韓国などを批判する資格など全く持ってはいないと思う。まだ戦前を知る者もいるし、歴史を知っている人もいるだろうが、選挙民の大半は昔のままとしか思えない。

あと僅か一週間でオリンピックとパラリンピックが始まるが、たぶん日本の国民は自国の選手の一挙手一投足に一喜一憂するだろう。オリンピックやパラリンピックをなんと美辞麗句を以て定義付けようと、主催者である為政者の名誉や欲望から行われ、それも世界の貴族たちの金銭欲の強引な力に引きずられたものであろう。マスコミもそうした報道もしてはいるが及び腰でしかない。コロナとの戦いはまだまだ続く。それに対しての防御戦は結局運任せが我が国の為政者の態度であり力量でしかない。遠い昔、ギリシャで「誰かに起こることは誰にでも起こりうる」という名言があり、イギリスやブラジルやインドで生じたことは我が国でも起こりうる。しかし、歴史が繰り返される以上の恐怖は、各国のナショナリズムを批判して済むようなことではない。人新世とは地質学から来ている表現だそうだ。つまり地下何センチかにプラスチックのゴミが堆積した時代になって、海中には無数の小さなプラスチックゴミが浮遊しているという、後戻りできない地球自体の変化。これら全て人類の傲慢さが原因だろう。今年も梅雨末期の大雨や、猛暑が恐ろしい。

なぜか分からないがこの頃腹が立って仕方がない。齢のせいだけとは思えないのだが。

孫に逢へずかわりにオリパラ見せられて食事時間のトイレコマーシャル

七月十五日　記

牧場の丘

しばらくぶりに晴れた日となった。窓の外の楓が下枝ほど揺らいでいる。実に美しい樹と思う。それにしてもこの地の植物は新緑の時期を過ぎれば季節に比してせっかちで、病院玄関脇の桜葉は数枚ほどしっかりと紅色に染まっていた。この楓も梢から少し下の手前に伸びた枝に四枚ほどオレンジ色に染まっている。桜ほどは真っ赤ではない。そのもう一段上の枝の葉も色付きはじているがまだ他の葉は美しい緑色をしている。この樹が好きな訳はその姿かたちが良いからだが、もうひとつ好きな訳は樹が時の流れを実にはっきりとしかも克明に知らせてくれるからだ。厳冬期の裸樹も、新芽の時も、夏の立ち姿も秋の紅葉の時期も美しい。この楓との付き合いは古く三十年は遡るが、意識し出したのは老健に勤務してからでかれこれ十年は経っていようか。今日も写真に撮ったが影までもが美しい。いかにも七月の楓だ。いったい、あの樹に心があるとすればどこにあるのだろう。無数の葉それぞれに、そして小枝にも幹にも、さらに広がっているだろう根っこにもきっとある。だからせっかちにもまだ七月半ばであるのにもう色づいてしまった葉があり、それも隣り合わせに付いている葉だ。隣の顔を見て気がついたかどうかそんな気もする。この樹に見えるものは何なのだろう。人間のような視力は無いから、想像するに沢山の葉や幹の肌から地上の光の色と風の動きなどを感じとって、根っこは地下に滲み込んだ僅かな水分の匂いを見ているのかもしれない。そろそろ羽のような種を付ける頃だ。あの樹も見ているとなんとなく機嫌が良さそうなので幹でも撫でてみよう。いったい樹にはどれくらいの葉が茂るのだろう。無論、樹木によって異なっているのだろうが、樹の大きさからいってこれくらいの葉数がちょうど良いと思える。樹によっての光合成の割合が決まっているのだろうが、こうして晴れ渡った日は太陽パネルではないがエネルギーが沢山蓄えられる気がしてくる。このところ長雨や曇りで日照不足であったから樹々も嬉しそうな表情をしているように思えてしまう。それにしても今日は暑くなりそうだから昨日よりももっと沢山酸素を作って吐き出してほしい。

今日から先日買った中野孝次著の『ローマの哲人セネカの言葉』を読み始めた。三分の一ほど読んでみたが、著者の中野孝次は大分前に『清貧の思想』を読んでいたことを思い出した。好感の持てる作家だ。こんな箇所があった。「徳を求めて努力する人と、欲望のまま何の修行もしない人では、人間の価値がまるで違ってくる。人間としてあるべき心構えを学ばなかった者は、肉体はヒトでも人間になっていないのである。近頃やたら多い、若い親による幼児虐待を見ると、そういう、人間になりきらぬ形だけヒトの種族が、残念ながら今の日本には多すぎる」と。戦前の太平洋戦争の最中にはこんな幼児虐待などなかったろう。この本の著者は今から二千年前のセネカを読んで今の我が国の民意度の低さや、徳や恥という概念それ自体が雲散霧消してしまった今の精神の貧困さを嘆いている。本の所々に東洋の哲人、孔子や道元たちの例も引き合いに出していて、本を読むと昔の人ほど人間に成りきっていた人が多かったような気がする。

人類の歴史は地球を小さく狭くしてきたことだろう。セネカが生きていた頃のローマ帝国の、文明の果つる所が、セネカが島流しにされたコルシカ島で、その頃の地球自体は人類にとってとてつもなく広い世界であったはずだが、僅か三百キロほどでしかない。地球がどれほど小さくなったか。それにいかに醜くなったか、幼女を餓死させた母親はその子に地球や人類の未来を見せたくなかったかもしれない。

昨日、牧場の丘に登ってみたが、木陰に今年生まれた小鹿が透き通って見えた。一種の保護色と思う。

丘は全て牧草地で高く広々とし、北には雄阿寒や雌阿寒の峰が波打っている。ここが「星の降る丘」だ。


夏入日盧生が夢の草枕我は牧場の丘に大の字

七月十六日　記

猫と癒しについて

セネカの言葉の中の「マルキアへの慰め」は、仏陀が我が子に死なれた母親へ教えとして説いた言葉を思い起こさせる。セネカは息子に死なれ悲嘆の底にいるマルキアに、死は決して悪いものではない、死はあらゆる苦難からの救いでもあると説得する。むしろ仏陀よりストレートでこの方が良いと思えてくる。

さらに年若いルキリウスへの文章は、自分の時間をしっかり掴んでおけと、「死を前方に見ていると思うこと自体が誤りなのです。死の大部分はすでに過ぎ去っているのです」と書いている。これなど吉田兼好の「死は前よりしも来らず、かねて後に迫れり」など同じことを言っている。セネカが哲学した頃よりずっと後の日本人も死を十分考えていた。哲人や賢人たちは洋の東西を問わずに同じことを考えるものだ。セネカは知人に「癒し」の言葉を吐いているが、こうした言葉は癒しという現代の日本語とは趣を異にするようだ。日本語の癒しとは、いささか気がめいり寂しく孤独感を感じている気分を和らげるといったもので、病を克服し治すといった積極的なニュアンスはない。一番良く使われる場面はペットとの関係であろう。言葉は生き物である。無論、翻訳に左右されるが、細菌感染など疾病が圧倒的な力を持っていた時代、セネカの時代は癒しとは治療自体のことでもあったらしい。それにしてもペットブームは、コロナ禍では癒し効果が絶大である。どこへも出掛けられない私自身が、猫のナツコにどれだけ沢山の癒しを与えられてきたか、ペットに感謝という面白い時代となった。私も十五歳のナツコも、生物としてほぼ同世代だが、猫はそばにいても何もしゃべらずにいる。老人同士が木陰でベンチに座り合って互いに一言も云わず座っているのと同じで、傍らにいるというだけで十分な癒しとなるのだ。老人保健施設で勤務してきた私も、入所者の方々と同じ年齢となり、看護師や介護士のように、常に高齢者の傍にいるといった態度をとることはできなくなったが、そばに立つ（ウパスターナ）ことは現場では大切と思う。猫との関係では、私の場合はむしろ猫への語り掛けが多すぎる。しばしばツンデレの憂き目を見る。猫のあの自由さがまた実に羨ましい。寝たいときに家の中で一番心地よい所を探して寝て、腹がすけば起き出して目の前に来て舌なめずりをし「分かっているだろう？」といった眼差しでじっと見つめてくる。その全ての関わりが癒しとなっている。ナツコに学ばなくてはならない点は、お互い既に高齢になっており、もう少し淡々としていくことだろう。癒されるばかりではなく、飼い猫から学ばねばならないことは沢山あったことを思い出す。今日も暑くなり、ナツコもその居場所を随時変えていてどこに行ったかなど捜し回ることもあるが、確かに一番涼しい場所を見つけ出している。こうした感覚の鋭さと判断の速さは猫の方がはるかに優れている。身体は年を取ると体温調節に多くの体力を使うのだろう、夏バテはそのためだ。今、テレビでグリーンランドのイルリサットの氷河の流れが速くなっているような映像を映し出しているが、タイタニックの惨事を引き起こした氷山も、その軋む音は、今では地球の悲鳴となっている。今年また世界中がこれまでにない猛暑を経験する。この北海道ももはや日本で今年一番の暑さを記録した。地球もまた生きている巨大な生命体と思えば、この星にも老いはあるのだろう。考えれば我々人類が地球にとってのウイルス、ちょうど今のコロナウイルスのようなものと思えてしまう。猫と私のようなお互い持ちつ持たれつというような関係を、全人類が真剣に考えねばならない時期が来ている、というよりとうの昔に来ていたのだ。グレタ・トゥーンベリの感覚はまるで野生動物のような鋭さを持っている。彼女を見て、今の若者たちも気づくべきだ。オリンピックやパラリンピックなどにうつつを抜かしている政治家を含め考え直さねばならないだろう。人新世ではないがこの星の寿命も既に後期高齢者の範疇に入っている。

庭にねじ花が咲いていた。

屈みこんでねじ花の花数へをり脚にすり寄る猫のやさしさ

七月十八日　記

猛暑

昨日も暑かったが、今日も暑くなりそうだ。夕方庭木に水をやったが、樹木にだって急激な温度上昇は悪いに決まっている。昨日は十勝で九十代の女性が二人亡くなったそうだ。コロナ感染でなく熱中症とのこと。今日、北海道はコロナでの死者はゼロだったが、猛暑はコロナより恐ろしい。この暑さは北海道では二十一年ぶりだそうだが、過去にもあったなどと安心はできない。今日のこの気温上昇の元はその昔、イギリスでの産業革命にあり、その後の二次に亘る世界大戦にあり、さらには全世界でのマイカーブームであり、地上の大量の電気使用量にあり、超大国など絶え間なく軍拡を続けていることに原因があるのだろう。人間の欲得が源である。今や沖縄よりもこの北海道の方が暑い。コロナも再び急増した。北海道での感染者は、今日百四名で、デルタ株は二十五人だそうだ。この歳になるとこの世はもうどうでもよくなり始めているが、孫たちの世界だけが心配だ。

ここのところ、もう一週間ともなろうか、ナツコが寝床や昼寝の場所にしているところはなんと仏壇の真下である。そこが体温調節に最もふさわしいからか、齢をとった猫は化け猫に成るという昔話もあったが、ナツコも化け猫にでもなったたか。それともそこがなんとなく安心できるのか、昔なら縁起でもないと感じただろうが、むしろ笑ってしまった。とにかく暑いがそこが一番過ごしやすいのだろう。幸い壊れたかと思ったクーラーも操作を忘れていただけでつけ続けている。それでも午前中に街まで出かけて本を買って帰ってきた。中野孝次の本から刺激され荻野文子著の『兼好法師　徒然草』を買ったが、著者の視点で解説した本だった。本との出逢いは実に難しいがそれでもヒントになった。気に入ったところだけでも記録しておく。「蟻のごとくにあつまりて、東西にいそぎ、南北にわしる（中略）いとなむところ何事ぞや。生を貪り利を求めてやむ時なし」と。思うに、今も昔も変わりがないようだ。しかし、セネカや兼好の時代はよき時代であった気がする。地球自体の老いや人類の死滅など考えずともよかったが、今や地球の寿命はこの「ホモ・ウイルス」によって蝕まれ始めている。それにしても二百十一段に「人は天の霊なり」とあるところと、先に読んだセネカの「神の一部である者の中に神的なものが存在して、何の不思議がありましょう」との部分は、言い方は異なれども全く同じことを言っていると感じた。兼好の「天の霊」とセネカの「神の一部である者」とは同じ概念と解釈した。中野孝次が本に『徒然草』を引き合いに出している意味がよく分かった。西欧の神とはキリストが生まれる前はもっと素朴な非人格的なものだったのだろう。一夜明けて『兼好法師　徒然草』を読み終えたが、著者は兼好が「つれづれなるままに、日ぐらしすずりにむかひて、心にうつりゆくよしなしごとを、そこはかとなく書きつくれば、あやしうこそものぐるほしけれ」との文章を彼がものを書くことで一種のカタルシスを得ていたのだと記し、読者へも「ひとりの時間」を楽しむことを薦めているが、これなども先に読んだ中野孝次氏のセネカの解説にそっくりである。セネカも兼好も東西の賢人、つまり己の人生とそこに見た世情を考え書くことを楽しんだ人だが、彼らがこうしたものを書いたのは今の私よりずっと若い。ものを見て感じ、考え、頭蓋の中に溜まったものを吐き出すということは、あたかも放尿のような解放感を感じるものなのだろう。だからそれまで何かを我慢してきたことが多いほどそのカタルシスの効果も大きかったはずだ。今の地上の大勢の人間も同じだろう。ただ私には怒りしか吐き出せないが、セネカも兼好も表現のすぐ下には同じ怒りがあったかもしれない。引きこもり生活をしているからテレビに接する時間が多いが、その分、苛々が強まる。責任ある立場の者ほど恥知らずで、責任を組織体の下に回している様は実に醜い。今、日本の国家を初め組織体には責任と恥という概念が全くないとしか思えない。戦前にルース・ベネディクトが解明した日本文化の「恥の文化」も、今やどこにも見られない。このコロナ禍でオリンピックやパラリンピックを開催することは世界への「恥」と考えるのだが。馬鹿なことは止めるに限る。

七月二十一日　記

しゃりしゃりと肌掻く音や夏の闇

オリンピック開会式

二〇二〇オリンピック東京開会式の三時間前にこれを書いているが、それまでプラトンとキケローの文章を読んでいた。昨日からのニュースで知ったが開会式の演出の責任者が、以前お笑い芸人をしていた頃の馬鹿な発言がもとで解任されたとある。委員会の理事の多くが、国際的な反感回避のために開会式の演出を中止した方がよいとの意見も出したが、それも無視し、責任者の予定通りに実行するそうだ。加えてこの春先まで実行委員会会長だった元首相をオリパラ大会の名誉会長に推そうとしているニュースが流れたが、彼は女性蔑視発言がもとで辞職せざるをえなく辞めた人物である。今、読んでいた本は久保勉訳『ソクラテスの弁明』と中務哲郎訳キケロー著の『老年について』である。まだキケローは初めの部分しか読んでいないが、かの時代の哲人と現代の我が国の政府や大会関係者たちの価値観がいかに乖離しているかが分かり実に面白い。元首相は八十三歳になるという。

昨日は開会式を見ていたが途中で寝て本の続きを読んで寝てしまった。昨日解任された開会式演出の責任者は、お笑い番組の笑いをとるため「ユダヤ人ホロコーストごっこ」などと笑いの種に使った言葉が明るみに出て、国際世論の反感を買うことを恐れ大会委員会が解任したとある。さらに、韓国選手団はオリンピック村に李舜臣将軍の言葉をもじった垂れ幕を掛けていたが、批判され降ろしたそうだ。そんな前の民族の怨念がまだあるのだ。李将軍とはおよそ四百数十年前の秀吉との戦の将軍であったとか。日誌に何度も書いたがオリンピックは今の時代ナショナリズムを煽る以外に価値もない。今、内閣が世界と国民の目を意識していることは明白だが、それでもこれまでの失態続きは紛らわしようもない。大会後、大会委員会の一部はこれまでの経緯に関した記録を改ざんあるいは隠蔽する必要が出てくるかもしれないが、政治家でない関係者は彼ら政治家の真似事をすることは止めてほしい。一部政治家が大会に関わっているが、我が国の政治家たちの意識に徳とか恥といった概念自体あるのだろうか。ソクラテスが裁判にかけられた時、告発者らへ「金や評判・名誉のことばかりに汲々として恥ずかしくないのか」と批判した言葉を考えれば、外国人記者が問うた「オリパラ決行は金のためか名誉のためか、それとも選挙のためか」との質問で使われた言葉と同じだ。コロナ禍での大会決行の大義名分が何も言えなかったことからも金と面子と選挙のため以外にない。一般素人の考えとして、これほど不名誉な不祥事が連続し、しかも名分も無いままの決行は一種の賭け事でしかなく、内閣にとって逆風になるのではと考える。大会参加者・選手らのコロナ感染の危険と金儲けとを天秤にかけることだが、こんな賭けを決行して秋の衆議院選挙を内閣はどう見ているのだろう。それでも中止あるいは延期とする方が国民の期待外れになって、内閣とそれを支える保守党は決行が当然と考えるだろう。リオでのオリンピック閉会式での前首相のパフォーマンスや都知事などからすれば、私などよりきめ細かな計算をした上で、自分らの努力が無になることだし、面子からも決行と腹を決めているのだろう。ハラハラドキドキの大会をたとえテレビでしか観戦できなくとも、金メダルが取れればさらによいが、国民はコロナ感染などしばらく忘れてくれるだろう。とそんなふうに考えていると思う。もう一度オリンピックの初心を思い出してみるに、当時のオリンピア地方各地での戦がその間は中断されていたから、今世紀のオリンピックも大会中は地上で悲惨な戦争は起こらないだろう。と思いたいものだが、世界には今度の大会など見ることもできない人の方が多い現実を忘れるべきでない。

今日も暑い日となるのだろうか、日差しが強い。昔、病院スタッフの間でカヌー熱がおこり、私もカナディアンカヌー用の帽子を買った。鍔が長い帽子でそれを被りマスクをつけると誰か分からなくなる。

夏帽子顔半分のマスクかな

七月二十六日　記

ギリシャやローマ時代の死の思想

ソクラテスが誰彼かまわず質問し、その答えに常に反論していたためか、権力に関わる人々から目をつけられた。今で云えば新興宗教の教祖のように若者たちへ悪影響があると批判され、あるいは反政府活動の先導者の如く恐れられ、つまり反体制派の首領と思われたのだろう。死刑を言い渡されたことへの反論としての『ソクラテスの弁明』に、「金や評判・名誉のことばかり汲々としていて、恥ずかしくないのか」とある、この表現はまさに、我が国の為政者らに対しても相応しい。首相や取り巻きや、あるいは彼の後ろで国を操作しようとしている前・元首相らのこれまでの言動を見れば、ソクラテスの時代にも同じような輩がいたということが分かる。日本にも恥の文化があった。特に江戸時代の武家社会では、恥の意識は特有であった。ソクラテスにも日本の武士の一部にも責任を取るということは恥をそそぐことであり、そのために死も恐れないところがあった。今は全く違う。弁明すらしない。実に政治家は責任という表現の体現者で、社会のための公僕で目標に達しない場合、責任を取り職を辞する者と思うのだが、どこまでも議席にしがみつき実にあきれることばかりだ。

ところで読み始めたギリシャ時代の哲人たちの言葉で、私が感じ入ったものを挙げておきたい。ソクラテスの言葉で、「死とは人間にとって福の最上なるものではないかどうか、何人も知っているものはない、しかるに人はそれが悪の最大なものであることを確知しているかのようにこれをおそれるのである」とか、「死を禍であると信ずる者は皆たしかに間違っているといわねばならぬ」とか「死は一種の幸福であるという希望には有力な理由があることが分かるであろう。けだし死は次の二つのいずれかでなければならない。すなわち死ぬとは全然たる虚無に帰することを意味し、また死者は何ものについても何らの感覚を持たないか、それとも、人の言う如く、それは一種の更生であり、この世からあの世への霊魂の移転であるか」など。同じようなことをローマのキケローが「死は確かに老年から遠く離れたものではありえない。かくも長い人生の間に死を軽んじるべきことを悟らなかったとすれば、ああ、なんと哀れな老人よ。死というものは、もし魂をすっかり消滅させるものならば無視してよいし、魂が永遠にあり続ける所へと導いてくれるものならば、待ち望みさえすべきだ」と。エピクロスは「人の魂も肉体も死ねば全て分解し無に帰す」とか「死は存在せず。なぜなら我等が存在する限り死の存在はなく、死の存在があるとき、我等が存在しないからだ」と。あの時代から「死」はテーマであった。とすれば、「存在」という言葉が持つ意味も自ずと明らかとなる。つまり存在とは「有るという事」だ。「事」とは事柄とか出来事などのように、現象であり時間・内・存在と云う意味であり、であるなら、「私という存在」とは「私というその時々の出来事」でしかないということとなる。ということは「私」に実態はあるが、実体は無いということであり、実物が有り続けるということはありえない。「私」の生前に私は有りえなかったし、「私」

の死後に私は有りえない。昔の賢人は当たり前のことを当たり前に言っただけのようだ。
　思考の流れで、どこがどうつながったか分からないが、ふっと以前詠んだ私の俳句「冬銀河私が有るという不思議」が浮かんだ。ウィトゲンシュタインの言葉への疑惑を持ったままこの地に来てほどなくしてのことだ。病院の後ろの小高い牧草地（星の降る丘）に冬登ったことがあって、その時の句だが、陸別よりこの地は釧路の街に近く南南東の空は薄明るいが全天降る星である。樹木が一本もない広く高い丘でのことだった。あの当時は東京の夜空の下で長らく生活してきて星が降るとか、星がへばり付くなどという経験をあまりしてこなかったためひどく感激したものだ。寒かった記憶が抜けている。今日の夜、庭に出てみたがアルビレオとデネブの白鳥座が羽を広げていた。

冬銀河私が有るという不思議

七月二十九日　記

八月

人新世と疎開

『じゃりン子チエ』と『宗教の哲学』のそれぞれ途中を横になって読んでいて、暑さのため妙な思考ミキサー状態の中に取り込まれた感じがした。二冊の本の中身が軋み合って歯車が回るような異常な感覚。この暑さは尋常ではない。実際にはコロナ騒動どころの危機ではない。今、首相がテレビで、コロナ感染者の原則入院を原則待機へ変更との妄言を吐いていたが、これも何か妄想世界のような気すらしてくる暑さだ。首相が国民に向かってテレビで「皆さん防空壕に避難してください」とマスクも付けず、鉄兜を被って話しているかのようだ。「防空壕へ逃げろ逃げ込め総理らの自宅待機へ転進宣言」。実際この暑さ、人類の病としてのコロナ禍どころでない。

「人新世」との言葉が作り出されたのはこのコロナ戦の始まる前であって、コロナウイルスはいわば地球自体の発病の初期症状だろう。今また台風が発生したと。北と南での氷河崩壊、カリフォルニアやオーストラリアでの大規模火災。我が国や中国やドイツでの大水害。人間ばかりの被害に収まらない。既にこの星の上で数十万種以上の生命体が絶滅して、さらに数十万種出来上がっているのがこの世なのだから。今、ニュースで札幌がこの二週間連続猛暑日が続いたとのこと。毎日暑い日が続いているのはこの地へ三十三年前に来てから初めてのことであり、何もかも記録づくめであった。ところで夜にテレビの『報道1930』の番組を見ていたら、イギリスの科学紙で、今後死亡率三分の一のコロナの変異種が生じる可能性があるというニュースが流れた。人知が先かコロナの変異が先かの瀬戸際にいる。地球へ衝突する確立が三分の一のオウムアウア（恒星間天体）が数年先に迫ってきているというような恐怖である。神が人格という性格を持っているのなら、いったい何を考えているのであろう。総理大臣が何を考えているのか分からないようにさっぱり分からない。ひとつ考えうる点は、人類という種を存続させるための計画かも知れない。地上の人の数があまりに多いため、放置すれば自滅するだろうから、それを30億人ほどとすれば、当分の間、ホモ・サピエンスという絶滅危惧種は生き残れる。そう判断したのかもしれない。コロナで既に地上の2億人が罹患したという。ペストの時は罹患した世界の人口はどれくらいか知らないが、中国の明朝の華北での死者が一千万人という記事を何かで読んだが信じられない。とにかく大変な危機的状況であったのだろう。ウイルスは人口密度が高ければ拡散しやすい。太平洋戦争末期、大都会から人々が各地へ疎開した。去年の夏も今年も、長い間コンクリートに閉じ込められて地方から働きに出ている人々も故郷へ帰る季節だ。三密が最も進んだ大都会から故郷の親元や自然に帰ることは当然だろう。

私もスマホでのやり取りなどでできない相談もあり、娘と今後の我々の生活や、今後の相談など直に会わなければならない決め事も沢山ある。それに娘家族にも疎開させねばならない。ここへ呼んでゆっくり相談し、彼女たちにここの奇麗な空気を思い切り吸わせてあげたい。この夏、この地への疎開を勧めている。政府より厳格な対応策を取らせて、ここに来ても町などへは出ず、ドライブで摩周や阿寒でも連れていこう。それにしてもこの暑さ、やたら虻が多く、むしろ個体数が増えるのかもしれない。多分生き残った人間が食べる蛋白質はその多くが昆虫となろう。むしろ牛肉などよりより健康には良かろうし、それに多分美味しいはずだ。こんなふうに考えてくると、今読みかけの『宗教の哲学』（ジョン・ヒック著、間瀬啓允＋稲垣久和訳）ではないが、西欧の一神教の神という概念がますます怪しく、人格神は人間、それも一部の人間のためだけに存在しているとしか考えられない。人格神などは人間の願望に似せたものでしかない。

ところで、ふいに思い出したが今日はナツコの誕生日であった。思い出したのが遅すぎ何もしてやれなかった。

それでも彼女の齢を考え首輪を真っ赤な派手なものから、シックな色合いのものに変えた。

この狭き国土の中でこれほどの間を置ひて逢ふ孫と娘と

八月五日　記

道元の言葉の解釈と三法印の順序

何が刺激になったか分からずふいに三祖僧璨の「至道無難　唯嫌揀択」という言葉を思い出した。この三祖は達磨から三代目で中国人らしいが、だから悟りへの道程を至道と言ったと思うが、悟りに難しさなどなくただ、区分・分別を嫌うといった言葉だ。ジョン・ヒックの『宗教の哲学』をまだ引きずっているが、一神教徒が人間を真上からまるで家畜のように見下し、有無を言わせず命令する人格神などをどうして信じ込むのかが「至道無難」という東洋的思考からいくら考えても分からない。インドの仏陀や中国の老子、荘子や孔子などは、人類の大先達として尊敬し、彼らが思考した概念を尊重できるが、キリストはただ神の子と自覚し喩ただけで「神」の代わりに崇められるという信仰の構造自体がなぜ出来上がったか理解できない。

日本では鎌倉時代に優れた仏教徒が数多く現れたが、あの時代が歴史の流れの曲がり角で流れが大きく澱んだためと思うが、それでもよく分からない。私は法然や親鸞らの阿弥陀如来信仰もどことなく一神教的で時代背景は理解できるが、むしろ同時代の道元の思想に惹かれる。親鸞の『教行信証』（星野元豊著の講解）も手元にあっても未読だし、道元も『正法眼蔵』は十数冊の本も解説書でしかない。それでも浄土宗や浄土真宗などと道元の曹洞宗の違いがなんとなく分かる。三祖の揀択を嫌うという表現（実は矛盾した言葉だが）を嫌わずと解釈し道元を選び取る。これまで何度も石井恭二著『道元　正法眼蔵』に挑戦しようとし、まだ読みきっていない。現代の我が国における浄土宗派や禅宗の宗団をみても、片や信仰集団であり、もう一方は思想共同体のような印象を持ってしまう。

私は過去読んで仕入れた知識からは信仰でなく、思想を選択する。達磨はまだしも六祖慧能から道元の師、天童如浄までの思考の流れは阿弥陀如来とか薬師如来などの想像的存在を介在させずどこまでも脈々と人から人へ言葉を伝達してきたらしい。最近アフガンで再びタリバンが政権奪取したが、イスラーム教も当初の預言者ムハンマドの言葉をどれだけさまざまに解釈してきたことか。異なった点は言葉の解釈から血が流されたことが我が国では圧倒的に少なく一向一揆程度で済んだということだ。何事も言葉が物から事へ焦点を当てるとき言葉が持つシニフィアンは無数のシニフィエを持たされてしまう。白猫も黒猫も「猫」だが、神の言葉は解釈次第だ。

例えば親鸞と道元の「仏性」と「仏法」という言葉もその使い方を異にする。道元の『正法眼蔵』に「諸法の仏法なる時節すなわち迷悟あり、修行あり、生あり死あり」と、その後の「万法ともにわれにあらざる時節、まどひなくさとりなし」とある。『正法眼蔵』のこの言葉は一旦棚上げにして、親鸞が言う「一切衆生悉有仏性」の「仏性」は（煩悩そのままの全ての衆生にも仏陀の仏としての智慧、あるいは仏陀と同じ視線が埋め込まれてある）と仏陀の世界解釈を指したものと思う。道元に戻ってその時節をキーワードと考えれば、仏陀も元はシッダールタという凡夫、つまり時節「諸法の仏法なる時節」があったわけだ。そこから「仏性」が生まれたが、つまり道元のこの表現は、(仏法が未だ諸法だった頃)と解釈でき、その時節は「諸行無常」としての時節だろう。

道元のこのふたつに区分し表現されているふたつの言葉、「諸法」と「万法」とは時節を異にしたもので、後の「万法」とは「諸法」が時節を「諸法無我」に移した時点でのものと考えた。思い出す限り私が読んできた『正法眼蔵』の解説書はこうした解説をしてくれなかった。「諸法」の中には当初「我」は含まれていなかったのだ。「万法」となってそこに「我」も含有されることになったのだ。仏陀の三法印としての順位を前から疑問に思ってきたが、初めはその重要度と考えたが、三法印の順序は見えてきた世界の順序で、仏陀がまず見出した世界像は城の四方の門から垣間見た「諸行無常」(諸法無常)であった。悟りを得た仏陀が次に唱えた言葉が「諸法無我」(万法無我)だったと思う。日本人は『平家物語』などの強烈な印象から「諸行無常」をそのまま優先順位と勘違いしてしまったのだろう。確かに思考の順序としてはこれが最も普遍的なものと思ったし、理解しやすい世界であったのだろう。道元は伝授された仏陀直伝の「正法」を尊んだが禅宗などとは呼称しなかった。仏教はその基本で哲学そのものと考える。道元には悪人も往生も無かったと思う。

わたつみの声のかそけき酷暑かな

八月二十四日　記

禅者　芭蕉

『去来抄・三冊子』から、印象に刻まれた芭蕉の言葉を括弧に入れて抜き書きしておこう。「謂応せて何か有」、「一句わずかに十七文字也。一字もおろそかに思ふべからず」、「物の本情を違ふべからず」、「松の事は松に習へ、竹の事は竹に習へ」、「物と我二つになりて其情誠にいたらず」、「物の見えたるひかり、いまだ心にきえざる中にいひとむべし」など。以上の表現をその文脈に合わせて受け止めれば、少なくとも彼が江戸に出て来てからは禅を学んでいたことがよく理解できる。若い頃の漢詩調の発句などから彼が唐時代の李白や杜甫や白居易を愛読していたことも分かるが、その晩唐の詩人たちは禅との関わりが強かった。無論芭蕉も、禅僧との関わりも多く、禅を学びそれに即した人生を歩んでおり、言葉が持つ力を十分心得ていたのだろう。さらにより深く人生を歩む術を、俳諧の座と旅の中に実践していたのだろう。芭蕉は僅か五十一歳で大坂に客死したが、その病床で「旅に病んで夢は枯野をかけ廻る」の句を支考に書きとらせ、その後で以前詠んだ句を死の直前に推敲し直している。そのひとつが「清滝や波に散り込む青松葉」で、私はこの句など「大河の一滴」を思い起こしてしまう。『去来抄』や『三冊子』などにある芭蕉の言葉を、私は俳句への教えでなく、発句についての彼の教えであったと思っているが、発句とは連句の座の始まりであり、その座に集った連衆への挨拶でもある。

中国で達磨が実践した坐禅と、その最初の弟子慧可との問答が挨拶の始まりとは思えないが、挨拶とは「一挨一拶」という禅の言葉だ。芭蕉が己を禅者とは思っていなかったろうが「乾坤の変は風雅のたね也」という表現も全世界とその変化そのものが、風雅という心の映像として立ち現れるその関係そのもので、それこそが芭蕉の実存の根源に他ならない。道元が言う「諸法の仏法なる時節」とは、芭蕉の「乾坤の変としての風雅」であって、そこに全世界と同時に己自身が立ち現れるという意味であろう。さらに「物の見えたるひかり、いまだきえざる中にいひとむべし」も、道元の「時節もし至らば仏性現前す」、あるいは「起時唯法起（その時が来たらば同時に万物が現前する）（中略）起は知覚にあらず、知見にあらず、起はかならず時節到来なり」の光であって、間髪を入れずに言表せよとのことだろう。「物の本情を違ふべからず」も『正法眼蔵』の「尽地に万象百草あり、一草一象おのおの尽地にあることを参学すべし（中略）有時みな尽地なり、有草有象ともに時なり」の中の立ち現れた全ての事象、たとえそれがひとつの草一本であれ、己自身が生きているその世界そのものの中にあるということ、それが時至り起る事態を決して見間違うなということを言ったものだろう。これまで読んできた数十冊ほどの芭蕉関係の本に芭蕉を道元の『正法眼蔵』と関連付けたり、深く禅に傾倒していたといった記述はなかった。当時の時代背景と芭蕉の人的交流の多さなどを考えれば、彼は道元を十分読み込んでいたはずだ。「東海道の一筋もしらぬ人、風雅に覚束なしとも云りと也」

とか「高くこころをさとりて俗に帰るべしとの教なり」と述べた芭蕉は、『去来抄』や『三冊子』をまとめ上げ多くの弟子を指導した一流の知識人であった。『正法眼蔵』に親しんでいたことは当然とも云えよう。宗教としての禅宗は他の宗派の信仰とは異なって芸術や生活自体に大きな影響を与えた。後の曹洞宗の僧侶でもあった良寛など、正統な僧侶の生活からは全くの別世界に住み、詩人としても見事な人生を送ったことも忘れてはならない。私は芭蕉よりも良寛の人格に心惹かれる。芭蕉ら俳諧師たちは、禅僧と同じく言葉が持つ意味と価値を十分に体得した人々でもあったと思う。ただ五十一歳の芭蕉は道元の「万法ともにわれにあらざる時節」つまり「心身脱落」まで遂に達しえず、そこまでの旅の途中であったろう。

七月から林に白い花を咲かせる樹木が目に付く、まずハシドイ（丁香花）で次にサビタが白い花をつけ、その後に少し黄色味の白い花を咲かせるのが楤の花だ。それぞれの花にそれぞれ時節がある。

八月二十六日　記

ハシドイにあとサビタ咲き秋は楤

続　禅者　芭蕉

芭蕉関係の本で、私が愛読したものは山本健吉の『芭蕉』と、岩波文庫の穎原退蔵の『去来抄・三冊子・旅寝論』だが、前に記録しておいたように後者の本には禅僧のような言葉がちりばめられてあった。まだ沢山あったが、もう一度考えてみると、例えば「謂応せて何かある」とは何の詩情も残らないではないかということだが、より深く穿ってみれば「物と我と二つになりて其情誠にいたらず」と同じく対象と同一化していない、つまり道元が言う「一心一切法一切法一心」とならないことを表現している。つまり、心は全世界そのものであり、全世界もまたひとつの心である。「万法もまたしかあり、（中略）参学眼力のおよぶばかりを見取会取するなり」の万法とは一切法でもある。その法とはあらゆる事象を示す言葉であり、全世界に現象として立ち現れた事物であり、その中に焦点を当てた一点そのものの本体をしっかり捉えよということであり、見取会取した時、物と我とが出逢った時、そこに一心一切法という対象世界との合一化が可能となる。彼我の区分が残ったままでは単なる記述にすぎないということだろう。さらに「松の事は松に習へ、竹の事は竹に習へ」とは道元が『正法眼蔵』で「松も時なり、竹も時なり」との表現を借りたものだろう。「学ぶ事はつねに有り」、「乾坤の種は風雅のたね也」も万法を見取、会取ということに他ならない。しっかり対象たる世界との関係を構築せよということと思う。

では「物の見えたるひかり、いまだ心にきえざる中にいひとむべし」とは何を言っているのか。先にも書いたが、芭蕉がこれらの言葉を弟子たちに残したことは、専ら発句についてだ。発句はまずは挨拶でもある。故にその場その時、できれば間髪を入れず挨拶すべきであると。道元には「光は万象を呑む」という表現もあり、森羅万象は光を介して立ち現れるということで、「時すでにこれ有なり、有はみな時なり。丈六金身これ時なり、時なるがゆえに時の荘厳光明あり」、さらに「自己の時なる道理」と道元は存在とは時間であるとも説いている。己自身、さらにこの眼前に広がる全宇宙もまた時という、一刹那一刹那に己も世界も同時に立ち現れるのだと。ハイデッガーのような「存在と時間」といった並列ではない。道元には「尽地に万象百草あり、一草一象おのおの尽地にあることを参学すべし、（中略）有時みな尽時なり、有草有象ともに時なり」と森羅万象が世界であり、その世界の全てが時として立ち現れると説いている。世界が現象として立ち現れたその時、己の心もその時であって、時が移らぬうちにその世界と取り結んで一体化せよと、道元と同じことを芭蕉も説いている。感覚を通じて関わった世界を一字たりとも粗末にしないで謂い止める、関係それ自体の陳述、それが発句ということだろう。道元は芭蕉の四百四十四年前の人だが、『正法眼蔵』などは十分眼を通していたはずだ。江戸に出てきてからも禅宗の僧侶らとも交流もあったし、当時の俳諧宗匠ともなれば上は大名の家老から地方の豪商や医者や神官など極めて幅広い人脈を持った知識人の代表格でもある。

　連句から発句だけが俳句として取り出された正岡子規以来にあっても、私には芭蕉のこうした思想が生き残っていると思う。私も俳句を詠もうといつも心がけているが作為が先走れば良い句はできない。ふっと、虚空から舞い落ちてくる綿雪のように受け、溶けぬうちに五・七・五にまとめるのが最上の俳句となると思う。その時、忘我というか、作為無く意識内にしまわれていた言葉と目に付いた世界の中の事物がはたと一致して句となるのだろう。ただしそんなことは滅多にない。

　私は浮かび上がってきた句がその時その場の世界への挨拶と思う。だから見えたもの、感じたものへの挨拶が俳句と思う。俳句とはやはり出逢いと選択で、出逢いが自然に彩られ人間模様も織り込まれた世界であり、選択がその色どりに適格な言葉を選び取ることだ。俳句というのは実に難しいが、要は対象をしっかり捉えるということだろう。

　今日、気持ちよく晴れ雄阿寒岳がくっきり見えた。兀という象形文字のままの姿だ。

新涼や雄阿寒兀と北の空

八月二十七日　記

九月

漫画考

私がここ数年毎回読んでいる本は漫画で全67巻ある。それをもう二十回以上、あるいはもっと多く読んできて、昨夜も入眠前に第12巻目を読み終えた。かといって私は他に漫画を数多く読んできたわけではない。全巻読んだのは古いものでは『鉄腕アトム』、『火の鳥』、『ブッダ』(手塚治虫)、北海道に来て『ドラゴンボール』ぐらいで、この漫画が世に出た時はその都度少年ジャンプを帰省した時に買い、釧路行きの飛行機の中で読んできた。飛行機が怖かったせいもある。全67巻の漫画とは『じゃりン子チエ』で一番初めこの漫画に出逢ったのは四十五歳を過ぎて同僚から面白いと勧められたが、一目見て絵が気に食わず数頁捲ったのみで、当時は見向きもしなかった。それが二十年以上たって、医局にあったバラの数冊を当直の夜に読み、やがてバラで手に入れ、その後今ある全巻を手に入れたのが、七十歳少し前のことであった。実に面白い。著者のはるき悦巳氏の能力に感心する。第一にストーリーが実に巧妙であること、登場人物の個性の表現が細かく微細に描かれていること、脇役の猫に味があり、取り上げ方が皮肉たっぷりで、さらに展開が見事なこと、さらに漫画の描き方が極めてうまい。友人から勧められた時よりもはるかに私の目が肥えたのだ。その絵の評価をすれば人物のデフォルメの仕方が漫画の原点に添っていて、特に人物の表情、動作、仕草、背景の描き方も個性的であること、人物の表情はその目の描き方が極めて特徴的で性格や心理状態まで微細に表現されている。あの目の端っこに点で黒目を描いた絵はひとコマひとコマ引きずり込まれる。さらにきめ細かく口の描き方、眉間に筋を一本いれたり、頬に細かい横線を入れたりして心理描写が実に見事だ。手塚治虫の絵は凄いが漫画のデフォルメが完成されてしまいもう飽きた。また漫画本の面白いところはコマ組みで、道元に関した本を読み返しているせいか、その類似に関心を持った。それは時間概念に関したものだ。漫画はそのひとコマごとが時間である。時間の固定化であるが時の流れの切り取り方が極めて実存的であると思う。それぞれが時、或いは道元が言う「起」でもあって、起の連なり方が実に象徴的でつながっているようでありながら時に飛躍し、それでも人生という場でのドラマをコマに組み込んでいて、道元が言っている時間概念が分かる気がしてくる。さらにまたコマ漫画の展開は例えば俳諧の連歌のような面白さがある。さらにひとコマごとのアングルが良い。上からの視線やひざ下からのアングルときめ細かく、黒沢映画監督のようだ。ところで漫画のコマに新聞の四コマ漫画があるが、コマが四コマという点は漢詩の五言絶句に類似している。つまり起承転結という流れで、于武陵の詩「勧君金屈卮　満酌不須辞　花発多風雨　人生足別離」（君ニ勧ム金屈卮　満酌須ラク辞スルナカレ　花発ケバ風雨多シ　人生別離足ル）というような展開だ。無論、いわゆる漫画が四コマ漫画から始まったというわけではないが、時間の捉え方がコマという空間的枠組みに収められている点がどこか道元の思考に近づける感じがする。時々ベッドで寝ながら読んでいてふっと漫画の中に取り込まれている自分に気が付き不思議な気分になることがある。人生とはこの漫画の如く夢だとすら思う。そして最後に、ふき出しがある。『じゃりン子チエ』には喋る人物が時々ミスプリで入れ間違えられてふき出しに声を出しているが、以前、数回目に読んでいて、そのふき出しを手で隠し、なんと云っているのか考えてみたが何も浮かばなかった。作者のユーモアのある見事な語感に感心し、さらにパロール（話し言葉）など言葉の意味の重さを再確認させてもらった。漫画から学んだことが実に多かった。その後、番外編も読んだが、脇役の猫の小鉄とジュニアがふき出しで話しながら、チエがひらめと会話している部分だけふき出し無しで、それを眺めている場面を描いているところから、作者も言語哲学を実験していたのだと考えた。この漫画家は精神医学にも関心を持つ実に哲学的視線を持った人らしい。

九月五日　記

積読をまた引き出してはらはらと頁をめくる秋の一日

ヒンドゥー教

赤松明彦著『ヒンドゥー教10講』を読んでいるがインド人は死後の世界を二つに分ける来世観を持っていたらしい。ひとつが天界という別世界に生まれ変わること、「生天」ということで極楽などのイメージだろうが、もうひとつは死に代わり生まれ変わりする輪廻という宿命からの解脱となる。それが流れ流れて我が国にたどり着いてひとつが浄土宗や浄土真宗などの阿弥陀信仰となり、もうひとつが禅宗に分かれて来たらしい。古代からインド人は二つの来世の重大な選択に迫られていたらしい。

つい今しがた娘からラインがあって敬老の日にプレゼントを贈ったとあった。なぜかその時ふっと気が付いてスマホで我が国の平均寿命を調べてみた。どうも齢をとってくると人間は宿命論者になるらしいが、日本人男性の平均寿命は81・64歳とあった。今まさにこの時点、秋の重陽の節句に私は生きている。81・64歳とは今年の何月何日に当たるのだろう。私の頭では即面倒で計算もできないが多分この頃だろうと思う。時間の線が引かれているはずもないが、テープのようなものが目の前に横にあるのではとすら思えてしまう。マラソン選手のようにもしそのテープを万歳しながら切っていけば嬉しいとは思うが、同時に湧き出す諦観とでもいう感慨。確かに想像していたような恐怖も強い不安も見られなかったがなんとも言いようのない気分に拘った。それもこの齢となると人間が「時間内存在」である実感を持てるからだろうし、持たざるをえないがゆえの悲劇だろうか。それでもすぐその後常備薬がそろそろ残り少なくなったことに気を取られてしまい、悲劇かどうかは分からなかった。

さて本を読み進むが実に読みにくい。こんな薄い本にインド亜大陸の思想史を盛り込むこと自体凄いことだからだ。それにやたらカタカナが出てくる。まず、古代インド思想にヴェーダー（知識）という天啓が与えられ、後にその根本思想はブラフマンとアートマンという二元論を統合したような思想が生まれた。その思想はウパニシャッドと呼ばれる文献群を生み出す思想へと変化したらしい。その後のインドの思想は土着化し様々な神々を生んで私には理解しにくい世界となったようだ。いずれにせよインド人は生きる上での究極の目標を大きく二つに分けたようだ。ひとつが「上昇・増大」というこの世とあの世での欲望のさらなる発展と、もうひとつがうつろいゆく不条理からの「解放」である。宗教的生き方がひとつに「活動的行為」、もう一方が「静止的行為」に分かれ「ヴェーダー的思想」と「ウパニシャッド的思想」となったと解釈したが、さほど明確でなく二つの思想が混ざり合い絡み合って次第に一方に収斂していったかのようだ。北インドの王宮でシッダールタという若者も王宮四つの門の外に無常を見てすべてを放棄し、苦行の果てにヨーガの実践中明けの明星を見て悟ったという。王宮の中で最高級の生活者であったが故のだからこその「静止的行為」に傾いたのだろう。生まれ付いた血筋もあるが人はどこまでも作り上げられていく存在者なのだと思う。

高校時代、大学には哲学科があって、その中にインド哲学などの専門の学問があり、有名な学者がそのインド哲学科出などと知って、インドに興味を持った思い出がある。

今ニュースは自民党総裁選挙が取りざたされている。四人ほどの立候補者が出ているが、彼らも作り出されてきた人間だ。人とはひとりで自分を築き上げてきたわけではない。その時代、その時の世界から生まれたもので、立候補者も時代が作った人物なのだろう。公文書も破棄したり、公金を選挙の賄賂に使ったり、業者から賄賂を取ったりする腐敗極まりない悪臭を出した輩には去ってもらいたい。人間の言葉を最大限悪用する職業を私は政治の内に見るが、そうあってほしくない。

今日も猫のナツコの方が早起きしている。カーテンを開け彼女に挨拶した。

爽やかで猫と挨拶かはしけり

九月九日　記

ウイルスと細菌

河岡義裕編『ネオウイルス学』を読み終えたが、世の中には面白い学問があるものだ。そこで学んだ事柄を書き残しておこう。まずこの地球上には八百七十万種ほどの生命が存在し、およそ三十億年前にこの地球上に誕生した最も古い世界共通の祖先ＬＵＣＡからまず古細菌と真正細菌が生じ、その後さらに真核生物が誕生し、それがさまざまに分裂し枝分かれして脊椎動物となり、その中の哺乳類という形態の動物が生まれ、さらにそこから猿人が誕生し、やがて草原へ出てホモ・エレクトスとなり、さらに言語機能を獲得したホモ・ロクエンスが現れたと。その祖先がアフリカ大陸からユーラシア大陸へ進出し、そのほんの一握りほどの祖先たちがこの列島にたどり着いて、やっとこの私が現れたという歴史、その始まりを知った。ウイルスが先か古細菌が先かは不明とのことらしいが当初地球はまだ熱く高温環境にあって、そんな高熱の中が好きな好熱菌として古細菌が生まれたという。今でも高熱の温泉地の熱湯の中に古細菌がいるそうで、その古細菌の中にもウイルスが生きているという。

だとすれば私は細菌の方が先に生まれ出たと思う。地球上に生きている三十万種の植物からも、海水のいたる処からもウイルスが見つけられてその数は十の三十一乗ほどがこの星に生存しているというが本当だろうか。我々人類には少なくとも三十九種類以上のウイルスが住み着いていて、人間の体の脳、肺、心臓、肝臓、胃、大腸から血液や神経など二十七カ所の組織内に生存しているらしい。さらにウイルスは自己増殖できない生命体だが、つまり何か他の生命体の細胞の中に住み着いてそこを己が増殖する工場に変えて生きながらえるという。その遺伝情報はDNAとRNAの二種類で、一本のものと二本のものがあると言われているが、それをキャプシドと呼ばれる蛋白質の外殻が囲んでいるだけの構造しか持っていない。中にはその膜すら持っていない裸同然のウイルスもいるという。それでも宿主に害を及ぼすものは一割ほどでしかないということだ。この世界はこのように何重もの入れ子構造で、持ちつ持たれつの係わり合いで存在している。決してどれか一種類で生き残っていける生物など存在していないのだ。ひとりこの地球に生き残ったとして誰一人生きられる人間など存在しない。ましてやこの「私」も私の中に生き続けてくれているウイルスあっての人生でもある。

全ては関係の表現としてここに私たちが現れている。コロナのように宿主に害をなすといっても、彼らウイルスも生き残るべきであり、宿主を死滅させるほどのウイルスは僅かであるという。昨年秋から「ウィズ・コロナ」と云う表現が流れたが、あれを政府は「ゴートゥーキャンペーン」に利用した。彼ら政治家に「太古の昔からウィズ・コロナ」であったという学者らの意見は決してまともに耳には入ってはいかなかったろう。本の「おわりに」を読むと、「実際には、寄生した生物に害を及ぼすどころか、恩恵を授ける善玉的役割を果たすウイルスも多く存在しています」とあった。むしろその方のウイルスが数多いのだろう。そのお陰で、この

「私」も母親の胎盤（胎盤の機能はウイルス由来とある）を通して生まれ出ることができたのだから恩人に違いない。さらに「ウイルスを善玉、悪玉などと分けることは、人間の視点でとらえた勝手な解釈にすぎません」とあるが、その通りで全て人間の解釈にすぎない。

週に二日は近くの温泉に浸かりに行く。露天風呂に浸かって四季折々の空の雲を眺めたり、湯面の自分の顔を覗き込んだりすることが好きだが、その湯の中に無数のウイルスが生きて共に湯に浸かっているなどは一度たりとも考えなかった。古細菌とその中に住み着くウイルスを求めて日本中の温泉地をウイルス学のフィールドにしている研究者がいることも知らなかった。私も明日午前中に例の温泉の湯舟の中をゆっくり覗いて見よう。

湯の面に顔だけ出して覗きこむ空の深みの秋の顔見ん

九月十日　記

空海の言葉

「六大ハ無礙ニシテ常ニ瑜伽ナリ　四種《シシュ》ノ曼荼《マンダ》ハオノオノ離レズ
三密ハ加持ニヨッテ速疾ニ顕ワレ　重重タル帝網ヲ名ツケテ即身トナス」

空海の『即身成仏義』を私なりに読んでみた。

六大とは空海が別に詠んだ「五大皆響き有り」の地・水・火・風・空に人間の意識の識を加え、宇宙と同時に心をなす要素である。つまり宇宙もこの心も全てが入り混じり混合し互いに妨げることなく結び付いているという。瑜伽とは「相応」ということで、相応ずるという意味だ。梵我の概念からすれば、梵にも「意」も「識」があることになり、付け加えればそれぞれの構成要素がそれぞれに関係しあっている状態となる。物質と精神という異次元をひとまとめにしてしまったということだ。

空海は別のところで「五大皆響キ有リ　十界ニ言語ヲ有ス」とも詠んでいるから、現代物理学の如く全てが響きあっているともいえる。人間の意識としての「意」も「識」も一種の響き、つまりエネルギーでもあるといえよう。今もって「意」と「識」の区別と定義付けができないが、広く意味を取ればこの宇宙にも「意」があるとも考えられる。「識」が受身としての知るというところに重心を置くなら、「意」は関係を取り結ぼうとする一種の志向とも考えられる。

七言絶句様のこの第一句目が全てを表現してしまっているかのようだ。次の四種の四がどれを指し示すものか分からないが、曼荼羅はさまざまに描かれていて、私なりに理解しうるところは宇宙における立体構造の二次元的イメージなのだろう。もろもろの存在者の置かれた立場の関係性がそれぞれの次元やレベルやあるいは視点から鳥瞰図的にイメージアップさせるため工夫されたものだろう。そうした人間の宇宙観としての四つのイメージもどれも寸分違わないという。

三密とは人間の身体機能、言語機能、そして精神機能、これら三つのエネルギーを加持すると、感応によって即座に梵我一如の現象界が立ち現れる。加持とはそれぞれからの働きかけとし、かき混ぜて見ると解釈してみた。そこから結句としての四句目の現象界が浮かび上がる。つまり何重にも重なって複雑な帝網、つまりインドラの網が現前する、それを名付けて即身、つまりはこの我が心身であるとする。つまり梵我一如の世界となる。網の目のように神経や血管が走り、無数の細菌やウイルスが関係しあう複雑極まりないこの肉体と、無限の時空の中に無数の元素が絡み合い生命がまとわりついたこの宇宙が同一のレベルに立ち現れてくるのだ。

私は『即身成仏義』をこんなふうに解釈してみた。

少年時代、こんな空想をしたことがある。仮に、私の心身だけが光の速度より早く巨大化していって、この宇宙を突き破りさらに巨大化していったら、昼寝をしている猫の睫毛についていた涙の一粒から私が飛び出していた、とそんな空想である。この地に引っ越してきて、庭に花壇を造り三年目であったか桔梗の花が咲く前の大きな花弁に包まれた風船のような塊の中にも巨大な宇宙が存在していると思ったり、近くの露天風呂に湧く泡の中にも宇宙が存在していると感じたりした。華厳経の影響だろうが小に大を見るような感じ方に馴染んでいたのかもしれない。先日、晴れた日に別の近くにある温泉の露天風呂に浸かり、雲がちぎれた丸い青空を眺めていたら、その空に巨大な瞳を見るような気分にもなった。巨大な私がこの地上の小さな温泉に浸かっているところを覗き込んでいるかのような想念。果てしない思考の流れ、そこにはまるで限界がないかのようでもある。人はそれを空想とか、はたまた妄想とか妄念とまで呼ぶが、人間のこの想像力は言語機能の力を借りなくとも大きく広がりうる。最近将棋の三冠を獲得した十九歳の藤井聡太の無数の変化を読み解いていく力など目を見張る思いがする。そんなわけで、ヒンドゥー教を調べた後に読んでいこうとしていた本を変更して、二〇一一年六月二十六日に購入したまま積読しておいた小説『空海の風景』を読み始めた。上下二冊の大著である。前に読んだかどうか記憶もあやふやで読んだような気もするが読み返してみよう。ちょっと手に取ったこの本を広げたところ、下巻の裏扉に鉛筆書きでこんな俳句が書かれてあった。今も庭に咲いていて花期が長い風露の花だ。本は読んでいた。

風露咲きその名の妙に頷きぬ

九月十八日　記

深紅の空

地球上ではこれまで様々な生物が生まれては消えていった。誰もが思い付く恐竜がある。将来生き残るのがクマムシだという俗説もあるが、いずれ人類もクマムシの真似はできず恐竜同様の末路となろう。恐ろしいが地上の人類に二十二世紀は無いのではなかろうか。気温が二度今より上昇したとして、今のままの人類の欲望からすれば二十二世紀がありうるだろうか。六十億円出して宇宙旅行をするようになりそれが安くなればロケットによる大気汚染はいくら水素自動車ができても同じことになるだろう。今年一番怖いテレビでの映像は山火事で空が真っ赤になっている映像と火傷したコアラの映像だった。いずれ地球の空が青いのも遠い過去のことになるのではなかろうか。

気温上昇の原因を作ったのが人類でその欲望が根源だろう。では何が余計な欲望を作り出したのであろう。いうまでもなく言語である。では何が言語を創造したのか。そこまで考えれば、それこそ「神」を出してこなければならない。ならば、神は最初から人類の消滅を計算していたことになる。「最後の審判」の話は本当なのだろうか。

最近、自民党総裁選のテレビを見ていて、議員の言葉の中にいまだに天照大神が生き続けていることを知った。さらに神道をナショナリズム強化に利用する政治家が保守派の中核に生き残っているらしい。総裁候補がいまだに靖国神社参拝を公言している。理由は日本国民としてこれまでの外国との戦争で日本の為に戦って亡くなった人たちへ参拝することで、当然だと言い切る。いったい第二次世界大戦で我が国の若者たちがなぜ戦争に駆り出されて行ったか、その背景を全く無視している者の妄言だ。天照大神が日本人の始まりを作った神様だなど信じ込んでいる日本人が何人いるだろう。アメリカでダーウィンの進化論を信じない人がいるというから、この候補者も天照大神を信じ込んでいるのかもしれないが、実際は「日本会議」というナショナリストを意識してのものだと考える。総裁候補は、首相に選ばれても靖国神社に公式に参拝すると云っているが、その人物がタリバンや金正恩を批判することは理論上できない。私は信仰の自由は認めるが政治が信仰を弄ぶことは許せない。どこの神社であろうとお参りすることに私は異を唱えない。全くの自由だ。国家と個人を同列に扱うことが問題なのだ。かつて朝鮮半島の民族は皇居の方角への拝礼を強要された。その屈辱は韓国民や北朝鮮の人々のナショナリズムを強くし、反感と憎悪の感情を強めただけだ。何で自分の信仰を外に向かって喧伝する意味があろう。個人の心理を国家というレベルから操作するということが許されるとすれば総裁候補も金正恩も同じレベルだろう。

天照大神は、仏教で言えば盧舎那佛であり大日如来である。その昔、インドのヴィシュヌ神が生まれた頃、アヴァターラという思想があったそうだが、我が国の本地垂迹に当たる。インドの思想が中国大陸に入りそれが盧舎那佛であり大日如来となった。本地とは我が国のことで仏が神の姿になって表れているということだ。本地垂迹はヴィシュヌ信仰のアヴァターラに由来しているらしいが、アヴァターラとはヴィシュヌ神がその時代ごとに様々な姿となって出現するというもので、その時代その土地に人類の救い主となって姿を変えて現れるということらしい。さらに当時のヴィシュヌ信仰では、未来にヴィシュヌ神は白馬に乗って流星剣を持った救世主となってこの世にあらわれるという話があったそうだ。赤松明彦著『ヒンドゥー教10講』の本の終わりの方に載っていた。金正恩のような気すらする。いい加減にナショナリズムにすがりつくことはやめた方がよい。気温が上がって地球上には既に何万種かどうか知らぬが絶滅した生物がいるのだから、若者は悲しむより少女グレタと共に立ち上がった方がよい。諦めずに四人の某党の総裁候補を吟味し、未来を託せる人物がいるか否かをしっかりと見極めてほしい。

よい天気なので久しぶりに釧路へ買い物に出た。今日は名月、夕食は娘から贈られた鮪を食べよう。孫も今年は選挙権がある。もっとも今度は自民党内という狭い世界内でのものだ。

敬老の日の日輪を顔に浴びまなこ閉じれば美しき紅

九月二十日　記

十一月

道元と時間

以前、井筒俊彦の本でどこかに時間論が出ていたことを思い出した。それを読み返す前に、我が国の平均寿命を超えた私の歳と、これまでを振り返りながら時間を考えてみた。禅宗の本のどこかに、「川が流れているのでなく、橋が流れ去っているのだ」とあったが、ヘラクレイトスの「パンタ・レイ」以来、時とは流れ去るものだというがっちりした考えがあり、我々現代人の思考に組み込まれてしまっている。流れとは途切れが無いという思考。確かに感覚的に途切れてはいないように感じる。しかしどうもそのように我々は信じ込まされているのではなかろうか。時の流れは途切れなく均一なスピードで流れているとされるが本当だろうか。均一なスピードなどと昔は正確な時計などなかったし、正確という表現や時計など信じてもよいのだろうか。確か石井恭二著『正法眼蔵』では時とは「有」であって、「有時」という道元の表現を紹介し、「われを排列しおきて尽界とせり。この尽界の頭々物々を、時々なりと覰見すべし」と道元は言っている。解釈すれば「対象の前にそれぞれ己を配置して世界とし、そこに現れるひとつひとつの対象をそれぞれの時であるとうかがい知るべきである」となるのだろう。

これは映画のフイルムをひとコマずつ眺めるようなもので、ひとコマひとコマが時として固定化されているというわけだ。時は決して途切れなく流れ続けるものではないようだ。「有時」と断言する道元にしてみれば存在とは時であり、時とは向かい合った己が尽界の個物ひとつひとつにその時その時の意味を付与する而今というわけだ。私が生きてきた時間を思い出してみても確かに道元が言う通りだと思う。写真のアルバムのように思い出はみなひとコマごとに思い出される。そもそも私たち人間の脳神経系の情報の伝達は流れのようだが、意識化されるのはその都度「ひとコマ」であろう。入力した刺激を脳組織で意味付けしたその瞬間が「時即有」となるのだ。例えば私が四歳児の頃、練兵場に寝転んだ時の頭々物々の存在はレンゲの花のみであり、それが有であり尽界そのものだった。時はその時に留まり決してその前からもその後も流れてはいない。古い時代ほど時はひとコマの映像として残っている。

星空を見れば、星の数だけ「時」が瞬き、気の遠くなる無数の時がそこにある。人が歩くときそこに時間の流れを感じるが、何百光年という星から何千光年という星を「時」として見直すために眼球を動かす筋肉も心臓の筋肉も筋肉自体の時間は全て神経線維を時々刻々と細切れの情報の移動でしかない。時間は脳神経が一定の時間を経た後にその都度、その時ごとに世界に意味を付与しているものにすぎない。つまり何万光年とは解釈にすぎない。意識の上にその都度、実際は細切れの形で世界が現成してくるのだ。気が付けばその時同時にそこに己自身が立ち現れるという。この「現成」という表現はいろいろな階層をもった多彩な言葉である。井筒俊彦を読み直してみると、イスラームのイブヌ・ル・アラビーは道元の三十五歳年上だが、「創造不断」という概念を作ったとある。創造とはアッラーの創造で神がその都度その都度まさに息吹の如く世界を作り続けていると。世界という存在はその刻ごとに神の息吹と共に立ち現れ、その前後は無という。つまり神が万物とその都度共にあるということだ。存在の起滅とは非連続的連続として現れる。時の念々起滅が有の起滅でもある。イブヌ・ル・アラビーはイスラーム教徒であり、この神の息吹に慈愛を付与させてしまうが、道元に神はない。その道元でも世界は一瞬ごとに起滅していて、有るという事態とはそのまま時であるということだ。イスラーム教といい仏教といいこの二つの宗教は、ニュートンが言う絶対時間などという時間概念を取り出しては来なかった。洋の東西、古今を問わず時間とは人間が意識の中で捉えたもので様々な解釈でしかない。井筒俊彦の道元の時間論を読み直してみたが、事事無礙即時時無礙で、而今即尽時であり、「老梅樹の忽開華の時、華開世界起なり」とあった。

晩秋の挽歌聴き入るや樹一本

十一月一日　記

再び時

先に星空を喩にしてみたが、的確な喩かどうか分からない。例えば四百三十光年先にあるとされている北極星を見つめるという而今は四百三十年前を捉えているということになるのだろうか。昔、『沖縄タイムス』のコラム欄に星空を「タイムスクリーン」という題で文を書いたが、時間意識の喩になるか分からなくなった。もう一度、道元の時間概念を漫画本で考えてみよう。昨夜、寝る前にベッドで『じゃりン子チエ』の34巻目を読み終えたが、起き出してまた捲ってみた。

『じゃりン子チエ』は全67巻という時の流れがチエの五年生という一年間に収められた漫画だ。梅雨の大雨の場面や暑い夏の日が舞台であったり、大晦日がクライマックスになったりして季節感がある漫画だ。登場人物は赤ん坊以外は変化しない。私がこの漫画で取り出してみたいことは漫画のコマである。コマの移動は漫画上数秒から数分、時に数時間？　一昼夜、それ以上に及ぶこともあるが、道元の非連続的連続とでもいえよう。その都度新たに現成し次のコマへ移っていく。時々、場面や登場人物がガラッと飛んで変化することもあるが時間は飛躍しておらず、同じ時間帯で全く別の空間となる。そこをつなぎ止めているのが別の人物のふき出しの中の同じ言葉のこともある。私はこの漫画に取りつかれていて、何度もじっくりコマを見るが、それは世界が四角い枠の中に納まって次々に連なり、その都度魅了されている。それ故そのひとコマずつに世界が現成している印象を持つ。道元の「現成」の喩になる。そのひとコマに確かに動いている人が出てくる。四角いコマに収まっているが而今がある。この世界に意味を持たせ浮き上がらせてくるのがふき出しの中の言葉だ。もしこの漫画のふき出しに言葉を入れなかったらこの世界はどんなふうに現前してくるのだろう。世界は事であり、事とは言葉によって意味を付与され、その付与された時点が「時」として意識に浮かび出る。道元などの解説書を読みながら、疲れた時この漫画を見ると実に面白い。こうしたコマ割り漫画に私は道元やイブヌ・ル・アラビーの時間論を上乗せして考える。

私が自分の昔を思い出す場合、映像的なイメージがほとんどだが、それらはどうしても断片的な漫画のコマのようになる。遠い昔ほどその傾向が強い。小学校六年生の時、学校の屋上で数名の友人とスターリンの顔写真の載った死亡記事のある号外を見ていた映像が今でもありありと浮かぶ。コマ枠は見えないが前後裁断され時は止まっている。その時、屋上と数人の友人と号外とが意味付けされ、号外一面のスターリンの顔に価値が刻印されていた。こうした古い記憶はなんらかの価値が刻印されているから呼び戻せるのだと思う。

さて、『じゃりン子チエ』でしばしば出てくる夢、コマごとのイメージとしての絵が実に巧みである。夢は大半が思い出せないが、しかも実際の夢は漫画より前後が不明で、コマが飛び飛びでつながっていない。少なくとも私が見る夢はこの漫画でテツやチエが見る夢ほどのストーリーなどない。人生は物語だと云われるが、七十五、六年を振り返って見ても私には物語など見えてはこない。夢のような断片的なイメージが前後区別なく現れてくるだけだ。誰しも物語を書くべく生まれてくるわけでもないし、それにどんな物語も全て様々なコマをつなぎ合わせ、「てにをは」で糊付けしたパッチワークのようなものだ。私は「時」とは道元が言うように「有」であるとは思うが、記憶に残るコマ、それは価値とも考えている。「価値」の無い時はただ流れ去ってコマに描かれない。意味は種子として阿頼耶識に蓄えられるが、記憶の中では価値は沈まず最後まで残る。それは多分コマに描かれているだろう。短歌より俳句はやはり写真に喩られやすいし、ひとつの「コマ組み」だが短歌は少なくともコマが二つ以上連なっている。

ゆく秋の林の奥に透けし空林ぬければ雌阿寒に雪

十一月四日　記

意味と価値

言葉の定義は実に難しい。心や神などは確実な定義付けなどできないが、その部類に「意味」や「価値」も加わる。「意味」とは私が目を向けた世界の一部（事）を切り取ったものであって、ゲシュタルト的に云えば世界という地、つまり白紙からある輪郭を持った図が浮かび上がったようなことだ。意味とはそれだけを取り出すことはできず、地（周囲）との関係から浮かび出される。「何かという事」を指し示し、あるいは「見つけられた対象（現象）」、あるいは「切り取られた世界像」とでも謂えるだろうか。喩ればレンズの焦点が絞られてピントが合った対象としての「事」だ。こうした喩をいくら引っ張り出そうと的確な定義とはならない。いずれにせよどちらもまずは個人的なものから始まる。人は世界から意味を見つけ出すとも、逆に意味のほうから飛びついてくるともいえよう。

幼い頃、世界は人によってさまざまに現前してくるが、そこに意味とか価値が貼り付いて、あるいは貼り付けつつ現れる。私には小・中学生頃から蝶の世界が現れた。蝶とはまず美としての意味と価値であった。図鑑で世界の美しい蝶を見たことで世界へ目が向き、しばらくして日本の蝶が世界に比べて斯くも見劣りするのかが不満となった。トリバネアゲハのような大きく美しい蝶がなぜいないのか。近くでなくともよい、せめて高尾山や日光にはいないものか。

小学生の頃、学校の旅行で日光へ行き売店でガラスケースに収まったモルフォチョウと沢蟹の置物を見つけた。てっきりこれほど美しい蝶が日光にはいると思ってしまったが、後からブラジルの蝶と知ってがっくりした経験がある。

当時の私にとって「意味」と「価値」は蝶に喩れば、飛んでいる飛び方が蝶か蛾かの「意味」であって、より美しくより珍しい蝶、蛇の目蝶やセセリチョウよりアゲハチョウやタテハチョウが「価値」であった。井の頭公園で飛んできたクリーム色の飛び方の速い蝶が私には意味であった。蛾ではない速さと飛び方、色からして珍しい蝶でなければならないという「意味」があった。夢中で補虫網を伸ばし、私はウラギンシジミという出逢ったことのない美しい蝶を捕獲した。そこに「価値」があった。このように意味と価値は世界を対象としたときにその人に弁別され受け止められるものである。価値とは基本的にその人にとっての価値だ。但し、人類にとっては普遍的な「意味」と「価値」が大枠としてあり、人とは脊椎動物の他の種と異なって二重の「意味」と「価値」を背負わされている生き物だ。動物にある意味と価値はこの今、而今でしかないだろう。そして多分下等動物、あるいは単独生活をする動物ほど意味即価値となるだろう。原始的生物では光、空気、水、そしてエネルギー源が即価値で意味はない。サバンナで狩りをする肉食動物は草原に動くものの形態、その大きさ、その匂いに意味を持たせ、価値の判断を下す。豹にとって河馬は価値を持たずカモシカなら価値がある。可能性と味覚こそ価値基準の原点だろう。飼い猫を見ているともう少し複雑で、旅行の準備をしていると、猫は玄関に置かれた荷物に意味を察知する。沢山の餌があることもある意味を持つ。飼い主がいなくなることを指し示しているわけだ。急いで餌を食べ、どこか安全と思われる隠れ場所を探しそこにうずくまる。食いだめと隠れ場所が価値なのだ。餌の山盛りと荷物は指し示すものであり、餌と隠れ場所が示されたものとなる。若いナツコにこんなことがあった。このように多くの動物にとっての意味と価値とは多少の幅はあれ而今であることが大半だろう。人にあっては以前から意味と価値とは時空的にも分離されてきた。多分人類が人差し指を使い何かを指し示すことを覚えてからだろう。そして言語機能を持つホモ・ロクエンスが誕生してからは人はその行為に目標や目的という意味を持たせた。行為を実行するその時と、目標を達成させた予測の時とを明確に区分したのだ。その挙句にキリスト教やイスラーム教などでは価値を人生の最後まで持ち越させてしまった。最後の審判などと人生全般の価値を最後に持ってきてしまったが、東洋での倫理観はそこまで先延ばししていない。私が思うに禅宗などでは意味即価値とでもいえそうな印象さえ受ける。

意味の定義に追加すれば、意味とは未来の結果としての対象を予測させる事とも謂える。

十一月五日　記

蒼穹の端に雌阿寒白き無垢北の大地に染み入るや季

この世のものとは思われない体験

精神科教室に入局後二年目の時、教室の一泊旅行に参加した。修善寺温泉で私が好きな温泉地だ。宿には池を挟んだようなところに能舞台があった。その夜、先輩たちと温泉に浸かった。先輩二人を前に三人だけの大きな浴槽の中で私はこんな質問をした記憶がある。「これまで、この世のものとは思われない体験をしたことがありますか？」二人のうちの若い方の一人が「ありますよ」と答えてくれた。

私は伊豆半島には詳しく今日集まっている精神科教室の誰よりも詳しいと自惚れていた。高校時代から何度も伊豆に来ている。専ら西伊豆の堂ヶ島の知人のところだが、湾内の海の底まで知っていた。高校二年の時に一人旅で修善寺から歩き初め天城峠越えをして河津浜経由で伊東まで歩いたこともある。天城峠のトンネルの右手の登山道から山へ登った。三月二十日頃で既に夕方だった。暗くなった山道を懐中電灯でどうにか八丁池までたどり着き、何もない大きな池の湖岸で寝袋を広げ寝た。寝袋から顔だけ出し凍り付いた星空を眺めた。寒くて朝目覚めた時寝袋はごわごわに凍っていた。晴れた良い天気で熊笹の中の山道をトンネルの下田側へ降りた。そんなこんなで伊豆半島は大半知っていたから、私は伊豆半島の自慢話がしたかったのだ。先輩のひとりは奥さんが亡くなった時の体験を「この世のものとは思われなかった」と表現した。私は期待していた話でなくテーマをずらされた気がしたが、もう一人の先輩は四十過ぎの大先輩でただ笑って私の話を聞こうとしていた。テーマを引き戻すため私は熱弁をふるい、「この世のものではない」夜の海の中での体験を話した。

夜光虫が大発生しその中を素潜りした体験である。夜光虫はその中を潜ってみなければこの世のものとは思われない体験はできない。波の上から見ているだけでは夜光虫の素晴らしさは分からない。夜光虫の海の中は銀河を泳いでいる感覚で、私の体中が夜光虫で光るのだ。先輩二人とも夜光虫は知っていたが、見たことも潜ったこともないと云った。「この世のものとは思われない体験」などと云われれば、その人物の価値観に由来した体験となろう。人さまざまでこんなテーマを人に投げかければ、どんな体験が語られるであろう。大津波に流され助かった人にもあったろうし、私より年上の人には戦争体験での悲惨な体験もある。生命との隣り合わせになった恐怖の体験はまああることだろう。「この世のものとは思われない体験」という漠然としたテーマから人は喜怒哀楽、感情のどのレベルでの答えを持ち出すだろうか、世代によって全く異質の答えが返ってくるはずだ。私のように単純に美しいだけの体験を挙げる者もいるだろうが多分若い人々に多いと思う。ただ平均寿命を超え出た今の私にとって、あの時ほどの体験、それもこの世のものとは思われない素晴らしい体験は他には思い出せない。そしてこのことがどんなに大きな意味を持つものか。その意味とは、平均寿命を超えるまでいかに「無難な日々」であったかを指し示している。その中から私が選び出した体験が夜光虫の中での素潜りであった。先輩が温泉に浸かりながら私の質問に答えてくれた話は、赤ん坊を抱えながら妻を看取ったという話で、さぞ辛かったであろう。私も身内の看取りで辛い思いは何度もした。私はそれら全てをこの世での体験として受け入れてきた。哲学的な「価値」とは真・善・美に関してのものだろうし、これまで人類はこうしたものが意味する価値に憧れて求め続けてきたのだろう。全て人にとってそれらの価値ある実体はどこまでも追い求めていくべきもので手に入れることはできない。捉えたと思っても実体がないが故に手からこぼれ落ちる。だから哲学的意味では人生に価値などはつかめないが、価値があるとすればそれに気づくことだけだ。地上の生命体にとっては生きていることが価値そのもののはずだし、私にとって夜光虫の体験はひとつの体験価値であったことは確かだ。人生の価値は人生の「体験価値」に他ならない。価値を厳格に定義すれば体験以外にない。

平和という価値は、私を含めた全人類の体験価値なのだろう。

夜光虫吾また光まとひけり

十一月十一日　記

冬日

薄い雲がかかっているが、まあ晴れた日である。今日は遅くに寒冷前線が通過するというから天気は崩れるという予報だ。昨日の今日、集団検診の検査の腫瘍マーカーが正常範囲であったから浮き立った気分のはずだがなんとなく信じられないといった気持ちを抱く。今年の6月の検査結果が異常値にあったものが何で正常値に戻ったのであろう。昨日寝しなに読んだプラトンの解説書の文章に「数学的推論はその前提を仮説的に認めるならば、という条件付きの真理である」とあった。結果の数値を信じるか否かは迷うが判断保留としておこう。それでもそれなりに不安だが、不安といえば台湾がアメリカ製の戦闘機を大量に購入したというし、中国本土ではすわ台湾へ侵攻だと、買い占め騒動が生じたとの報道があった。また日本のある社長の韓国人従業員へのパワハラがヘイトクライムそのものであるとされ罰金刑が下った。きな臭さを感じることはこれまでにないほどだ。私はあの時、今から五十九年前の十一月、キューバ危機を凌いでいるという危機感を抱いている。いたるところにナショナリストが蠢いている。バイデンが北京オリンピックの外交ボイコットを考えているとか。温暖化で地球が壊れていくより早く終末が来るのであろうか。いったい人種差別ほど馬鹿げたことはない。男女間差別では決して大戦にはならないし、経済格差は誘因になるが即戦争でなく小競り合いや、内部暴動になるだろうが、宗教を含めた価値観や人種への偏見は大国間の衝突につながりうる。ナショナリストたちは大局観がなく、歴史感覚も先見性もない。私の記憶にある日本人の他国人への蔑称は鬼畜米英、ロ助、チャンコロ、鮮人、はたまた第三国人などあったが、最近の中国や韓国に対する日本人の嫌悪感はひどい。それも政府から煽られ作り出されている印象が強い。その国のリーダーへの反感なら分かる。トランプや金や習のような人物への反感をどうしてその国の人々まで広げてしまうのだろう。トランプはもう大統領ではないが、総書記や主席などはたった一人でしかない。さらになぜ安易にナショナリズムを植えつけられるのだろうか。理解できない。中国にしても北朝鮮にしても悪いのは人々ではない。その国のナショナリズムが問題なのだ。愛国心とは始まりが自己愛であり、それが家族愛となって、さらに郷土愛へと広がり、行き着いた先の愛国心をそのまま行き止まりとしてナショナリズムとしてしまった。愛国心が我執そのものとなってしまったが、どうして愛国心が「地球愛」まで広がらないのだろう。それぞれの国のリーダーの実に個人的な欲望や面子が力となって愛国心に閉じ込めてしまうのだ。ここには愛の普遍化と欲の普遍化との交差がある。力の行使への法的拘束力は国内までであって、国際法が今以て全人類の間で確立していない。ここに民族間の摩擦が生じる。

「人新世」とネーミングされた現在、地球温暖化への対処に関する話し合いを機会になんとか「地球愛」まで人類の英知が高められないものだろうか。今の私にはどうしても悲観的にならざるをえない。我が国での母親が赤子を殺したとか子供が親を殺害したとかのニュースに接し、自己愛だけが肥大化し、動物にも見られない悲惨な事件が起こっている。赤子殺しの母親と一国のリーダーも同じ人間で、そこに基本的な差異はないし、女性の独裁者も歴史上存在していた。どうも気が晴れてこない。

四時前なのに窓ガラスに部屋の明かりが反射して外が見えなくなった。十一月はなぜか最も侘しい気分になる月で、日暮れが早いためだろう。十二月はもっと暗いがその頃は馴れもあるし春により近いと居直っているからこんな気分にはならない。気候がいかに人の精神状態に影響を及ぼすかよい例だ。忘れていたが今日は月食もあるが天気が悪い。この季節、どうしても気鬱となる。北海道に住んで一番嫌な点はこの時期は日暮れが早いことだ。若い頃、復帰直前の沖縄に一年間住んだことがあったが、十一月末は午後の五時でもまだまだ十分明るかった。この地では五時前から西の山の端も見えない。

暮れ速し外を望まんと思へどもガラスに映る疲れたる貌

十一月二十日　記

人間に磁場

アランの『人間論』（原亨吉訳）の中にある「説得」というエッセイに「人間の知恵はすべて、だから、深い眠りか、はっきりした目ざめかへ、にわかに移ることにかかっており、人間の愚劣さは、反対に、夢想と知覚とがいっしょになった、まさしく動物的な半睡状態に由来するのである」、さらに「だが、半睡状態において受けた暗示」に関して、「ここから、磁化する人は――こう呼ばれているのだからしかたがない――（中略）あらゆる真実らしさに反して、不動の確信を容易に植えつけることになるのである」とあり、「中間の状態（多分半睡状態をさしているのだろう）では、言葉のあとを追う自分自身の夢によって、彼は言葉の奴隷となるのである」と書かれてある。アランのこの本はまことに曲がりくねっていて理解しづらい。意識状態と暗示に関するエッセイで、人は容易に暗示にかかるということが云いたいのだ。

私は「磁場」という言葉からふっと以前に読んだシュレーディンガーの『生命とは何か』の第一章の「物理法則は原子に関する統計に基づくものであり、近似的なものにすぎない」という箇所の中にある「莫大な数の原子が互いに一緒になって行動する場合にはじめて、統計的な法則が生まれて、これらの原子（集団）の行動を支配するようになり」との文章を思い出した。この箇所では磁場によるある素材を構成している分子が磁力によって一斉に同一方向を向くということを示しているのだが、アランの文章との類似から考えた。キーワードは「磁場」であって、「磁場」はアランのように人間の意識状態における言葉の作用現場でも使える。覚醒と睡眠との中間状態では言葉と意識との間に磁場が容易に働く。シュレーディンガーの本には図が載っていて、バラバラに向いた分子が、それを磁場に置くと分子は皆同じ方向に向きを統一してしまうと図で示されている。分子は磁場の強さによって一方向を向く数が増える。シュレーディンガーは統計で説明しているが、人間が動物的な欲望の持ち主である以上、大半が恐怖や欲などの磁場の力で一方向を一斉に向くだろう。「右向けー右」あの号令だ。

今の日本の心理状態は経済とコロナ第六波の間で揺れ動いているが、恐怖より欲の方の磁力が強さを増す危険がある。さらに国際情勢は実にきな臭く、テレビ報道によると今や世界では民主国家より専制国家の方が数は多い。専制国家では磁場が容易に働くから民衆を一方向に向けやすい。中国や北朝鮮では言論統制が徹底的であり、民衆は半睡状態とならざるをえない。さらに電波の利用で磁場の操作が極めて容易になってきているのだ。民主国家は価値観が多様だが、多様なほど磁力としての政治権力は作用しにくくなる。マスク着用の指示にデモまで起こす国もある。かように磁場という概念は社会学にも応用が可能なのだ。

ところで、中国の超音速ミサイル、台湾の最新のジェット戦闘機大量導入、日本列島をぐりと中国とロシア軍艦が回遊し、さらに中国とロシアの爆撃機の飛行があってきな臭い臭いがするが、日本もやたらとナショナリズムを煽る磁場が作用し始めた。周辺国への警戒感が強まるほどナショナリズムが強くなるのはやはり磁場が作用するせいであろう。ナショナリズムを煽る者とそのつもりのない者もいるが、最近のマスコミは結果的に磁場として機能している。「きな臭い」という表現は時代遅れで、敏感な少年少女たちは「きな臭い」などといった臭いの表現より血中酸素濃度の低下といった息苦しさを訴え、彼らだけが「地球愛」を叫んでいる。鈍感な輩は、東京オリンピックで懲りなかった面々が北京オリンピックで国威と金儲けに専念し始めている。その反面では干ばつ由来の火災、洪水、コロナから赤潮や海の軽石などの異変まで、この星がおかしくなってきている点で社会的磁場の力はあまりに弱い。弱すぎると思う。地球は生き物なのだ。私の今の気持ちは、北極海で溶けゆく氷の上でただ流されていくだけの北極熊のような心境で、あがくほどに氷が割れる心配もある。確かにそれもあるが、今年の降る雪の深さも気になる。

十一月二十五日　記

雪孕む雲におののく北狐

信とは

この言葉も分からない。字画から人の言と書くが、ならば一層信じられない気がしてくる。自分なりに「信」という言葉に取り組んでみたい。いったい「信」とはいかなる概念なのか。その基は己の感覚器に対する態度であり、次にそれで捕らえた対象だろう。対象といっても手垢の付いたものでなく天然自然の対象物だ。次にその感覚が捉えた己の解釈である。デカルトは「我、思う、故に、我あり」と考えたが、次に来るのは「我あり、故に、我信ず」ではなかろうか。但し推論となるとこれは別である。推論の場合は「でも本当だろうか？」といった懐疑が程度の差こそあれ必ず含まれる。従って確たる「信」という概念など無いということとなる。

そもそも私がかような日誌で遺書なる文章を書き始めた訳も、いつの間にか人生の終末間近になってしまっているという時間感覚への不信感からだ。時間感覚とは己の感覚であるけれど実に曖昧な感覚でしかない。重力と同様に齢をとってきて初めて気付く感覚なのだからしかたない。視力や聴力といった単純な感覚とは異質とも云ってよい感覚なのだ。物が見えるとか聞こえるという感覚は若い頃と比べだいぶ鈍くなったが、殊、時間感覚となると二十代と私の年齢とでは雲泥の差がある。少年の頃時間は無限と同じであった。重力感覚も齢をとると大きくなるが、それ以上に加齢によって変化させられる感覚が時間に関わるものだろう。だから観念論の範疇では、世界とは斯く私が知覚したようにできていると信じることだ。これが「信」の基盤だろうが、逆に現実の生活では不信がまかり通りその最大な存在が「言語」だろう。字面からして人偏に言語の言などと見事に作られたものだ。とどのつまりは世界との関係における「信」ではなく、この言葉の機能する範疇は人間関係に限られる。ただ人間がこの世に投げ込まれてしまったところからくる不安がこの言葉を生むことになったのだろう。

「愛」で考えたことと同じ考えが浮かぶ。つまり無重力の中のような不安定さに掴むべき「取っ手」としての機能が持たされている言葉と考える。人はひとりでは生きられないからだ。一般社会の中では「信用」であったろうし、もうひとつが「信仰」である。一神教、特にキリスト教では「愛」と「信」とは言い回しの違う同一の概念でなかったろうか。二つの言葉の異なった点は関係が神と人との関係由来のものなのだろう。その関係の基本に二つの言葉以外は不要なのだ。日本人に「愛」という言葉より「信」という言葉が重んじられてきたのは仏教と儒教の影響と思う。我々日本人にとっては「愛」とは母親への絶対的な「信」であった。「愛」と「信」とは関係の態度での違いと言葉の歴史によるものでしかない。一般社会での「信」が現在どうあるのか、人が生きていくうえで「信」がどう機能しているか考えてみたい。

私は週二回通勤に車を運転し、その他たまに釧路市に買い物に行くため運転する。ほぼ週に五回は車を運転している。高齢者の車事故がたびたび報道されるし、私自身も完全な自信など持っていないが、直線道路を運転していて大型トラックとすれ違う時に、「南無三」無事だったと感じ感謝する気になる。自分でなくトラックを完全に信用できていない場合があるのだ。中央の白線のみが頼りだが、それはガードレールではない。ほとんどの道路が一方通行の一車線ではない。運転中、人はすれ違う対向車の見知らぬ人物と機械を信用している。

地球自体が回復不能なほど病んでいる中で人は皆何かを信じて生きている。これこそが現実であり、「信」だけが茫漠とその対象を持たず存在しているのだ。ところでこの運転という作業で一番怖いのはこの頃の日没の速さで、対向車のライトが実に眩しい。すれ違う対向車のライトが外斜視ではないかとさえ思うほどに、車の右側のライトがこちらに向けられている気がするし、最近は特に青色のライトが目に刺さる。加えて北時雨でも降ろうものならフロントガラスのその向こうが全く見えなくなってしまうような恐怖が湧く。こんな日は運転しないに限る。己の感覚だけを信じてハンドルを握っているのだが。

十一月二十九日　記

日暮れはやし鹿の目ひかる峠道

十二月

言葉と意味

何の刺激もなく疑問が浮かばず何かを考えることもできず日誌が書けなかった。これまでは大半が読書によって得られた刺激が元となって考えることができたが、普段の生活上からの刺激も少なすぎて「何か？」という疑問が湧くことが極端に減少してしまった。齢をとったということだが、外へ出歩くことが少なくなったこともある。足からの刺激も思考には必要なのだ。本棚の隅にあった丸山圭三郎著の『言葉とは何か』を手に取ってみた。この頃の本には購入年月日の記載がないが、その最後の章の「言葉の意味と価値」の頁にエンピツで「世界とは関係それ自体である」とあった。本に出てくるシニフィアン（意味するもの）とシニフィエ（意味されるもの）の説明も、ハンコと印鑑とでも喩てみればよく分かる。シーニュという記号、これはある概念を音声や書字で表現するツールで、それを考えたソシュールが、指し示す対象の意味を生み出すものと、指し示されて生み出された意味されたものを区分したのだ。つまり「シーニュ」とは日本語では「意味するもの」と「意味されるもの」双方の機能となる。私は彼が考えた言語に生命と同じような感覚を持つ。話される言葉は限られた音声を無数に組み合わせたものだが、その組み合わせの無数の関係の中から意味があぶり出されてくる。

人間は「意味するもの」であると同時に「意味されるもの」でもある。人類がホモ・ロクエンス（言葉を持つヒト）と云われる訳もここにあり、「意味」とは本来的に人間固有のものだ。確かに動物にも意味らしき対象はある。肉食動物は草原に獲物を餌として狙う、シマウマはライオンにとって意味を持つらしいが、これは類似でしかない。「意味」とは人間にとって世界全体であり、覚醒している以上、人は言葉という意味に取り囲まれている。世界のどこにも視線を向けて意味のない部分はない。世界には無意味は存在しない。強いて言えば無意味とは「意味を持たないという意味」であって、世界は意味でしかない。世界をその都度区分けして、視線を向けると同時に意味を貼り付ける（貼り付けられる）生き物が人間である。焦点を合わせていない箇所はゲシュタルト的な背景である地として焦点が合った部分の図との関係を持つために「意味」を持つ。水墨画の余白を思えばよい。

両眼が前に向いた人間の背後は、背後としての「不安」や「恐怖」や「不気味」などという被侵害的な「意味」の場ともなる。意識の場は空白を恐れ除外する。無論、視線だけで人間は世界に向き合っているわけでないから、気を向ける箇所が世界を区分してしまう。気を向けることや視線を向けることはそれだけで世界を区分しているが、その周辺全てはゲシュタルト的に図と地の「地」としての意味だ。例えば大空に舞う大鷲や尾白鷲、焦点は鷲という意味だが背景の真っ青な空にも意味があり「冬の蒼穹」である。また本を読むという作業は、例えば一頁を体系とすれば、その体系の辞項のひとつひとつの言葉とその前後の言葉との関係をその都度意味付けて拾い、さらに大枠からも意味付けていくことだ。そのひとつの言葉は前後の言葉との関係の中からあぶりだされて意味を持つ。例えば「彼女は男性であった」という表現が意味するものは単なる疑惑だが、それが「舞台の上で」という表現が前後にあれば意味は演劇の場面となる。人生とは一刻ごとの言葉のつながりで人はその刻その刻に、前後に適う意味を持つ言葉を入れていくのだ。というより入れざるをえない。時間的推移もゲシュタルトの地にあたると思う。

今「中国的民主」という言葉が新たに誕生したがまだ確かな「意味」を持ってはいない。言葉がシニフィアンで意味がシニフィエとすれば、私には理解しえないが、どこかゲシュタルトの「地」(中国社会) に混乱が控えている気がする。

ところで先に挙げた喩の「ハンコ」とは石や木などの材料で作られた物体で印鑑を記す意味するもの道具であり、印鑑とは多くは紙面に押印された約束したという意味されるものである。印鑑はハンコではなく、ハンコは印鑑を押す道具だ。

干涸びる蚯蚓の上の冬日かな

この頃凍り付く土から逃げるためか蚯蚓がアスファルトの上に出て来て干からびている。

十二月九日　記

春夢子

何年か前に私は自分に名前を付けた。苗字はそのままに「春夢子」の漢字で「シュンボウシ」と漢音で読ませる。

だいぶ昔に獅子の彫りのある篆刻石材を買い、自分の好きな文字を一字篆刻してみた。今でも気に入っている私の宝物で「夢」という文字だ。うまく彫れたと思う。李白の漢詩「春日酔起言志」という最初の「世ニ處《オ》ルハ大イナル夢ノ若《ゴト》シ」の中の夢を貰ったが二句目の「胡為《ナンス》レゾ其ノ生ヲ労セン」と続き、私の大好きな詩だ。それからどれくらい経ってからか北海道で雅号として名前を考えた。季節を入れさらに中国古典に使われた「子」に謙遜の意味を付け加えて考えた。

日本は男女を問わず同じ名前は多い。世界は言葉で区分され、それぞれの土地で様々な存在者に恣意的に名前が付けられてきたが、今は商品名とか会社名は登録制で経済活動では名前が価値を持ってしまうから同じ名前は付けられない。にもかかわらず価値の中でも価値それ自体である個人の名前に別人の同じ名前が幾らでもあること自体が実に不思議だ。社会的に個は無価値ということでもある。春夢子という固有名詞がこの日本に多分ないだろうが、形も書きやすく好きな文字のつながりである。私はこれひとつで子規のように沢山の名前はいらない。

経済活動という人間の欲望に抵触しない限り命名は自由であり、そもそも言葉は誕生からして恣意的なのだ。ただし言葉とは人間に付随した生き物だが共有される場合、社会的制約も受けざるをえない。しゃべる言葉も、つづられる文章も人の歴史と同じ道を辿ってきている。約束事や強い権力からの制約などの歴史も言葉は持ってきている。比較的規制が緩やかな国では名前を付けることも比較的に自由だろう。ネーミングばかりではない。言葉は次第に変化して来ている。日本ではマスコミや若者たちが変化して来ている分、言葉も変異してきた。電波の宇宙空間まで占める巨大な網によって地球自体がすっぽりと包まれ、言葉の流通も凄まじいものがある。印象として日本語の品位が低下し暴力的になってきていること、幼児化してきていること、カタカナが多用され高齢者の差別にもなっていることなど。これらは人間が勝手に変化させたわけだが、同時に言葉によって歴史が作られ、逆に人間が変異させられてきている。言葉とは人間が作ったものであると同時に言葉が人間を支配し作り変えてきている。まるで腸内細菌やウイルスとの共存のような趣がある。ひとつ疑問を云えば、外来語を翻訳し直す場合、誰がどの様な手続きを取って法的に許可を得ているかどうか、誰に問えばよいのだろう。用語とは別に、新星や新種発見の場合は発見者の権利なのだろうが。

昨日テレビで見た番組でひとり笑ってしまった。

「バカニシナイデヨ、モグモグパクパク、ナンデヤネン、ビックリシタナーモー、オレニホレルナヨ、オマワリサン」などと云った名前が出てきた。「バカニシナイデヨが追いつきオマワリサンを首ひとつの差でゴールイン、ビックリシタナーモーが三番手」などといった競馬の実況放送があったとか、なかったとか。

私もこの地に赴任し、病院関係の新設施設に「エポケー（判断保留）」だの「アルケー（根源）」だの名付け、近くの牧草地にも勝手に「星の降る丘」と付けたり、村の峠にも勝手に「春待峠」と名前を付けた。赴任した当時は単身赴任で東京が恋しく年に何回も帰っていたが、東京に比べここは北国、春の到来が心底実に待ち遠しかった。そこで村から空港まで一番近い村道にある峠を「春待峠」と名付けた。春先にひとり車でキタキツネをよけながら峠を越え家族が待つ東京へ帰る気分はたまらないものだった。若い頃、未だ二十歳前に若山牧水の『みなかみ紀行』に憧れ、群馬県の「暮坂峠」を初冬に越えた。その他にも天城峠も越えたことがある。峠とは実に詩になりうるところだと思う、なぜか風情があるというか、歴史まで背負った匂いすら感じる。だから全国の峠の名前が好きだ。これまでどれ程の峠を越えて来たろう。でもやはり峠とは車で通り過ぎてしまうというのは勿体ないと思う。仲間同士車で越える際は歩くべきだが、私にはもう無理だ。一度、この村民全体で村の峠に全部名前を公募してつけたらよい。しゃれた看板でも立てれば名所となるかも。暮坂峠で銅像旅姿の牧水に出逢ったときは嬉しかった。

暮坂の峠をゆくに雪の中出逢ひし人は牧水に歌碑

十二月十九日　記

クオリアとしての何か

「謂応せて何か有」とは芭蕉十哲のひとり、去来が記した『去来抄』にある表現であり、芭蕉は「どんな情を表現しようとしたのか、そのあとに何が残る?」と言いたかったのだろう。其角の作品集に発端があり、それは「下臥につかみ分ばやいとざくら」という発句を芭蕉が「何でこんな句を入集したのだろう」と口に出し、去来が「枝垂れ桜の風情がうまく表現されたのでは」との答えに芭蕉が返した言葉だと思う。芭蕉はどこが面白いのか解らないと言いたかったのだろう。私も俳句を詠んできたが、芭蕉からこんなことを言われたら考え込んでしまう。我々の句会では「だからいったい何なの?」という答えが批評として返ってくる場合があるが同じことだ。

芭蕉の「何か」への答えとしてよく「余韻がある」といわれるが、余韻とは釣鐘をついた後に長く残る音響のことに喩られる。その音響は同じ『去来抄』に芭蕉が「句調ハずんバ舌頭に千囀せよ」と言っているとおり語呂がよいことで、後味のように心のどこかにへばり付く表現しえない感覚なのだろう。芭蕉にしても残した発句に「何か」を持つものがどれくらいあるか、蕪村ひいきの正岡子規など蕪村に比較してははるかに少ないと断言した。芭蕉もいわば自問自答すべく吐いた言葉だったろうか。私も絶えずその何かをいかに俳句の中に表出すべきか、さらにその「何か」をどう対象化し、概念化・言語化したらよいか考えてきた。ひとつに先に挙げた響きとしての余韻とイメージ化があるだろうがそれだけではないはずだ。名句と云われる俳句の、何がどうして人々の心にへばりついてしまうのだろう。心に残ってしまう俳句や短歌が釣り針のように心に引っかかって抜けにくいその「何か？」とはどのように表現すべきものだろう。この疑問は「共感」という人間が持つ解明すべき精神機能の大きな分野でじっくり考えたいが、情動も沈殿している言語の貯蔵庫である阿頼耶識の層の共有化だと思う。

ところで、前から使ってきたクオリアという言葉がある。日本語には未だ馴染んだふさわしい言葉が出来上がっていないが、ひとつに「感覚質」とあるが、対象から与えられる感覚が生み出す情感であり、その「情感自体の質感」を指しているのだろう。心と物質の二元論を否定するような言葉で「感覚質」より「情感質」と呼んでみたい。それは世界の「素顔」を垣間見てしまった時の驚き、特にその意外性の質感なども指している。喩てみれば幼い子供がアイスクリームを初めて口にした時の甘いでもなく冷たいでもない、あの驚きの印象。「感覚質」との表現は肉体からの感覚の表現と誤解されやすいし、体からの感覚の言語的分類は五感に比べはるかに貧弱でしかない。視覚からの情報の言葉数と比較して喩れば明るいか暗いか、せいぜい色も三色程度だろう。

胃潰瘍の痛みや片頭痛の痛み、痛みにも様々な痛みがあるがたったひとこと「痛い」だけで、幾つかの曖昧な形容があるだけだ。だから「感覚質」など体感としての感覚と混乱するから使いたくない。こうした体感覚の表現はどこの国でも明確な言語化ができていないし、医療現場では同じもどかしさを抱いている。私は感覚質をクオリアの訳語としたくない。考えれば「印象」とは感覚なのか情動なのか、範疇として私は情動だと思う。詩歌が持つその「何か」とはやはり「情感質」だろう。芭蕉から「古池や蛙飛び込む水の音」を引き合いに出して見れば、其角が上五に古池でなく「山吹や」を置いたというが、この句の焦点は自然からの音と沈黙であって、静寂がゲシュタルト的な「地」で、山吹の色では異次元の組み合わせとなり眩しすぎる。其角が派手好みと云われていたとしても、「蛙飛び込む水の音」の世界を不協和音で台無しにしてしまう。芭蕉のこの句のクオリアとは、私なりの阿頼耶識の中からは「寂」ということ以外に見つけ出せなかった。この句が長い歴史の中で色褪せずに人口に膾炙されてきた謂れも、日本人の意識の深層に堆積した時間意識としても捉えられるような「寂」という情感を呼び起こしたからだと思う。だからこそ池であってもそこは古池でなくてはならない。

今日は冬至だ。考えてみると一年を区分した二十四節気で私が一番好きな日は立春よりも冬至だと思う。

冬至に至るまでのあの暗さ、日没の速さがたまらなく嫌だったからこそだと思う。未だ四時にだいぶ時があるが、南に向いた仏壇の四体の観音像の右端の観音様だけが合掌した姿で沈みゆく西日を全身に受けている。

仏壇の中に観音合掌す冬至の西日全身に浴び

十二月二十二日　冬至　記

『進化しすぎた脳』

池谷裕二著のこの本を読み終えた。ダマシオよりも素直に面白く読めた。人の大脳皮質の神経細胞は百四十億ほどあり、そのひとつの神経細胞に隣接し合う神経細胞との間にシナプスが一万ほどもあるという。掛け合わせたら膨大な数となる。それだけで大脳内の奥深さを垣間見ることができる。

さらにひとつの神経細胞に入ってくる情報は多いが出ていく情報は一カ所で、入ってきた様々な情報は必ず結果として伝達されるわけではなく、筋肉組織などへの伝導を除けば確率的でその確率も低いと。その神経細胞内部自体は情報伝達の選択決定があたかも国会議事堂での与野党のせめぎ合いのような場で、比喩的に決定は多数決的で恣意的だという。次に決定された情報が軸索を流れ、行きついたシナプスで、百ほどの種類の伝達物質が一方向へ流れ伝達されるが、そこでの伝達物質のそれぞれがアクセル的、あるいはブレーキ的作用を持っていたり、またそれが私の喩としてコンテナ船であったり天然ガス専門の輸送船であったりとそれぞれ特殊な役割まで持たされて個性的だという。実に複雑極まりなく無限に近い情報の選択がなされそれも極めて短時間で行われる。結果はいうまでもなく実に曖昧模糊として、外側から見ればいい加減とも云えそうな神経の情報伝達となる。人の行動や思考はその結果でしかない。つまり大脳皮質での神経細胞間の情報のやり取りは気が遠くなるような複雑で、何層にも絡み合った仕組みで出来上がっている。コンピューターなど真似ができない高度な複雑さと思う。別の言い方をすれば、よい加減で曖昧なのだ。人の脳細胞が仮にコンピューター同様の単純さでは、生きる意味は見出せないだろうし、このよい加減さの中にこそ「情動」が生み出されてくるのだと思う。人類の特異性はまさにこの脳神経組織の複雑さの中にあるのだろう。この複雑さは特に言語機能や記憶や情感の分野などだが、無論のこと単純な伝達機構は別枠で存在し、例えば、筋肉などへの刺激の伝達などはほとんどがストレートに近いそうだ。高度で複雑な精神機能などを司る部分は先のように曖昧で恣意的な伝達機構であるらしい。言語機能など高度な部分を除けば人類も哺乳動物でその部分の神経の伝達機構は他の動物と変わらない。というより他よりだいぶ劣ると思われる。人の大脳は実に曖昧な構造になっており、だからこそ創造的な力を持つことになる。言い換えれば余裕ともゆとりとも遊びがある人類の大脳機構こそ最大の特徴だろう。大脳の中はあたかも地球上の人類の有り様に似ているとも云える。しかし、この地上は別次元であり、超大国同士の戦略だの戦術だの外交交渉だの、その曖昧さにだけ頼ることは決してしてはならない。人類の生存時間は確かに延びてきているところもあるが、ほんの僅かな情報伝達がこの星の生命体の大半、特に人類を壊滅状態とする危険がある。

怖い点は兵器も含めコンピューターが大量に動員される状態だろう。不確実さは人の脳機構とコンピューターのさらなる絡み合いが生じた時、小さなミスが致命的となる。そもそもコンピューターには逡巡などという高度な機能などはない。

古来の名言「足るを知る」ことこそ全ての人が実践せねばならない。発展とか進歩という表現はもういらない。その言葉が意味するところを考えれば怖くさえなる。ところで、私が分からないことは、大半の人が持っている共通したニューラル・ネットワークの一部、なぜ、ベートーヴェンのあの第九交響曲が全ての人々の心を奮い立たせてくれるのか。あの音楽のクオリアを構成しているニューラル・ネットワーク・パターンがどんなものか知りたいと思うし、その部分の脳の神経伝達をより一層強化していくことが全ての人にとって大きな目標となるべきだと思う。全ての芸術が音楽に憧れると云うが、音楽は言語以前のものでより情動に隣接している故だろう。

今年もあと四日だ。フルトヴェングラーの第九を聞いてみよう。あの音楽がたったひとりの頭脳の中から生まれ出たという不思議さをどのように理解したらよいか分からない。それでも温泉に浸かると鼻歌が出るのはどう解釈したらよいだろう。

鼻歌で第九を唸る朝湯かな

十二月二十七日　記

二〇二二年
一月

退屈極まりない年越し

二週間の休日となって正月を迎えたが、今年も子や孫たちや妹も来ない。オミクロンのせいだ。二年もの間、正月は淋しい日々となる。テレビを見てもコマーシャルばかりでしかも品格もユーモアも無いものばかりだ。チャンネルを回しても食べ物ばかりの番組。仕方なくアマゾンプライムで『マトリックス』を見た。誰の何の本だったか忘れたが物理学者が本に書いていたため見たいと思っていたものだったが、カンフーが出てきたりスパイもののような場面であったり、宇宙ものであったり、エイリアン的であったり、めちゃくちゃな映画だった。映画の中で、誰かが人類が地球の癌細胞だと云っていた。どう見ても素人が考え出した単純な娯楽映画でしかなかった。黒沢映画のビデオでも見ようと思ったがそれも面倒で、去年買っておいた本を読むことにした。表紙を見てまだ読んではいないと思ったが、パラパラ捲った頁の文章は確かどこかで見た気がした。表紙は『新編　東洋的な見方』鈴木大拙著である。「自由・空・只今」という章で、大拙の言葉の解釈である。例えば「自由」の「自」は自ずからであり、

「由」とは何々に「よる」とあるから自由とは「おのずからによる」となり、自然は「おのずからしかり」であり、自由とはどこか自然と範疇がだぶる気がする。自ずからの「自」を己とすれば「おのれしだい」でもあろう。その己次第であると独我論を思考している私がこんなことに頷かざるをえないという実に惨めな正月となった。ただ、振り返って社会を見渡せば、普段使われている自由とはどうも「何々からの自由」でしかない気がする。医療という仕事上コロナの情報からは逃れられないが、コロナ禍以前の仕事を思い出せば、コロナからは早く自由にはなりたいと思う。職場が高齢者の介護施設で、感染はなんとしても防ぎたいが、そのためどこにも出かけることが難しい。床屋も歯科にも行きにくい。買い物も会計で並ぶことが苦痛だ。

うんざりするテレビコマーシャルからも解放されたいし、スマホがお知らせを知らせるうるさい音からも自由になりたいと思うが、電波でポケットや机の上の手元までコマーシャルの言葉でがんじがらめにされ続けているから、急に己次第でご自由になどと云われてしまうと人は戸惑うように仕組まれてしまっている。ただひとつこの地に住んでいると天気予報はうるさくない。むしろ積極的にテレビの気象情報を見る。大雪だと除雪が実に大変になったからだ。考えれば生まれて初めてゴロゴロする以外することがない正月だ。

つい最近、アメリカの学者らしい司会者が日本とアメリカと中国の大学生数名に、中国社会の「寝そべり族」の可否につき質問し、それを他の学生に振って討論会をしている番組を見た。

中国共産党を讃えるような発言もあれば、その反対意見も出て面白かったが、遠い昔、私の父親が元気で働いていた頃、父の口癖のような短歌が記憶に残っていてふっと口をついて出た。「世の中に寝るほど楽は無かりけり浮世の馬鹿は起きて働く」というものだ。父親はその正反対に働きどおしの五十三歳の人生だった。夜遅くの往診から帰り、立ちながらお茶漬けを流し込んでいた姿の記憶がある。進学試験を父親の看病のため許可を取って休み、追試の勉強をしつつ癌末期でやせ細った父親の背中をさすり続けたこともあった。そんな父が口ずさんでいた歌だった。父の願望であったのだろう。今父親の歳を三十ほど越えて私も午後横になることが楽しくなった、確かに楽である。

テレビでは学生が「労働の尊厳」とか「社会人としての有り方」とか、あるいは「体制への抵抗の表現」などといろいろな意見を吐いてはいたが参加者全員が寝そべり族ではなかった。椅子にそっくり返って見ていたが疲れた。思想と生き方の矛盾は今ではさしたる問題ではなくなったようだ。人と人の間の乖離でなく人の内部での乖離の時代である。

明日からまた出勤だが、出しておいた「七人の侍」のビデオはとうとう見なかった。

一月五日　記

七人の侍のテーマ音楽が頭の隅に流れ続けて

短歌三首

五大皆響きはあれど夜の雪夢の中なる言の葉の擦れ

五大とは地・水・火・風・空のことで、仏教の概念であり、世界を構成しているもののことである。今の物理学で云えば水素とか酸素とかの元素のことであろう。「五大皆響きあり」とは空海の「五大皆響きあり、十界に言語を具す」とある文章をどこかの本で読んで知った。十界とは佛界、菩薩界、縁覚界、声聞界、天界、人界、修羅界、畜生界、餓鬼界、地獄界の十の階層をいう。これらには全て言語があるという。猫のナツコにも言語らしきものがある。空海が渡った中国の当時最新の仏教の思想が実に面白い。現代物理学にどこか似ているからだ。ところで五大皆響きありに続く「夢の中なる言の葉の擦れ」とは寝ているさなかの言の葉の擦れ合う音と表現してみた。睡眠の持つ機能的な意味が今もって完全に解釈されていないが、人の大脳内部での神経線維の相互を取り結ぶシナプスの数はおよそ千兆ほどだという。夢の中で人は言語機能を働かせているのだろうが、レム睡眠時、そのシナプス間での擦れる音が出ると想像してみた。夢みる大脳の機能には言語機能も関与しているだろうからだ。夜の雪に響きは無く無音だが、そのせいで脳内の神経細胞間での擦れあう音が聞こえるという。

六大は無礙なり春の夜の雪重々帝網我がことなり

六大とは五大に「識」が加わった仏教の言葉である。つまり心身二元論をひとつにまとめた一元論の言葉だ。六大が無礙とはこれまた空海の『即身成仏義』から借用した表現である。記憶に残すためもう一度書き残そう。

「六大無礙常瑜伽、四種曼荼各不離、三密加持速疾顕、重重帝網名即身」

この言葉から借用したものだ。春の雪の夜の思索、その中であの雪の一粒（存在）もこの私の想い（想念）もお互い融通無礙であって、これら全てが何重にも重なり合ってインドラの網のように絡み合ったものが、この私自身である、という意味を含ませた短歌である。とことん一元論としての歌を詠んでみたかった。空海の即身成仏とは文字通り仏に成るということだが、仏とは覚醒という意味であって、空海は今もって高野山の奥で弟子たちに食事を運ばせているという。山自体が現在の空海となっているらしい。一度は登って見たかったが私は比叡山にも登ったことがない。若いうちに行ってみればよかったがまだチャンスはある。だいぶ前に日本の三大天才に聖徳太子・空海・美空ひばりを私は挙げたことがあったが、破天荒な天才は空海だろうが、今では美空ひばりの代わりに私は道元を三人目の人物としたい。人物的には道元に惹かれている。なぜなら弟子たちに食事を運ばせるような面倒な雑用などさせなかったと思うからだ。空海の食事もせいぜい年に一度、誕生日ぐらいでよいと思うのだが。それでも歌に詠めるような面白さは道元には少ない。

風すらも凍り花咲くあしたから鶴が飛び来る玲瓏のなか

元旦の朝に詠んだ歌で、雪裡川の川下の音羽橋近くの丹頂の塒から朝日の中を鶴が舞い上がって飛んでくる。まだ私自身その写真を撮っていないが、冬になると音羽橋には無数のカメラマンのシャッター音がする。

厳冬期、川は凍らず空気が凍るが川の水蒸気が周囲の樹々の枝いっぱいに凍り付き朝日に光り輝く。そこから給餌のあるこちら側へ一斉に舞い上がって飛んでくるのだ。鶴居村の絶景のひとコマだろう。この地に来て私はどの本か忘れたが「玲瓏」というこれまで出逢わなかった表現を発見した。木々のあの煌めきはまさにこの表現自体と思う。キラキラと光の音がする風景である。

この地へ赴任する前から私は筆と墨で俳句を短冊に、短歌を色紙に書いて来たが、この地に来てからは雅印の「夢」を押すが、以前硯を新宿で買った時、同時にその場で印石を買い篆刻してもらった雅印を押すこともある。その印には「夢未不醒」、つまり夢未だ醒めずとの印を押している。まだ生きているという意味だ。

この地で私は何度も鶴の鳴き声を聞くが、庭に出ても聞こえてくる時がある。塒からサンクチュアリへ飛来した時だろうか。これほど早く餌など撒いていないと思うが。

明け方に鶴の声きく冬の村　印（夢未不醒）

一月十一日　記

『生物はなぜ死ぬのか』

いつものことだが、本を読み終えて考えるのではなく、読みながら時々思考を先回りしつつイメージを浮かべて、それをこねくり回して考えを書き連ねている。まず小林武彦のこの本の題名の結論、つまりなぜ死ぬのか、という疑問への答えは必然的に次の世代への生まれ変わりが必要だからということになる。昨日、世界終末時計が一分四十秒と発表されたが、これほどあるとは思えない。地球の寿命はおそらくあの太陽が膨張し赤色巨星となって地球を飲み込む時となるだろうが、人類が作り出した核兵器の実際の使用、あるいは偶発による事故まで含めた放射能汚染で、人類を含めた多くの生物の死滅までの残り時間が世界終末時計時間のことだろう。放射能などにも抵抗力を持つ別の有機体、例えばクマムシのような生き物の世代となる。全くの異種の生命体が地上を蔽う日が来る可能性があるだろう。「作っては分解して作り変えるリサイクル」という本の思考は、仏教の輪廻思想を思い出す。著者が生命とはRNAやDNAなどの「自己複製」する構造を生命の最重要の機能と考えているらしいが、著者はこの生まれ変わりを「人の次世代」と決めつけているかのような印象を持った。この本の帯にも「私たちは、次の世代のために死ななければならない」とあり、人の生死観を考え直そうとする印象を持つが、私もそうであってほしいと思う。

私が怖れ想像してしまうことは、一分四十秒の後は人類の次世代の世界になる訳でなく良くいってこの地上のどこかに隠れ住んでいる全く別の生き物が人類にとって代わることだ。その意味から人の死は人類の死として恐怖すべきだ。本の著者は分子生物学者だが、今以て十分理解しえずにいるアントニオ・ダマシオの考えに似たところがあると感じた。ダマシオも今地上に生きている有機体にはそれに見合った環境世界が広がっていると考えたわけで、単純なパターンしかない有機体にはそれなりに単純な世界がある。生き物にとっての世界はみなそれぞれが生き抜いてきた環境世界との関係の中でしか生きられないということだ。というよりそうした世界から作り出された有機体しかいなかった。この私が「斯く有る」と云う訳も、無限に近いターン・オーバーの繰り返しで、外界認知のニューラル・パターン、有機体自身のニューラル・パターン、そしてその両者の関係性のニューラル・パターンがほぼ同時に結合されて「心的ニューラル・パターン」が創造されるらしい。ニューラル・ネットワーク・パターンとは脳の神経組織の網の目構造のパターンのことだ。例えば小林氏の喩では、二十五メートルのプールに腕時計をバラバラにした部品を投げ入れ、プール全体を恐ろしい力で長い間シャッフルし、やっと組み合わせが出来上がり、動き始めた時計のような生きた存在者となる。それをさらに長期間シャッフルして心を持つ存在が誕生する。

ダマシオは同じくニューラル・パターンを無限に近くシャッフルした挙句に、何かがどこかで収斂し意識が誕生したと考えたようだが、ダマシオは「どこでどのように」との問いには答えていない。答えられない問いだからだ。

空海が五大皆響きがあると言うなら、それがある時点で共鳴し合い、リズムを生み出し、それが意識となったとでも云えよう。例えばさまざまなニューラル・パターンの収斂は、オーケストラの演奏のようにそれぞれの演奏者が奏でる響きが、ハーモニーを生み出して、挙句に名曲を奏でてしまうように意識が誕生したのだ。

そんな妄念を私は抱いてみた。よりミクロ的に云えば、有機体を構成している粒子の無目的な動きに由来する響きが全体として共鳴し合い生まれ出たメロディーを意識と呼んでよいと思えてきた。そのオーケストラの指揮者を「神」と呼んでもよさそうだ。「私」とはその演奏会場の事となろう。

ところで私なりの人がなぜ死ぬのかの問いの答えとはならないが、「私たちは人としての次の世代が生きられるように生きねばならない」ために生き、結果として死ぬだけだ。

夕方久しぶりに大きな夕焼けだった。雪原がうす紅色から紫に代わって美しかった。

雪原をうす紅色に染め上げて空いちめんに寒あかね燃ゆ

一月二十二日　記

白鹿

釧路からの帰り道一匹の雌鹿を車の運転席から目の端に見た。村で一番目に付く大きな野生動物は鹿だろう。しばしば道路脇に群れが屯してすれ違う際はスピードを落とす。時に道路に飛び出してくるから怖い思いもする。通り過ぎた時、一瞬なぜか異様な気がした。慌てて前後を十分確認してバックして反対側の桜林の脇道に車を止めた。道路の反対側に鹿がいた。首を曲げてこちらを見ていて、一匹だけだが白い鹿だった。横目に見たあの時の異様な感じは鹿が白かったからだ。道路近辺で慌てることは禁物だが、慌ててスマホを取り出して、左右確認の上道路を渡り鹿を撮った。写真と動画共に撮った。雪の上で一匹の雌鹿はいぶかしそうにこちらを眺めている。雪の反射と一匹だけで比較できず、アルビノの鹿とは断定できなかったが、確かにこの時期の雌鹿の色ではなかった。何度も繰り返しスマホを見たが白かった。

さてそれは昨日のこと、今日はその映像をラインで東京の娘に送り「釧路までの買い物の帰り鶴居村の下幌呂のコンビニ近くで白い鹿を見ました、運転中で妙な感じがして引き返して撮った写真と動画を送ります」と。一匹だけだったのが悔やまれる。以前支雪裡の知り合いの酪農家でアルビノの白鹿が出たことがあった。写真で見たものは数匹の中の白い鹿だが、私が見たのは白化固体でなく白変個体だったかもしれないがどちらか分からない。白鹿に限らず他にも白い個体はいる。以前どこだったか忘れたが白い羽が体の一部にあるカラスの白変個体を見た記憶がある。白でないが固体の色が違う動物もいる。病院前の国道を阿寒の方へ行った辺りにはよく銀狐が出る。だいぶ前に私より年長の内科医師にそのことを教えたら写真好きの彼がその場で実に見事な銀狐の写真を撮ってくれた。老健の廊下に写真が飾ってある。黒い狐だ。黒い毛に白い毛が少し交じって銀狐と呼ぶにふさわしい色である。昔、この村にミンク飼育場があった時、その売店で銀狐の帽子を手に入れたが、ほとんど着用していない。

白鹿の写真を送った後で、娘から返事があり孫が職場でコロナの濃厚接触者の疑いがかかったそうだが、孫の検査結果が陰性であったのも、吉兆である白鹿のお陰だと思ったらしく感謝してきた。

東京はオミクロンで大変で数万の感染者が出ているらしい。このところテレビで各地の感染者数を記録しておいたが馬鹿々々しくなりメモ用紙も屑籠に投げ入れてしまっていた。それにしても第六波のオミクロンは重症化や死亡率が低いが感染率はひどく高いそうだ。確かに目に見えぬウイルス相手の国家挙げての戦いだから政府や専門家には様々な意見があるらしい。学者集団だから統一見解など容易に出せないだろうが、それにしても彼らの発表には苛々させられる。一方はインフルエンザ並みに対処すればよいとする者、もう一方は社会機能の存続にはどうあっても厳重な対処が必要とする者。その中で政府や自治体組織は右往左往している。ウイルスの変異は北朝鮮のミサイル同様スピードが速く対処が難しい、それは分かるのだが、各国の対応と比較しても我が国の対処はどこか後手を引きすぎていて実に歯がゆい。まず、ワクチンの接種率が低い、加えて検査キットの準備が遅く、さらにその手配も実にまごまごしすぎている。経済協力開発機構参加国の中で日本がなぜ最下位なのだろう。それがなぜなのか政府もマスコミも共に説明できていない。厚労省は保健所に責任転嫁している雰囲気があるし、いったい我が国はワクチンを自国開発しようなどという気概も持っていないらしいし、検査キットの準備や手配など手抜きなどしてはいないだろうか。こうした平時ではない事態に対する構えができていない気がしてならない。我々現場の医療従事者は戦いの前線で構えているが実に気疲れする。感染者が多いほど変異ウイルスの発生が増え、中にとんでもないウイルスが生まれ出ることが怖い。
早くなんとかしてほしいものだ。

白鹿に我出逢いたり春の風

一月二十九日　記

猫は後悔するか

このところ読んできた本で四苦八苦した本はアントニオ・ダマシオの『意識と自己』と野矢茂樹著『語りえぬものを語る』の二冊である。もはや読み返そうなどと思う気すらなくなってしまった。野矢氏の本との出逢いは本屋で立ち読みし、目次の最初の「猫は後悔するか」という見出しだった。その言葉だけに反応して本を手にしてしまった。猫は後悔しないが本の結論であった。私には理由などどうでもよい。養老孟司著の『ヒトの壁』にも猫が出てきた記憶があり著述家には猫好きの人が多いらしいが、こうした人たちはなぜか出逢って話し始めたらあっという間に煙に巻かれてしまいそうな気がする。その後ろで猫が煙に巻いているからだと思う。

というか猫という存在は実に面白い生き物だとつくづく感じる。人は猫と作家といえばまずは夏目漱石を挙げるだろうが、私ははるき悦巳を挙げざるをえない。いうまでもない『じゃりン子チエ』の作者だ。本に出てくる猫の小鉄とアントニオ・ジュニアは人間以上だ。

漫画でも猫は後悔することがある。なにせアントニオ・ジュニアなど季節性うつ病になるくらいだから。だから私の結論は「猫は後悔する」と答えたい。幼い頃から猫を飼ってきて過去数えきれないほどの出逢いがあった。この地でも五匹は飼ってきた。

ところで、後悔する場合、誰もがまず失敗を自覚する。失敗が後悔を生む場合が多いからだ。あんなことをしなければよかったと誰もが一度は経験する。無論、猫でも失敗する場合がある。特に肉食獣は失敗例として目に映ることが多いと思う。ナツコの場合、若い頃は医師住宅周辺の植林された落葉松の森を除けば、原野に近い環境で思う存分活躍した。蛇や兎や狐との危険な関わりもあったし、庭先で私が見ている前で小鳥を獲ることもあった。めったに見ることのないキビタキやキクイタダキなどの小鳥を獲ってくわえてきたことがある。妻のボディーガードで野生化したアライグマに猫パンチまで繰り出したが、二匹のアライグマにはさまれナツコは即座に逃げ出し無事だった。ナツコの失敗は幼い時分から見られた。蝶々を獲ろうとジャンプして失敗した。まだその頃はチラッと振り返るだけだが、目の前で飛ぶ鳥にジャンプし失敗したときなどは、実に恥ずかしそうな仕草や表情を見せ、あれは私の前だったことを後悔しているとしか思えない。同じ現場を見た家族が皆同じことを云うのだから間違いない。

本の結論が後悔しないとあり、私にとってその理由などどうでもよいと書いたが、その後の本の解釈に四苦八苦して、その点を棚上げしてしまったが、どうも気になって再度頁を捲ってみた。相変わらず言い回しが引っ掛かったが、こうあった「(ああすればよかった)というのは、そうしなかったという事実に反する思いであり、(あんなことをしなければよかった)というのはそんなことをしてしまったという事実に反する思いである」と、引用はここまでとしておこう。要約すれば行為する際選択肢を持っているかどうかということだろう。動物はその行動に複数の選択肢など持っていないのだろうか。要は「後悔」という言葉の解釈だから著者に従わざるをえない。要は猫も人目を気にする動物だということだ。なぜ気にする仕草をとるのか。失敗と感じているからだ。だからとしても後悔するかどうか判断できない。

思考が飛ぶが國分功一郎・千葉雅也共著『言語が消滅する前に』という本で「能動態」と「受動態」の中間に「中動態」という概念があると書いてあった。アルコール依存症などの観察から思い付かれた概念らしいが、野矢氏のこの本に向かい合う私の態度もどうやらその中動態であるらしい。依存症の患者は「飲む」とも「飲まされる」とも云わずその中間のような曖昧さを示すのだ。

私もこの歳まで「齢をとった」とも「齢をとらされた」ともどちらとも断言できない思いで、『語りえぬものを語る』も読んだのか、あるいは読まされたのか、今私は後悔している。

語りえぬこの気分をば如何せん我が我問ふ春隣りかな

一月三十一日　記

二月

芭蕉の絶唱

好きな芭蕉の発句は数ある。なかでも私が絶唱と印象付けられた俳句が「此秋は何で年よる雲に鳥」という句だ。元禄七年五月に芭蕉は江戸から西への最後の旅に出た。伊賀から大津、京都を経て奈良へ出て、そして九月二十九日の夜から下痢で歩けなくなった。十月五日から大坂の花屋仁右衛門の座敷に寝つき、十月八日の夜、「旅に病で夢は枯野をかけ廻る」の句を吐き、十日には遺書を書き、十二日に五十一歳で亡くなった。その前に「此道や行人なしに秋の暮」「此秋は何で年よる雲に鳥」「秋深き隣は何をする人ぞ」などの句を作った。私が好きな句は『奥の細道』でのものとこの最後の旅でのものが多い。その中でも最も感銘を受けた句が先の句だ。

文芸作品の中で俳句ほど評価が難しいものはないと思う。本来、俳句は俳諧の連歌の発句を指す。従ってその時、その場の座に居合わせぬ者にとって、その場の空気も読めず、批評など本来は無理なことだ。発句は「共時態」での文芸である。つまり座に連衆が集まり、挨拶の発句に続けて付け句をしていくという、時間と場を共有した場での文芸である。それでも時代を隔て通時態として名句は名句として今に伝えられてきて、その中から、私はこの句を絶唱と捉えた。たぶん、山本健吉の名文に影響を受けたのであろうが、なぜか考えてみた。この句は九月二十九日の句だが、二十日頃から寒気や頭痛に悩まされ、どこか身に違和感を抱いていたらしい。『笈日記』には「下の五文字、寸々の腸をさかれける也」とある。病床からふと空を眺め空の高みの雲に鳥影を認めたのだろう。出来上がった句が「此秋は何で年よる雲に鳥」であった。芭蕉はこの句の下五に十八日もかけたとある。芭蕉なら当然ありうることで、芭蕉は門人たちの誰より強迫性気質の強い人物であったと思われる。即興の句作りにもすぐには納得できない性格の持ち主であったらしい。私はそう考えてきた。なんとない疲れか、身の痛みか、芭蕉はいつもにない老いを感じたのだろう。ふっと「いったいどうしたというのだ、このところなぜこんなに疲れるのだろう、急に年を取ったようだ」と感じたのだ。彼はその頃、この句の前後に「此の」との言葉を用いたり、「何」という表現を使っている。そうした言葉の断片が「此秋は何で」という形に結び着き、「此秋は何で年よる」と口を衝いたのだろう。そこまで言葉をついではたと下五に突き当たったわけだ。私がこの句を芭蕉の千句あまりの発句の絶唱とする訳は、「此秋は何で年よる」という根源的な疑問に空の高みの雲に消えていく鳥の影を結び付けたところだ。句は芭蕉の老いへの疑問だけではなく、つまり、「何で今、此処?」「何で私が?」「何でこんなに?」など決して自己主張はしていないが、彼の孤独感や存在感などの情感質を、さらに「死」の予感を私はこの句に感じるのだ。気持ちの上で芭蕉は夢の中で枯野を駆け巡っていただろうが、意識下では雲の彼方へ飛び立っていたのだ。
「何で」とは人間が絶えず持ち、持ち続けねばならない疑問であって、しかも答えを得ることができない疑問である。茫洋とした人生、どこかにつかまる何かが必要で、芭蕉はそれを俳諧と思っていたが、それも妄念と空を仰ぐしかない。そこに鳥の影を捉えた。芭蕉は何らかの不条理を意識し無意識に「辞世」の句を詠んだと思う。私がこの句に出逢ったのは山本健吉の『芭蕉　その鑑賞と批評』を読んだ時だった。芭蕉に親炙した最初の本だった。今読み返し、山本健吉は絶唱などとは書いていないが、私は私で絶唱と思い込んでしまっていた。ウィトゲンシュタインの例の表現の「斯く有る事が不思議なのではない」に「何で」と反応する前である。私がこの句に情感を見るのものやはり「何で」という芭蕉の晩年でのこの疑問符によっている。実に、それまでの芭蕉の発句の自然や日常に向かい合って詠まれたものとは、全く異質なものを感じたからであろう。そして、今、この歳に至って、芭蕉の当時の心境がより一層身近に受け止められる気がする。病床に臥して彼は座の発句を吐いたわけではなく、句には主体としての「私」が表出されているのだが。西行法師の「願わくは花の下にて春死なんその如月の望月の頃」の春と、芭蕉のこの句の秋と、いかにも人物と季節との親和性を感じる。

憂ひあり語らず黙す春隣り綿雪一片ゆったりと舞ふ

二月一日　記

狐にだまされた話

日本には二種類の狐が生息している。キタキツネと本土狐だ。どちらの狐も人をだますらしい。私が本土狐に出逢ったのは何十年も前のことで、車で神奈川県道志村を走っている途中で出逢った。すぐ藪の中へ逃げてしまってだまされる暇もなかった。この時以外野生の本土狐に出逢ったことがない。キタキツネは赴任してすぐに庭先に来た狐に餌までやっていた。仕事を終え歩いて家に帰った時数匹の子狐に出逢ったが我が家の方に一目散に逃げてしまった。その方向の林に月が昇っていて「子狐の逃げ行く先や春の月」と詠んだことがあった。いつだったか美幌峠で、曲がり角に狐が現れてブレーキを踏んだら逃げるどころか車に近寄ってきた。観光客におねだり狐として有名で、そんなお土産の小物まであって売られていた。当時は山道のカーブがあるところに狐が現れてスピードを落とした車めがけて狐が寄ってきて餌をねだることが頻繁にあった。都会からの観光客は野生動物をじかに見ることが楽しみであったろう。私も東京育ちで犬・猫しか知らず、鹿や狐がじかで見られることが実に楽しかったが、鹿にぶつかりそうになったこともある。羆に遭遇したことは一度だけ。知床の山道でのことで子熊だった。

私はこのキタキツネにだまされたことが一度だけある。本当にだまされた。いつであったかある夏の午後、ひとり車で裏摩周を走った。山道を登り裏摩周のトンネルを出て少し下り坂になった広い道を、もう十キロ近くも対向車にも合わず走っていたところ、神の子池近くの直線道路のセンターラインをまたいで、反対車線から前身を半分私の走行車線にだして真横になった一匹の狐が立っていた。だいぶ先だったがほんの少しスピードを落とし車を走らせても、狐は真っ直ぐ前を見たまま全く動かない。気付かぬはずもないのに同じ姿勢であたかも彫像のようであった。だいぶ手前でブレーキをかけ、ゆっくり近づいていったが動かず前を向いたままの姿勢。一旦だいぶ手前で止めて烏賊のおつまみを取り出しそろそろと近寄った。おつまみを狐の鼻先にほうり投げるまで狐は同じ姿勢だった。やっとおつまみへ首を曲げ匂いをかいだが口にしなかった。あきらかにいつものおねだり狐ではなかった。あのまま無視して同じスピードで車を走らせていたら私は狐をひき殺していたろう。多分、おねだり狐と思ったからそばまで行ったが、私が車から降りようとすれば逃げるだろうから窓を開け見ていた。匂いをかぐだけかと思った瞬間、後ろの蕗の草むらから小狐が二匹ちょこちょこと出て来て投げ与えていた裂き烏賊を食べ始めたではないか。狐は母狐であった。やっとこさという状態で親狐はその場にしゃがんだ。私のほうは見ようともしなかったし、私もまだだまされたとも思わず残りの分までおつまみをほうり投げて見ていた。車など全く通らない静かな裏摩周の道だった。食べ終わるまで見て、車など来ぬようにと願いつつその場を離れ、緑という名の部落に着くまで、ほほえましい親子の狐にすっかりうきうきした気分で運転した。だまされていたと気がついたのは人ひとりいない村でのことだった。母親になった狐はおねだり狐とは別格だった。実に身を挺しての行為だったのだ。だまされた快さはあったが、同時にすぐに我が身の愚かしさに気がついた。庭に来る小鳥以外に、もう野生動物に餌など与えてはいない。私が投げ与えた餌であの親子狐がその後車にひき殺されたなどと考えただけでもぞっとする。さすが最近ではどこを走ってもおねだり狐には逢わなくなった。狐にだまされたほほえましい話だが、裏を返せば実に残酷な恐ろしい話である。だます、だまされるとは人間社会でのことだが、この言葉を自然界まで広げるべきではない。自然はどこまでも自ずから然りであって、あるがままで余計な解釈など不必要な世界なのだ。

騙すのも騙されるのも罪となる人の世だけの決まりごと也

二月十一日　記

異様な雰囲気

まだ、野矢茂樹著『語りえぬものを語る』が机の上に載ったままだ。実に読みにくい本だったが、哲学や論理学の本などスムースに読めるはずがない。言葉の生体解剖のようなことだからだ。本を読んでいて引っ掛かった言葉につまずいたが、「矛盾」という言葉にも引っ掛かった。今大阪で「大阪ヘイトスピーチ条例」というニュースが流れたが、これなど「矛盾」という表現について考えるよいきっかけとなりうる。論理学的に考えるのでない。矛盾などは現実的に日常茶飯事である。今日、北京オリンピックが終わるが、オリンピック自体が矛盾を体現した行事そのものだろう。

ヘイト（憎悪）とは人種や民族や国家や宗教の違いなどに由来した憎しみである。この憎しみはその対象の抹殺さえ望む。そしてそのヘイトがどんな状況で生まれてくるか問われるべきだ。大会でのメダルが、その国の名誉を生み出す以上、国家が受賞者へどんな待遇を与えるかはその国に任されている。国によっては選手への莫大な経済的な褒章が与えられるらしい。だからただ単純にスポーツを楽しんでいるわけでもなく、観戦も単純に楽しむわけにいかない。それは民族意識へ拡大しそこに留まることはできないだろう。各国の選手間ではヘイトはもう既にオリンピックの影の如くに滲みこんでしまっているに違いない。つまり、オリンピックにどんな価値を求めようと、各国の国民にナショナリズムを強烈に植え付けるマイナスを補い得る価値など考えられない。ヒットラーがゲルマン民族の優位性を全世界に誇示したような弊害が全世界を覆うことになる。

テレビに習近平と並んで映像に映し出されたバッハ会長はついこの前「ぼったくり男爵」と呼ばれた。綺麗事のそのすぐ裏に醜い権力者らの欲望をまざまざと見る。テレビで閉会式の映像の直前にベラルーシでロシア軍隊が予行演習を続けている有り様を見たし、別のチャンネルでもウクライナの民衆が木製の銃を操作している映像を流している。これが今の世界でもあるのだ。ベートーヴェンの歓喜の歌が閉会式の演出に利用されていることに腹立たしい思いをする。第九の音楽の意味とその価値を無視したものだ。全くの場違いな選曲だと思う。何かが不自然でどこかがおかしい。全てがちぐはぐな思いがする。これが今私が生きている現実の世界なのだ。テレビの向こう側も現実ということだ。それにオミクロンBA2の我が国への侵入に、以前から云われてきた「正しく恐れる」などという意味不明な表現が使われているが、今の中国北京での国際的行事と、ベラルーシでの軍事演習の同時開催をどう捉えるか。この世界で誰かに起こることは誰にでも起こるという点を忘れてはならない。その上、このコロナウイルスの第六波は世界での言葉が持つ限界を示さざるをえなくなっている。繰り返される「正しく恐れる」というマスコミの表現の論理的正当性を考えてみるに、「正しい」とは「行動」に対して使用するなら「恐れる」に使われてもおかしくない。しかし恐れるという態度に、正誤としてての判断が使われること自体、言葉の概念枠がずれ始めていて、言語的にも異常事態の到来を示していると思わざるをえない。ウクライナのキエフの住民がこの日本的表現の存在を知って、いったいどのような反応を示すか。ミサイルが我が家をめがけて飛んでくるかもしれない恐怖をいかに「正しく恐れる」ことができるであろう。
今もオリンピックのニュースが流れ、ロシアのスケート選手、ワリエワのコーチの「選手は製品である」という発言が出ていた。このコーチにとっては選手を製造しそれを製品として売り出し、金メダルというブランドを付けることができるのだ。プーチンが東部ウクライナの二州の独立を認めたという。プーチンにとって他国の中に別の国を認めることなど全く恣意的なことなのだ。どこか世界の風景が突然変化したかのような異様な雰囲気になった。

立春からこれだけ経てもこの雪の溶けぬままなる世界の寒気　二月二十二日　記

三月

戦争という相貌

ロシアのウクライナ侵攻の前から、日誌が書けなくなった。野矢茂樹著の本から言語学テーマの本を捲りつつ日誌を書き連ねてきたが、とても考えるヒントが得られるような本でなかった。論理学とはいかにも難しい。まず言葉は生き物で、江戸時代の日本の言語学者、富永仲基の表現「言に人有り・言に世有り・言に類有り」からすれば言葉は人と時と場によって生きている。ウクライナ侵略が始まって、同時に本を読んでいくことはできなくなり、本からのヒントでなく現実を考えるところからはじめよう。一週間もたった今からすれば、この「戦争」はロシアの侵攻ではなくプーチンの欲からの思考の結果だろうが、ただ、プーチンひとりの脳神経回路の異常だけだろうか。多くの国がプーチンの行動に対し、ロシア国民の反発を期待しているだろうが、昔の我が国を思い出してみれば期待が裏切られる危険は大きい。太平洋戦争は天皇の苦渋に満ちた言葉で終わったのだ。『語りえぬものを語る』の本からひとつのヒントを見つけた。著者は「私は、相貌を主観的なものとみなそうとする考え方に抵抗し、相貌がまったく客観的な事実であることを強調したい」と。例えば、「平和」という言葉が持つ「相貌」

とは、言葉が使われる中でその概念が共有され集団が同じ状況下で同じ表現としての言葉を頻回に使用すればするほど、その言葉が持つ相貌も共有されてしまう。ソ連時代からのロシア国民が「平和」や「戦争」という言葉の持つ「相貌」をどう捉えているかが問題だ。プーチンが今最も恐れているのは、国内での情報拡散だろうが、国家統制のマスコミ報道と、民間の情報の拡散の戦いこそ問題だろう。それにしてもソ連時代からロシアの指導者らは反米に凝り固まった思想の持ち主になっていると思う。ロシアは昔から西ヨーロッパに相対してきたナショナリズムの強い民族だったろうし、多くの国が歴史にそれなりの怨念を積もらせているように、ソ連崩壊後のロシアにも積もった怨念があり、同時に大国としての強い自負もある。プーチンは1941年からのヒットラーに包囲され抵抗したレニングラード生まれだというから、「平和」や「戦争」という概念に特有の相貌を持っていよう。ロシア国民のデマゴーグとしてプーチンほどうってつけの政治家はいない。プロパガンダと言論統制の申し子のような素質を持つプーチンこそが、ウクライナ侵攻を決定したのだ。しかし世界中の指導者や専門家たちや多くの一般人がプーチンの決断に驚いたろう。誰もがこれほどの非合理的行動をプーチンが採ろうなどとは考えていなかった。まさかこんなことを彼がするはずがないと考えていたはずだ。誰にでも起こることはプーチンも例外ではないが、バイデン以上にロシアの軍部も驚いたと思う。キエフに侵攻しようとした戦車隊が六十キロにわたって道路に渋滞したという事態は、プーチンのプログラムに齟齬があったとしか考えられない。クリミア併呑の時と同じにはいかなかった。世界のリーダーたちの思考は研究していたろうし、経済的な対応も多少は想像していたろう。それでもキエフへ侵攻した戦車部隊のたじろぎは不可解としか云えない。実に非合理的である。ただその分引き返し難く危険だ。引き返し難いとはプーチンの感情のことだ。冷徹な思考も感情の力には抗し難い。独裁者としての立場、つまり面子からより短絡的になり、さらにより独善的になる。しかし核大国の絶対君主のような立場なら、その緻密さもどこかに漏れる部分は多いはずだ。あるいは身体的に何かの疾病に罹患しているかもしれない。最も怖いことは、誰もがプーチンの理性を信用してきたように、プーチン自身も西側指導者の思考を信用し、己が決断すると同じような決断を西側はすまいと思うことこそ恐ろしい。プーチンの頭脳に生じるであろうことは全てバイデンや他の頭脳にも生じうる。それに、まだ世界中の誰もが、核戦争の「相貌」を想像することすらできていない。ヒロシマ・ナガサキは特異的で、今から見ればあのふたつは結果的に戦術核だったのだ。戦略核の核戦争ではなかった点は忘れるべきでない。それは想像すらできない。地球の余命時間が分から秒単位になったというが、私の余命と全く同じ時間かも知れない。

三月五日　記

春といふに寒き泥濘烏克蘭持続可能な文化などなき

ロシアの解釈

シロビキとはロシアの「武闘派」あるいは「国粋主義者」といった意味らしい。オリガルヒとはソ連が崩壊しそれまでの国営企業から鞍替えして、政治的影響力を強く持つ巨大財閥のことらしい。プーチンにはかつてのソ連時代への郷愁があり、スパイ上がりの情報操作能力がある。しかし、今回のウクライナ侵攻は、第二次世界大戦時のソ連と同じ大義名分は全くない。むしろ立場は正反対だ。ヒットラー同様プーチンひとりの欲望からの戦争だ。これほどの状況は知性ある民族ならば理性的かどうか十分判断できる。ただどこの国にもプーチンに似た数多くの民族主義者がいる。理性以前の強烈な民族至上主義者だ。ロシアとウクライナの停戦交渉にロシア側から出てきた大統領補佐官のメジンスキーは「事実は大きな意味を持たない。全ては事実ではなく、解釈から始まる」と云っている。この「解釈」とは「ウクライナ国家という事実など意味を持たず、同じロシア正教を信じ、同じキリル文字を使い、同じ東スラブ語派でもあり、民族の源を同じくするということから全ての解釈が始まる」ということになるのだ。つまり民族主義であり、メジンスキーはプーチンの思想をそのまま代弁しているらしい。

私が生きてきた八十年の歴史は一瞬のことで、それほど人間の進歩（進化）とは遅いものなのだろう。ヒットラーの頃からほとんど進歩してきていない。ホモ・サピエンス（知恵をもつヒト）の二十万年の歴史の中で、考えてみれば八十年などに進化がみられるはずもない。北朝鮮は今もって第二次世界大戦を終えていない（半島北部の人々の中には未だに日本帝国を打ち負かしたと思えない人たちがいる）し、ソ連への郷愁は未だにプーチンの胸に残っている。思想以前にその時代の「相貌」が人々に残存しているのだ。こうした相貌は老化しにくく誰よりもプーチンに色濃く残っているのだろう。人さまざまだから経済活動主体のオリガルヒのメンバーは価値観を異にしていると思う。プーチンに付き合いきれない輩も出てくる。大半の世界はロシア国内に反プーチン派が台頭してくることを期待するしかないと感じているはずだ。といってロシアの一般国民も日本に反共集団や、反韓国、反中国、反ロシアの感情に動かされる国粋主義者らがいるように単純ではない。あの広大な大陸に日本より多少多いがさして違わないロシア国民がいることを考えれば、まだ情報を持ちえない人の好い民衆も多いことだろうが、そうした人の好い民衆こそが国家という相貌に長年親しみを強く持っている。さらに、世界がこれほどの情報社会になっている中でなお、個人の頭の中の情報の伝達には、理性を見下す情動とか感情とかの強力な検閲機関があることを忘れてはならない。その検閲機関とは長年に亘って作り出されたもので、同じ状況で、同じ言語を使って交流し続けている者同士では、共通の検閲機関となって作用している。これに加えて、プーチンのスパイ時代の才能は、ロシア国民からの反逆により慎重に対処してきているはずだ。その彼の力が、国民が持つ情報拡散の力にどれほど対抗しうるであろう。プーチンの頭脳がそうした民間情報の息の根を止めることができるかどうか分からない。国外から入り込んでくる電波にどう対抗するのだろう。シロビキやオリガルヒの力で、西欧から入る情報に有効なワクチンを作れるだろうか。無数の電波による情報が常時行き交っている以上、全ての情報を把握することはできなくなってくる。あるいはこの電波を自由に操ることのできる力こそが世界を席巻しうるのだろうか。

これからの世界にフェイクニュースにだまされない日が来るのだろうか。どうすれば世界中の人々にとってもそうした日をもたらすことができるだろう。プーチンの大統領補佐官が云うとおり、「事実が問題でなく、その解釈こそが重要」なら、その日が来ることはありえないことになる。何が事実かという問題は現実を言葉で伝えようが映像を見せようが、全てそれぞれ個人的に解釈してしまうからだ。人類全てがめいめい手にとって捻くり回すことができるような物証を配れるわけでもなく、実態は全ての人々の解釈次第であるのだから。

啓蟄すぎゼットマークの戦車かな

三月十六日　記

期待

私の期待は、ロシアのウクライナ侵攻の遅れがロシア軍に内部抵抗があるのではないかという点にある。思うにテレビに映し出されたロシア軍トップの二人の表情から見て、彼ら軍部が独走している印象は受けない。プーチンの指示に仕方なく従った表情と見た。とすれば、彼らの部下である軍全体の士気が上がるわけはない。最初にウクライナの捕虜となった若いロシア兵も訓練と知らされていたらしく、その後のロシア軍の動きの鈍さも不自然すぎる。軍全体がプーチンの決断に驚いたと思う。三週間も経って戦争の悲惨さが際立ってきたが、どこの国の軍隊も次第に残忍になる傾向がある。あるいは揺れ動いていたロシア国民が居直ってしまったか。プーチンは国民にプロパガンダを徹底し鬼畜米英といった演出もしなくてはならない。今も、テレビ番組『報道１９３０』で前統合幕僚長が、ロシア軍の侵攻のちぐはぐさを同じような視点で述べている。プーチンと軍自体は未だ一体にはなっていないと感じるが、そう考えねばこの鬱気分が晴れそうもない。どう考えてもこの戦争は、プーチンが作り出したものでしかない。ブッシュがイラクに攻め入った時、理由はアサドが大量破壊兵器を所持しているからということだったが、あの時私はそのことになぜか頓着しなかった。トランプが現れるまでさほどアメリカ政府への関心や疑惑を持っていなかった。

私は反権威主義であり、世界の相貌もこの反権威的眼鏡で眺めてしまう。それでもできる限り冷静で客観的であろうとする気持ちはあるが、六十年安保騒動直前のハガチー事件で来日できなかったアイゼンハワー大統領や、岸元首相とその系列の権威主義的政治家を受け入れられない。安保闘争で議事堂前に「岸を倒せ」と叫んだひとりである。日本国民は今やプーチン憎しだが、国有地売却で自殺者まで出した元総理大臣のもとで、赤木俊夫氏の妻の怒りに感情移入できない人がいることも知っている。この前の三月十五日に国が「国の責任は明らか」と赤木氏の裁判を即決即断で終結させたが、これも「プーチンは戦争犯罪者である」とする今のバイデンの言葉と同じ重みしか持たない。今後プーチンが戦犯として裁かれるような可能性は少ないと思わざるをえないからだ。無論のことプーチンは戦争犯罪者だ。まずはロシア人に是非プーチンを断罪してもらいたいと切に願う。但し、ロシア人が持つ彼らの国と世界への思いは私が考えるほどに単純ではないだろう。別の視点からロシア国民自体を追い詰める作業はするべきではない。プーチンを追い詰めるということがロシア人を追い詰めることになる危険すらあり、彼の支持者が増えてプーチンが一層強気になることが恐ろしい。ロシアと中国の接近に関しても、我々は中国に対しあまりに感情的で敵対的にならず、日本は武器でない支援をウクライナに実施し、世界は最大限の正確な情報をロシアへ送り続けることだろう。アメリカも日本も落ち着いてウクライナを支援し、ロシアの侵攻を食い止めるべき支援をし、ロシア国民を非難する態度は見せないことだ。いずれにせよこの地球自体が生態学的にも危機的な状態にある点を世界が理解することだ。

過去、朝鮮戦争を始まりとしたアメリカの戦争を何度も見てきたが、今回のプーチンの侵攻は次元を異にし、核大国の戦争であるが故に危険極まりない。この戦争が続けば我が国も多大な影響を受け、あの第二次世界大戦のような困窮しつくした生活では困るが、我慢する生活を強いられる。我慢はするがウクライナ各地の黒煙を見ると地球の酸素が無駄に消費されて絶望的な気分になる。あの黒煙は人々が殺されていると同時に大気中の酸素が失われて、炭酸ガスが膨大な量で広がっている証拠だ。映像を見ているだけで絶望的になる。プーチンのこの侵略は人殺しと地球という父親殺しでもある。

ところで、今朝の通勤の道は素晴らしかった。雪靄とでもいうのだろうか、一面の雪景色に靄のような霧が立ち込めて空は薄青く、ぼんやりとした幻想的な風景だった。勤務先の病院近くまで来ると靄が突然と晴れ、雄阿寒だけが正面から朝陽を浴びて光っていた。突然に大気が裂けて山が立ち上がったかのようだった。こんなふうにこの重苦しい暗雲が切り開かれないだろうか。


雪靄の中に陽を背に途ゆけば大気切り裂き光る雄阿寒

三月十八日　記

解釈と独我論

ウィトゲンシュタインの『論理哲学論考』に、バートランド・ラッセルの解説で「形而上学的な主体は、世界の一部としてあるのではなく、世界の限界にほかならない」とある。ラッセルが言う形而上学的主体とは、解釈するに「私」のことだろう。たしかに私は決してこの世界の一部ではないが、では、パソコン上に動いている私の手やその指は世界の一部ではないのだろうか。いや「限界」なのだ。「私」とは私の眼球の裏側のことだ。見える世界、触れる世界、それこそが「私がその一部ではないところの世界」そのものだ。ウィトゲンシュタインの思考は私の及ぶところではないが、ラッセルが解説しているようにこれは独我論でもある。別の表現を使えば「世界とは私であり、私が世界である」ということだ。これに関して、大統領補佐官がプーチンを代弁して「事実は大きな意味を持たない。全ては事実ではなく解釈から始まる」と云ったが、これも同じように独我論そのものだ。解釈とは世界に意味を付与することで、場合によっては価値を生み出す。

プーチンの思考、つまり彼の世界解釈が「ノボ・ロシア」であれば、もう一方の「客観的・普遍的・世界的な解釈」である一般世界から見て怖いことだ。言い換えればこの戦争はプーチンの頭の中の「ゲーム」でしかないが、そのゲームがそこにある危機としてこの私にも突き付けられている。ロシアにとって、ウクライナは同一の民族に属しているとの解釈、それが西大西洋条約機構加盟国になる事態は解釈できない。ウクライナ国内のロシア語を話す人たちがネオナチのジェノサイドに遭っているという解釈、そのために為すべきこと、この軍事侵攻はその唯一の正当な選択だとする解釈。プーチンは世界の中のこの土地をロシアの一部であると解釈することが正しいと強調している。彼にはロシア国民にこう解釈させるための戦いが片方にある。独裁者の戦いは絶えず我が身と己が国の二正面作戦なのだ。戦争では、二正面作戦は失敗率が高い。「私である世界」はロシア国民のひとりひとりに国際社会の解釈を示すことに全力の援助をするべきだ。中国へもそうした事実を情報として示すべきだろう。いったい、習近平のプーチンの侵攻に対する解釈とはどんなものなのだろう。中国の習近平を不気味な隣人として彼の世界解釈を解釈してみたい。

世界最大の人口を持つ中国、この国はその歴史もエジプトに近い時間と、複雑な人間ドラマを歴史に書き記してきた。儒教や老荘思想に加えてインド経由の仏教の思想も取り入れ、火薬などの発明も彼の国のものだ。私にはロシアよりも解釈しやすい。第一に、習自身の権力集中と延命を考え、今年秋の党大会を真っ先に考えるだろう。独裁者たる所以は自国の国民の絶対的信頼と、同時に恐れを一身に受けることだ。プーチンにある失敗といえば、力への過信（軍へのプロパガンダを徹底させなかったことも含む）と敵を知らずに侵攻したこと、ばらまいたプロパガンダがフェイクであることを世界から暴かれたことだ。外部から入る情報操作の重要性を習は考えるはずだ。力が武力と経済力と情報の支配能力の統合されたものであることを学んだろう。とすれば今の中国単独でアメリカを筆頭とする西側諸国を正面にすることはまだ利に合わない。としても、無論西側の立場に立つことはないが、世界の無党派国へ手を伸ばすだろう。状況は進行中だから大事なことは行動のタイミングの見極めだろう。習はロシアに対しても優位に立とうとするはずだ。西側全体との力のバランスを絶えず計算する。プーチンを見て習は判断するだろう。事実を作ること、それは相手を挑発に乗せればできるから容易だが、十四億の国民に同一の解釈をさせることは難しいと思い悩むだろう。国内にコロナウイルス同様に西側の情報が入り込むことが彼にとって、頭を悩ませる最大のものとなると思うのだが。

今日彼岸丸い地球の彼の国も昼夜等しきウクライナの旗

三月二十一日　彼岸　記

『中国哲学史』から

ホロドモールとは大飢饉での虐殺ということとある。1932年、ウクライナでのスターリンによる人工的大飢饉事件があった。この時、アントロポファジーがあったという歴史的疑惑がある。アントロポファジーとは「食人」ということとある。スターリンによって人が人肉を食べさせられたのだ。ホロドモールでこの時ウクライナ地方の約四百万人が餓死したという記事を読んだ。この年、満州国が誕生した。我が国では五・一五事件が起こった年だ。今から百年もたたない。それがこの二十一世紀、ウクライナにロシアが侵攻し同じ状況を作り出した。昔スターリンであって、今はプーチンという独裁者の解釈によるものだ。問題は彼の決定がもたらす膨大な殺人事件で戦争とは殺人事件である。今やこの星の大半の生命体の命を、奪い去る力まで持ってしまったたった一人の男。これが独裁者と呼ばれる。歴史的に見れば、この星がいかにちっぽけで狭くなったかということでもある。

昨日から中島隆博著『中国哲学史』を読み始めたが、『論語』に定公と孔子の問答が載っていてこうあった。「定公が言う（国を滅ぼす一言とは）、孔子が答えて（誰もわたしに口ごたえしないことだ）」孔子が生きていた紀元前から独裁者という概念はあった。逆に国を興す言葉の中に「君子であることは難しい」との表現がある。プーチンも君子たらんとしているかもしれないが、君子の意味を取り違えているだけだ。意図的ではなかろうが君子という「名」の解釈を元から間違えている。孔子は「名を正す」とも言ったが、それは言葉の使い方を正す、つまりは意味を明確化するということだ。孔子がいう「名」とは言い換えればシニフィアンだろう。プーチンの補佐官が云った「事実が問題でなく、解釈から始まる」などは事実としての「名」の曲解であって、国境とか領土の勝手な解釈からロシア軍のウクライナへの侵攻がはじめられたのだ。プーチンにとっては、少なくともウクライナの東とクリミアは本来ロシアの国土だという解釈で、国境が問題なのではない。またこの本の第4章に荘子の「麗姫」の話が載っていた。晋献公が奪い取った麗姫が当初は泣き暮らし、その後その生活を謳歌したという話で、状況が一変すれば価値観も変化するとある。それでもプーチン支配下のウクライナ国民も麗姫のように、プーチンに飼いならされてしまうと思いたくない。人間を信じればそんなことはありえない。

蛇足だが、この本の著者は「荘子の物化」のところでこの麗姫の話を「他なるものに化すことを恐れる必要はなく、したがって、死を恐れることもまた無用である。死は、生からは決して知ることのできない別の世界であって、必要なことは、生にあっては生を、死にあっては死を肯定することである」と書き記している。これまでも『荘子』は読んできたが、「死」に関するこんなストレートな表現に出逢った記憶がない。忘れたのだ。

『中国哲学史』を読んでいて、プーチンに読んで聞かせたい話が数多く出てくることに驚いたが、諸子百家の哲人たちが歩いた秦・楚・韓・魏・斉・越・燕の戦国七雄は今のG7のように、あの頃の主な世界であったのだろう。歴史は人類の進化の遅さに比べ、地球自体の縮小化の速さを教えてくれる。荀子も「星が堕ちたり樹が鳴る（霊的事象）のを恐れることはないが、人妖を畏れるべきだ」といっていたが、これも「ロシア正教など怖くない、クレムリンの中の妖怪こそ恐れよ」とでも言い換えられる。加えて「孫子」のいう兵法も、クリミア併合は孫子の兵法そのままに成功したが、今回のウクライナ全土への侵攻はどう見ても稚劣なものでしかない。フランスの哲学者、フランソワ・ジュリアンも孫子から学び「戦争は、敵の戦力をできるだけ保持したまま、自分のものにすること、同様に、政治は（他人を自己に従わせる）以外に目的はない。すべての臣下は常に潜在的な敵として見なされるべきなのだ」と書いているが、「臣下」とはロシア国民と占領地のウクライナ人のことだ。「人間僅か五十年」いかにも短いが、二十数万年の人類の歴史からみて、その進化はいかにも遅すぎる。

今の世の戦に勝敗あるなどと思ふべからずあるはずもなし

三月二十五日　記

「宇宙戦争」

テレビがウクライナのニュースばかりで気がめいり、思い出して久しぶりにプライムビデオをつけてみた。昔の「宇宙戦争」を見た。何十年ぶりであったろうか、新版「宇宙戦争」よりも初めの映画の方が面白い。古い方の映画は宇宙船が格好良かったが、次々に世界の大都市が破壊されていく様子が今のウクライナの多くの都市が破壊された市街地に似て現実が忘れられなかった。最後に主人公たちが教会の中で再会し、火星人が細菌に殺されていくところで「この奇跡は神が創造した最も小さな生き物によるものであった」といったナレーターの声があった。現実はキリスト教の国同士の殺し合いが行われているのだ。プーチンは火星人ではなく、プーチンもまたロシア正教の国に生まれた人間で、「神」という概念の中で生きているはずだ。ロシアの歴史も6から7世紀に始まっており、キエフ大公国が9から12世紀、モスクワ大公国が14から16世紀、ロシア帝国の誕生が１７２１年と近世でしかない。ちなみに翌年小石川養生所ができ、我が国に仏教が伝来したのは５３８年。ロシアを蔑視しているわけでなく宗教的思想の歴史だ。ただ、私が最も嫌う事柄がナショナリズムであって、国家の面子とか名誉ほど恐ろしいものはない。その国家と個人をひとつとしてしまうところがナショナリズムの恐ろしいところだ。宗教の旗の下にも、思想の旗の下にも、さらに国旗の下にも立つことをしない、それこそが地球人だろう。地球が斯くも狭くなっている点に気がつけば誰しもがそうなりうると思うのだが、いまだにロシアを筆頭にアメリカも我が国も、さらには中華人民共和国もそれぞれの国旗にしがみついている。私は儒教より老荘思想により親しみを感じるが、それでもプーチンに『論語』を読み聞かせてやりたい。考えてみれば儒教も老荘思想も、それに仏教も宗教ではなかった。日本でも鎌倉時代以前は仏教という名であっても、巨大な思想であったろう。中国の儒教など、クリスチャン・ヴォルフのいうように実践哲学だ。

今、中島隆博著『中国哲学史』と渡辺精一著『中国古代史』と角田泰隆著『道元「正法眼蔵」を読む』を同時並行して読んでいるが、中国を、孟子の性善説や荀子の性悪説、さらに達磨からの禅の思考、それに朱熹や王陽明の思想を捉え直して現実を考えてみると、中国のロシアとは異なるところが見えてきそうな気がする。ロシアの宗教思想史を知らないがロシア正教下でのキリスト教一辺倒的なものだろう。中国の朱熹時代の君子と小人の「悪」に関した話をプーチンにあてはめると面白い。『中国哲学史』の第十二章に「小人のなす悪は、(どちらかといえば軽いものである。)なぜなら、小人は、善・不善の区別をする知を失ったわけではないし、しかも、他人の存在を知っているからである。小人には君子のような、他人を欠いた内部などない。(中略)悪をなすのは他者に見られることのない独の内にいる君子しかない」とあったが、その意味でプーチンの内部に他人はいない。どうもキリスト教での「他者」という概念は東洋での隣人とは異なった別のイメージを受けてしまう。今のプーチンの他者といえばアメリカでありEUでありNATOとなる。それは隣人でないし彼に隣人はいない。中国の思考の中の「君子こそが悪を成す」という思考が、共産党革命を起こしたロシアには無くなったのだろうか。

それにしても秦の始皇帝時代と、プーチンのロシアとの隔たりが、ほとんど無いという歴史の歩みの遅さに改めて驚く。私のこの生涯も百年に満たぬ僅かなものだが、それですら人類の全通史を見たものになってしまうかもしれないのだ。あの「宇宙戦争」の最後に生じた奇跡、「神は地上で最も小さな生き物に奇跡を起こす力を与えた」というようなナレーションで、この度の「プーチンの戦争」の終末を目にすることはできないだろうか。それに小さな生き物といっても、赤旗を掲げ群がり集まるあの時代のロシア人民とでもいうのだろうか。

南の空を十羽ほどの水鳥が飛んでいたが、近くの釣り堀の池からカルガモがもういなくなっていた。

我が事にあらずと鳥の帰る空まだ寒かろう北国の土

三月三十一日　記

四月

誕生日

今頃になって備忘録の必要性を感じているが、その意味でも日誌に書き残しておこう。読み始めた千葉雅也著の『現代思想入門』から「直接的な現前性、本質的なもの：パロール、間接的な現前性、非本来的なもの：エクリチュール」。この人の本は何か別のところでも読んだ記憶があるが、まだ読みはじめで傍線を引いたが、ふっと現前性という表現から今日が誕生日だと気が付いた。午前十時過ぎだが、私は母親からこの日の何時何分に生まれたか聞いてこなかった。今この時点で勝手に決めておこう。時計を見て昭和十五年四月九日午前十時十一分とする。この時、私がこの世に生まれ出たが、まだ「私」が生まれたわけでなくこの世にまずは肉体として現れた。前に人は世界から作られるものだといった意味の事柄を書いたが、私が思い起こせる記憶を引き出しておこう。忘れてしまう恐れがあるからだ。

記憶にある私のふるさとは甲府盆地で、どうにか思い出されるのは甲府の街の幼稚園の名前が「ひつじようちえん」であったこと。家から歩いて行けたところで、家から北東の方角、愛宕山に行く途中のようなぼんやりした記憶がある。ぼんやり思い浮かぶのがその帰り道らしい練兵場のレンゲの花。これは寝ころんだ映像的な印象がある。練兵場は教えられたものだろうが懐かしい呼び名だ。記憶が正確といえるのは私が住んでいた家の間取りで、道に面して南向きの二階家で、玄関を入って右側に階段で二階は南側に廊下がありそのどん詰りに開きがあって狐の襟巻が仕舞われていた。庭は数本の樹、板塀で隣と仕切られていた。板塀の裾は横板でその隙間は私が頭を横にすれば抜けられた。頭を横にして潜り抜けようとしたその瞬間の記憶がある。その頃か、飛行船というあだ名が私で、だから頭を縦にしては塀は潜り抜けできなかった。北側に座敷。一階の居間はその座敷の真下。北側に狭い庭と塀。台所や便所は忘れた。風呂場があったかなかったか記憶がない。一階の南側にも廊下があったからその左手奥が便所だったか。これらは教えられたものではない。空間認知の記憶は比較的に残されている。一枚の父親の膝に抱かれた写真が唯一その時代のものだ。

昭和二十年七月六日夜、空襲があった。母によると気づくのが遅く、母、祖母、二人の兄、妹の記憶はないが一階の座敷で円座を組まされ、もう間に合わない、ここで皆一緒に死ぬとのことで合掌させられたらしい。うっすらその場の雰囲気の記憶もあるが、正面の座が誰であったか隣は誰か覚えていない。怖いという思いは全くなかった。母が思い直し急に逃げ出したとのこと。父は近衛師団の大尉で留守。コンクリートの橋の下へ避難した記憶がある。翌日焼け跡で割れた茶碗など見た映像も残っている。二歳下の妹の記憶はその後焼け出されて日川村に家を借りた頃まで抜けている。奥深い記憶は決して連なって思い出されてくるわけではなくどこまでも断片的なものだ。そんなことを読書を一時中断して思い出していた。

座り疲れ庭に出てみた。猫のナツコが先導してくれた。まだうすら寒く、庭にはどこにも雪は残ってはいなかったが庭の色合いはどこにも緑が無く片隅に三輪福寿草が咲いていた。昨日は見ていなかった。この地ではまず緑は蕗の薹で、次に色があるのが美しい黄色のこの花で、好きになった花だ。かがんで見たがまだ一匹も花の中に虫は集まって来ていなかった。この地に来て福寿草に昆虫が集まるのが花の匂いのためでないことを知った。

虫は暖気を求めて花に集まるそうだ。パラボラアンテナのような仕組みで花弁が太陽光線を集め暖かいという。

なるほど自然は持ちつ持たれつ。「彼有ってこそ我有り」という相互関係で出来上がっている。誕生日だというのにあまりぱっとしない天気で福寿草だけが祝ってくれた。

久々に色ある花や誕生日日差しはいまだ冬の陽のまま

四月九日　記

温泉の記憶

私の温泉好きは多分若山牧水から影響を受けている。彼の本『みなかみ紀行』からの影響である。二十歳前の私が彼から影響を受けたものは、第一にひとり旅、第二にお酒、第三に温泉である。温泉といっても鄙びていることが大事だ。まず一番目の旅は天城峠越えの旅で、この時は大滝温泉に一泊し、二泊目は熱川温泉の脇にある一泊五百円した旅宿。大滝温泉は洞窟の温泉でのぼせて気を失って歩き、脱衣所の窓ガラスに首を突っ込んだからとても温泉気分は味わえず、二泊目も少年漫画雑誌が散らばった薄汚れた宿で風情はかけらほどもなかった。

二番目の旅は上州、沢渡温泉の宿をスタートして知らぬうちに牧水コースという山の細道を辿った旅だったが、肝心の温泉も酒も記憶にない。『みなかみ紀行』にある花敷温泉へ行こうとしていたらしい。

三度目が十二月初旬、ひとり上越線に乗り、山奥に一軒しかない宿にたどり着いた。法師温泉という。予約などしておらず玄関先で大声を出しやっと宿の人が来て二階の広い部屋の奥にある炬燵へ案内してくれた。誰も泊まっていない気配だった。確かちらちら小雪が舞い始めていた覚えがある。高校二年生の冬休み、未成年などといった気遣いなど全くしなかったし学生服の上からレインコートを着てはいたが、それを脱ぎ着替えもせず年取ったおばさんに「お銚子二本ください」と云った。食事前だ。食事など全く記憶になく、酒の味も覚えていないが初めての日本酒だった。温泉の記憶だけは鮮明に残っている。階段を下りて宿の一番奥のほうへ廊下をたどり、浴室の天井が高くだだっ広い湯に浸かった。板張りの床に田んぼのように湯舟がこしらえてあった。湯舟は床より掘った広い四角い浴槽に縦横に畦道のように枕木が渡してあって、底は黒い石が全面に敷かれて石の間からぽこぽこ泡が浮き出ている。四方の洗い場の壁にはなんとも古風な西洋窓がめぐらされ、洗い場は全て板張りで実に風情があった。誰ひとりいない眠り込んだような温泉で、夜にも入ったが入浴客は誰もいなかった。大きな浴室は湯煙の中に電気が灯り実に静かであった。この時以来、温泉と酒とひとり旅に取り憑かれたと思う。このときの旅は前後の記憶がなく、温泉だけが鮮明である。酒の味は分からず旨いとも思わなかったが、雰囲気だけは「白玉の歯に滲みとほる」そのままの牧水気分であった。

他にひとり旅の温泉といえば、どこをどう歩いたか記憶がないし、地図を持参したかどうかも記憶にないが、ひとり湯沢峠を越えてオロオソロシノ滝を通り、途中から看板を頼りに山途を登って奥鬼怒沼湿原に出た。初めてみる天上の秋の湿原だった。美しかった。誰も居なかった。どれ程そこに居たか記憶にないが、同じ道を引き返し、加仁湯まで来て、そこに泊まった。内湯の記憶がさっぱりと抜け、宿の外に出て何もない露天湯と、もうひとつ、左手の崖に小さな滝があり、その脇に湯船が掘ってあった。人が二人か三人入れる程度の露天湯で、崖を少し登ったはずだ。湯には上から紅葉の葉が舞い降りて浮かんでいた。人生でこのときほど露天風呂が素晴らしかったことは他にない。左手に滝が落ちていた。下に先ほど浸かった露天湯があるはずが記憶にない。その右手に旅館はあるのだがその映像の記憶もない。記憶とは誠に不可思議なもので、ゲシュタルト的な地としての背景がここでは途切れている。雰囲気のみが素晴らしい記憶として残されたのだ。思うに雰囲気とは情緒、つまり「情」であり阿頼耶識にある記憶だからだと思う。

これまでの人生、いったいどれくらい温泉に浸かったことだろう。私にとって、旅といえば温泉ということになる。その条件はなんといってもロケーションが良く鄙びたところだ。今は誰もいない所など無くそんな旅はもう不可能になってしまった。この地にも温泉が二つあり、週に二回ほど入りにいくが、入って出るまでひとりのことは、年に数回ある。昨日も温泉に行ったが先にひとり浸かっていた。いつも朝湯だから先に入っていた人も村のご老人だった。

春の陽の斜めに入る露天湯に我が身もはすに横たへてみん

四月二十一日　記

五月

経典の言語学

どこかへ出かけたとか、何かしていたというわけでなくゴールデンウィークの間、日誌を書き続けることができなかった。今日は本からのヒントがあったおかげで、久しぶりに考えたことを綴ることができる。本は井筒俊彦著『「コーラン」を読む』と末木文美士著『「碧巌録」を読む』で、捲りながらそれぞれ数十頁まで読んで、どちらを先に読もうかを考えている最中である。初めは『「碧巌録」を読む』を捲り、五頁目に、「本書がちょっと厄介な重層的な構造を持っているということです」とあり、『碧巌録』は、公案が全部で百則あり、まずその則ごとに垂示があり、次に本文ともいえる公案としての本則があり、さらに著語、その後に頌があると。しかもこれらを百歳ほど年が違う禅僧二人が書き残したものだという。彼らの前に生きた禅僧の言葉を公案として、時代を経て解釈に解釈を重ねて出来上がった本、それが『碧巌録』らしい。言葉がヒントになり解釈が解釈を次々に生み出して、その結果をさらに解釈していく本だ。もう一冊は『「コーラン」を読む』だが、この著者は実に分かりやすく、これまで疑問に思っていたことや、私なりにどう答えを引き出そうかと考えている時など、タイミングよくアドバイスしてくれる。例えば「与えられたテクストを各人が自由に、創造的に解釈できるからこそ、テクストを読むことによって人は自分の地平を拡大していくことができるのだ」とドイツ解釈学のガダマーが言っているがその通りと思う。

井筒は古典に限らず本を読むということの意味や、そこに書き込まれているエクリチュールが解釈されるということを、私が正しく解釈したつもりにさせてくれる。この本はコーランの言語学的な解説だが、こうした宗教的な古典はそれ自体、分厚い何層も重なった地層のような本だと思った。私は井筒俊彦の言語学が好きで、一度読んだだけで十分な理解はできないが、私なりに考えるヒントになる。具体的に『じゃりン子チエ』の漫画のコマの「書かれた文体」としての「ふきだし」を言語学的にどう解釈することができるのだろう。最近、漫画に関する学術書なる本も見かけるが一度読んでみよう。私にとってはあの「ふきだし」はパロールそのものだ。だから漫画本を読むということは見ると同時に聴くことでもあり、頁のコマの中に参加しているのだ。漫画ですら言語機能は重層構造をなしている。

加えて、連句を引き合いに出している箇所で「言語機能の深層領域には、もうコトバで固定されてしまった意味と（中略）意味の可能体とが混在しているわけで、それらが縦横無尽に錯綜する糸で結ばれて連鎖を成しているのです。日本の連歌、俳句の付合の技法などに極端にまで推し進められた形で現れていますように、意味の連鎖関係というものは実に不思議なものです（中略）一座の人たちの間主観的意識の底にあって、それが不思議な連鎖の流動体をなして働いている有り様がよくわかる。（中略）人間の言語があるかぎり、その意味構造はそうしたものなのです」と井筒言語学を説明する中で連句を引き合いに出してくれている。彼の「意味の可能体」とは言葉にいまだ意味が固定化されていない精子と出逢う前の卵子のような存在ということだろう。これまで言語学に関わる本の中で、言語学的思考の中に連句を引き合いに出している本は、今のところ私が読んだ中で彼だけだったと思う。

井筒の「言語アラヤ識」という表現は二十世紀の言語学から、仏教の唯識学派を解釈したものので私にも十分理解しうる。私からすれば、連句はまさにパロールである。では『猿蓑』など綴じられたものは？　さらに俳句はエクリチュールなのかパロールなのか？　座の中での俳句や連句はパロールであり、さらに作品としても詩歌を読むとき、漫画のふきだしと同じ視点に立てばそれはパロールともなりうるものだろう。だから句会での俳句はパロールとなる。発せられた言葉でも、文字として記録された言葉でも、読む者の態度に左右される。そもそも詩歌とは詠み手にとってはパロールであり、読み手にとってはパロールにもエクリチュールにもなりうるものだ。

五月六日　記

山笑ふ千花万葉みな笑ふ

『「コーラン」を読む』を読む

三十二カ月ぶりに上京し家に帰った。私にとってはとんでもなく長い待ち時間だった。娘夫婦や孫たちの無事を確認し、あれこれの報告や相談事があった。朝早く空港に出掛けそのため『「コーラン」を読む』が読めた。東京から帰ってきてもまだ半分しか読んではいないが、私には至る所でこの本から考えるヒントが得られた。

「古典を読む。一冊の本がそこにある。いったい何の意味でそれを読むのか。簡単なように思われるかもしれませんが、実はなかなか簡単じゃない。どう読むかでたいへん違ってくる。(中略)イスラームが四分五裂して血で血を洗うような争いまで起こっています」とあるが、かような宗教書の古典ともなればそうなのだろう。イスラーム教もキリスト教もその解釈で過去に多くの血が流されたのだ。彼の文章は実に分かりやすい。例えば「発語(パロール)が文字に書かれ、書記言語(エクリチュール)のレベルに入って一つの言語テクストになると、コトバの性格が急に変わってしまうからです」とあり、「発語行為特有の状況がほとんど全部消しさられてしまうからです」とある。さらに書記言語で「最初の発語の状況に居合わせなかった人々、どんなに時間的空間的にそこから隔たったところにいる人々でも、自由に解釈できる。解釈の自由」と書いている。そういえば現代社会とは「解釈」の時代だ。言語哲学がソシュールの言語学としてまずは話し手の方から始まった印象を受けていたが、それが俳句や短歌を詠んでいると、最近は読み手の方からの哲学に代わっていく印象を持つ。「詠む」が「読む」に変化し解釈の時代に移行したのだ。以前、山本健吉の『芭蕉』を繰り返し何度も読んだが、山本健吉の鑑賞によって、私の芭蕉の理解が深まったことは確かだ。私が本を読む時、この頃はいつも鉛筆を用意している。面白いから速く読むが、必ずもう一度読み直すだろうと、忘れてはならない箇所に線を引く。ここも覚書しておこう。「(読む)、それはときに書くことに勝るとも劣らない創造的な営みとなる」、と井筒の本の解説者の若松英輔が書いているが、全くその通りと思う。読むという作業と書くという作業は、作家や執筆者からすれば、大きな差異があると考えてしまうのだろうが、読者にとっても実に創造的な作業だ。読書は世界や人間への好奇心を読み手に与えてくれる。好奇心を生むヒントは、読むという作業から読み手が発掘するものでそれなりの作業となる。特に小説類よりこうした哲学者や思想家が書いた本から得られるヒントは貴重なものだ。その意味を掘り起こし、価値を見つけ出す作業は実に創造的な営みと思う。『碧巌録』や『コーラン』のようなレトリックの重層的なエクリチュールなら、なおのこと作業は何層もの層の下へ掘り下げていかねばならず、その分、地質学や考古学などの異なった分野の学問の方法論まで援用する必要が生じるし、語学に縁遠くなってしまって他人の掘削機の手間を借りなければならない。翻訳であり解説書だ。もうひとつ、本を読むことは、忘れていた思考の技法を思い起こさせてくれる。すっかり忘れていた概念の「即自」と

「対自」を思い出させてくれた。サルトルはほとんど読んでいないが、『嘔吐』を読んだあの時、私の場合の嘔吐は木の根っこではなく、どんな相貌に接した時だろうと想像したものだ。今なら分かるが、鏡に映った己自身の顔貌をじっくり見つめた時だろう。ただし私は嘔吐しなかった。

即自と対自の私なりの理解は、即自とは時空的に周囲からの影響を受けぬ存在者であり、それ自体に対し自己同一としての有り方を保っているモノ、あるいは態度、言い換えれば外部との関係を受けないモノであり、対自とは時間内存在者として関係の中で変化し、その関係性を意識化でき、さらに意識化し得る対象に己自体も含み得るモノと解釈する。「即自」があり「対自」があれば、それらを止揚した「超自」があってもよいなどと余計なことまで思考が迷い込んでしまったが、井筒俊彦の宗教学的哲学に浸かっている感じで、余韻がある。それは、この私という自分を読み解くということにつながる。実に井筒俊彦は先を歩いている先輩のような親しみすら覚える。読み終え、パラパラ頁を捲っているが未だしまい込めない。

五月十四日　記

東京の我が家の庭の柿の木と会話楽しむひとときを得て

歳歳年年

川合康三著の『生と死のことば』を今日読みおえた。

そして考えるヒントとなる言葉を本の中に見つけた、というより思い出した。劉希夷の「年年歳歳花相似　歳歳年年人不同」（年年歳歳花アイ似タリ　歳歳年年人同ジカラズ）。昔から気に入っている有名な詩句だ。何かの本で、劉希夷が叔父からこの詩句を売ってくれと云われ、断ったために殺人事件にまでなったという話を読んだ記憶がある。事実かどうか忘れたが、そんな話が伝わるほどのそれほどの名句だと思う。第一に語呂が良く記憶しやすい。第二に対句になっている。第三に人生を自然と同列に、しかも対比して無常観を浮き彫りにしている。詩句としてはこれ以上ないほど優れているが、現実をよくみると、第一に「花相似」でなく花一般が変化してきた。狭いこの日本の土地が住み易いのだろうかやたら外来種の草花が侵略して来ている。つい先頃までそこらじゅう西洋タンポポが咲き誇っていた。このあたりで日本タンポポを見つけるのはきわめて難しい。以前野付半島で見た記憶がある。白花タンポポなどは北海道にないだろう。タンポポに加えもうじき紅輪タンポポも咲き始める。このタンポポなどは日本的な風格がない。渡り鳥なら良いが、どうも最近の帰化植物は馴染めない。外国に比べ島国の日本が難民の受け入れに消極的な理由もこんな所にもあるのだろうか。多分馴染むのに時間がかかるのだろう。第二に下句の「歳歳年年人不同」の「人」は他者のことだろうが、「人」を私として見れば、この句は「歳歳年年人復同」となる。同一性を保った自我意識のことだ。

そろそろ牡丹が咲くがこの花は去年と同じだ。その上その花を見る私も昨年と変わらぬこの「私」なのだ。確かに足腰は衰えているが牡丹を眺める自覚的な「私」はこの庭に牡丹の株を植えた時と変わらない。劉希夷の句を昨年は思い出さなかったが、それは単に思い出さなかっただけのことだ。ここに引っ越してきて十年ほど経ち、気持ちの内では老いは確実に意識しているがその頃と「私」は変わっていない。従って、この詩句は「年年歳歳花不同　歳歳年年人相似」となる。このように私という自我意識のクオリアが想像以上の硬い殻から出来上がっているという事実に驚く。こうした感覚は誰にもあるだろうが、どうして人は不思議に思わないのだろう、なぜ拘らないのだろう。「私」が日々変わってしまってはそれこそ大混乱になってしまうと私も思うのだが。「私」という一本の芯が通っているからこそ生きていけるからだろうか。それにしても私はいったいどうしてこうも自我意識に拘り続けているのだろう。私の目の高さに映る世界に変化はない。私が世界を認知する手段や方法やその癖や好みなどは殆ど不変と思うからその世界像はさして変わってはいないのだろうか。拘りは私が我執の中核と思っているところの「私」自体の変化の有無なのだ。自覚的には変化など全く感じ取れない。もちろん劉希夷の漢詩の詩句はあのままでなくてはならない。人格が統合されてある場所が前頭葉前野だけにあるとすれば、その神経は生まれたままで、その神経伝達のパターンは日々繰り返されてコチコチに固定化されてしまっているのだろう。それで今こうして安定した「私」が存在していると思えればそれでよい。

それにしてもタンポポもこの紅輪タンポポも共にとても引き抜きにくい雑草だと敵愾心まで持ってしまう。マルクスが感じたとおり、土の下では周囲の雑草と熾烈な陣地合戦をしているのだろうが、圧倒的に強い雑草だと思う。とにかくこれから夏にかけ大変な戦が我が家の庭で繰り広げられる。私としては釧路まで出掛けて買い込んだ草花を応援しているのだが、例のカタクリやレンゲショウマやチシマキンバイなど駆逐されないよう監視していかねばならない。雑草から連想したが、国連も齢をとったのか、初めから力が無いのか、ただの舞台でしかない。

五月二十六日　記

只今と云ふは五月の緑なり五歳の時も八十路の今も

哲学のヒント

『生と死のことば』（河合康三著）から中国の哲人らの考え方に感銘を受けた。生と死、誰もがその善悪を考えれば、死は当然「悪」となるが、荘子の「夫れ大塊　我を載するに形を以ってし　我を労するに生をもってし　我をやすんずるに老いを持ってし　我を息わしむるに死を以ってす」と、天は人間に生きているうちは苦を与え、老いに安息を、さらに死には休息を与えると、逆転の発想を示してくれている。この文章、全く記憶になかったが、前に買った講談社学術文庫『荘子・上』に私が傍線を引いていた。また「何故に死が悪なのか、誰も知らない」ともあった。荘子より数百年前のインドの仏陀も四法印で「一切皆苦・涅槃寂静」と言い切っているが、それでも人間の歴史の中ではやはり圧倒的に「死」は「悪」とされている。

ところで藤田正勝著の『哲学のヒント』もヒントを探して読んだ。まずは最初のヒントは漢字からのものだ。「善」という漢字があるが、その羊の一番下の口が古字では横棒の下の左右それぞれに、言という字がある形であったそうだ。羊は古代中国の聖獣であって神の前で審判を受ける際に、その羊の前で相対する言葉が交わされる。つまり原告と被告の言い分である。そうした概念が組み込まれた文字であったらしい。「善」とは人間が判断しうるものではなかったのだ。プーチンもその羊の下の左右何れかで己の言い分で声を荒らげているのかもしれない。つまり「善」とは相対的なものだ。善という価値は立場に左右され、同じ人物であってもその時の立場でさらに左右される。とはいえプーチンの言はあまりにお粗末極まりない。小学生以下でしかない。天でなくとも神でなくとも、羊の下でなくとも、小学校のホームルームでの判断で即判定されるだろう。その後の言い分も単なる脅しとしか理解しえないようなことばかりだ。この二十一世紀にもなってなお、世界はこんなお粗末な「知」の上にしか載ってはいない。全ては我欲であり、独裁者という立場に立った者がたどり着く我執だ。七十八億人もの人類が住むこの地上で、たった一人の男の欲で世界中が不安緊張状態から抑うつ状態になり、さらに死まで強要させられている。それが私が生きているこの現実なのだ。

私は一九四九年頃、港区立桜田小学校に転校したが、そこは当時、最先端の民主主義教育のモデル校だった。当時そう呼ばれていた記憶がある。女傑の担任教師の下での生活だった。そのちょっと前に「血のメーデー事件」があり、皇居前広場で、学生や労働者のメーデーのデモ隊と警察が衝突した騒乱であった。GHQが皇居前広場の前にあって、通った学校の便所で大人がヒロポンを打っていたり、新橋駅のプラットホームで米兵とパンパンが抱き合っていたり、新橋駅前と学校前の闇市で新聞紙に包まれた大量のダイヤモンドがガラス玉と間違われて見つかったなどの報道が新聞に載ったり、天皇制反対など叫ぶものがいたり、そうした中で戦後の真新しい教育を受けてきた。だから権威に対して反抗的・批判的な「私」が作り上げられた。その後で古代中国の陳勝・呉広の乱でのアジテーションの「王侯将相焉ンゾ種有ランヤ」

の言葉を知ってからはこれがバックボーンとなって完全な反権威主義となった。だからプーチンや習や金にはとことん否定的だ。ところでこの本にはパスカルの『パンセ』に出てくる「気晴らし」というところで「われわれの惨めなことを慰めてくれるただ一つのものは、気を紛らすことである。しかしこれこそ、われわれの惨めさの最大のものである。なぜなら、われわれが自分自身について考えるのを妨げ、われわれを知らず知らずのうちに滅びに至らせるものは、まさにそれだからである」とパスカルが言っている。六十九歳になり老化を受け入れたくないプーチンが気晴らしにウクライナ侵攻を考えたのだと云ってもおかしくない。

プーチンより恐ろしいのは、人類が築き上げた文明という「気晴らし」が、我々生き物の生みの親であるこの地球殺しの罪人となることだ。天候不順は何年も前から云われ続けてきた。ウクライナ侵攻、新型コロナ、台湾海峡の荒波など心穏やかならざる問題が目の前に次々現れるが、その背後には地球温暖化というとてつもない恐怖の事態が迫ってきている。今年はとてつもなく暑くなるのだろうか。

五月二十八日　記

コロナよりプーチンよりも恐ろしき暑さが示す地球の怒り

思考の映像化

この五月連休明けに上京した。その折、世田谷代田駅近くの温泉宿に泊まってみたいと娘に頼んでいた。下北沢あたりに温泉が湧くはずもないが、箱根から温泉を運んでいるという。久しぶりの下北沢は変わっていた。街は生き物でもあって、成長しているのか退化しているのか分からないが、東北沢駅も世田谷代田駅も下北沢同様駅舎は地下らしい。下北沢駅をはさんだ両駅の間は全て地下に埋め込まれたわけだ。その分地上の土地が活用される。世田谷区は鶴居村の約十分の一の面積で、東北沢駅から世田谷代田駅までの距離は、ここ鶴居村に比べれば歩けるほどの近さ。双方の駅まで歩いていき、そこから下北沢駅まで歩いてみたが、下北沢は坂が多く息切れする。東北沢方面の元線路の土地は、細長い二階建てのコンクリートでできた屋上も遊歩道のような商業施設になっていた。小綺麗でこぢんまりした店ばかり。世田谷代田方面の線路跡地はしゃれた木立に挟まれた歩道で途中に幼稚園や本屋や旅館が緑の中に立っていて風情がある。あちこちに色とりどりの薔薇の花が咲きほこり、緑も綺麗だった。

旅館に泊まる日にひとり池の上の家から坂道を下り、そこから今度は細い坂道を登り息が切れた。鶴居村で私がどんなに歩いていないか身にしみて分かった。さらにしゃれた細道を夕暮れ時の西の空を見ながら世田谷代田駅のほうへ上がっていくと、薄暗くなった歩道をシックな板塀と木立の間から一匹の猫が早足で横切った。黒いシルエットだったが、即座にそれが猫でないことに気がついた。胴長で足が短く尻尾が太く長く鼬だった。こんな大都会のど真ん中、すぐ先は環状七号線の深い切通しがある。横切った先は木立が茂っていたが、それにしても大きな驚きだった。鶴居で野生動物は見慣れているが、長年住んできた下北沢の街中で鼬に出逢うなど全く意外だった。でもひどく嬉しかった。懐かしい気分に一瞬浸ることができた。その昔国木田独歩が歩いた頃を思わせてくれたからだろう。鼬はエゾクロテンに似て、またミンクにも似ている。でも鼬を見たのは初めてだ。

鼬との出逢いのすぐ先の左側が宿の入り口だった。泊まり客は少ないらしく、ひとりで泊まるには十分な趣がある宿だった。温泉は中庭と思われる木立に向かって窓があり、浴室がふたつある。どちらも薄暗い照明で壁板も黒く、浴槽の底にも小さな照明器具があり、一方の浴室は窓枠がない。誰もおらずのんびりと湯に浸かった。実に静かで、環状七号線まで二百メートルあるかないか。湯舟に身を沈めて黒い天井を見ると、湯の底のライトの照明が天井に湯面の波影を映し出し、それが実に綺麗に揺れ動いている。ひとり静かにしていても天井の波影はゆらゆらとさまざまな模様を描き、身を少しでも動かせばその影の動きは大きく激しくなる。手で波打たせれば天井いっぱいの薄くなった影が躍るようだ。

私は以前から大脳内部での電気信号の流れ、つまりニューラル・ネットワークのパターンをなんとかイメージできないか考えてきたが、多分映像化してみればこの天井の波影のような映像ではなかろうか。人が眠っているときもあのような波影だろう。興奮すれば身を動かしたように大揺れに揺れる。人は思考の中の概念をなんとかイメージ化してみたくなるものだが映像化となると難しい。思考や感情の表現化には言語機能や音楽や絵画や映像化などがあるが、脳組織内部での電気的信号の絶えざる流れの映像化のイメージなど、今の私にはこの天井の波影以上のものは考えられない。ありえないが本当はもっと彩りも付け加わった複雑で美しいものだろう。脳波のような単純なものではないはずだ。いずれにせよ人の思考や感情の動きなどは揺れ動き、動き回っているものだろうから写真の如く静止した映像化はできない。私は湯に浸かり、薄暗い浴室の静けさの中で、芭蕉のあの「謂応せて何か有」の言葉を思い浮かべていたのだが、ウィトゲンシュタインの言った如く、「語りえぬものには沈黙すべきだ」という表現はどうにも抵抗し難い。ところで後で知ったがあれは鼬ではなくハクビシンだったらしい。川などそばにないからきっとそうだろう。でも嬉しかった。

唯今といふは五月の緑かな

五月三十日　記

六月

遊び

大義名分と云う言葉がある。行動を起こす際の根拠を指し、その立場の者の言い分で、真偽は問われない。本人が正当と考えているか否かのことでしかない。プーチンのウクライナ侵攻の大義名分は「ロシア領土を取り戻すだけだ」といった言い分でありその分、それこそ自分の「分」でしかない。私も日誌をつけ始める当初、物忘れ防止だとか、哲学的覚書だとか、読書録だとか、挙句に遺書だとか理由を付けていたが、大義名分にもならない。大義名分とはそれが必要とされる社会の中でのもので、日誌ほど個人的な事柄もない。池田知久著の『荘子・上』をめくって日誌も遊びであると思い直した。荘子の思考から遊びを引き出しておこう。

「遊び」とは、

一　あそぶこと、ひいては何らかの目的意識に導かれることのない行為（無目的）

一　世間的な人間社会から外に出ていき、その狭小な視座を超越すること（脱世間）

一　作為的人為的なものを棄て去って、自然に従ってのびやかに生きること（自然体）

一　万物の一つである人間が、万物の世界から超え出て根源の道へと高まっていくこと（脱自）

実によくまとめ上げられた名文章と思う。これを私なりに無目的・脱世間・自然体そして脱自と要約した。

荘子の逍遥遊にあるが、逍遥遊はこれに尽きてしまうと思うほどの文章と思う。考えてみるに遊びのその元は生まれ出た世界への好奇心から生まれたものだろう。今の私は生まれ出たこの世界の価値が私にとってどんなものか、それこそを好奇心の対象にしているが、そこから考えることが遊びとしての日誌だと思える。私のこれからの態度が遊びでよいということだろう。目的意識など持つ必要がない。さらに脱世間という態度、思いのままにのびやかで自由なこと。最期に万物の世界から超え出て根源への道へ己を高めていくこと。これまで強迫的になんとか己自身をしっかり捕らえんと思いあがっていたが疲れたし、もう少しのんびりしよう。コロナだのウクライナだの、この星や己の身体の心配など心を疲れさすことが多く重なったが、だからこそ逆にゆったり構えよう。ふっと思い出した文句、「遊びをせんとや生まれけむ　戯れせんとや生まれけむ」という『梁塵秘抄』を思い出した。

庭の草木はそれぞれ個性的な豊かな花を咲かせている。花も繁殖するためなどといった考えで咲くわけでもなく、遊びとして花開いているのだ。だからこそ美しい。小鳥の囀りも人が唄を歌うようなものだ。それに反し日々報道されているウクライナへのロシアの侵略はいったいどのような意味を持っているのだろう。無論、それは「遊び」であるはずがない。プーチンだけのゲームであるかもしれないが、それともロシアの国民の多くが、タイミングよくプーチンの政治的独裁を許容してゲームの観戦を楽しんでいるのだろうか。あるいはKGBのスパイとして徹底した訓練を受け、周囲の政敵を次々に排除してきた彼の力への圧倒的な恐怖心でおののいているのだろうか。スターリン時代から恐怖政治を体験し、西欧諸国との思想的敵対関係を長年続けてきたロシア国民の民族性なのだろうか。むかし古代中国に、杞の国のひとりの男が国中を逃げ回っていて、訳を聞いたところ、天を支える柱が崩れてくるからと答えたそうだ。杞憂の語源でありえないことへの恐れを笑ったものだが、たった一匹の白蟻、プーチンがその柱を喰い崩そうとしていてこの言葉も死語の世界から蘇ったかのようだ。

このところ早寝で早朝に目が覚めるが、何か思い出せそうで思い出せない夢を見ていることが多い。そういう場合の夢はなぜか寝覚め時の気分は懐かしさが残っている。意識下の深い所、つまり幼い頃から沈殿している記憶の匂いがどこかに残っているのだろう。もう一度その夢に戻りたい気がして再入眠しようとしても、若返りができないように無理なことだ。

六月六日　記

明け易し帰りなんいざ夢の中

一期一会

この齢になるとあらゆる関係が新鮮な意味で一期一会に思えてくる。東京の家を娘夫婦に譲ってからは成り行きと仕事上からこの地からは離れられないと覚悟を決め、東京の家の玄関を出て鶴居へ帰る時はいつもぼんやりとではあるがこれも一期一会かと感じてきた。人生須くただの一回でしかないのだから当然のことだ。

昨日満月だったから今日も月が見られるだろうが、八十二歳の六月の丸い月は無論のこと一期一会だ。それにしても茶道のこの言葉は普通に生きて来ても七十歳を超えねば実感することはないのだろう。こうして齢をとるということは目が自ずから日々見過ごしてしまうほどの出逢いにも敏感になるものらしい。言葉にも出逢いの時期があり、意味が価値に換わる時節がある。この言葉の出典は利休の弟子の山上宗二らしいが、茶道といえば禅宗であり仏陀の三法印の諸行無常にこの言葉の原点があることは確かだ。仏陀は「いかに生きるか」を後世の我々にまで斯く教えてくれていたのだ。俳諧の連歌からの俳句も須くこの一期一会の範疇に生まれ出たものだ。写真家のシャッターチャンスもこの一期一会だろう。出逢いのタイミングとアングルが命の全てだろう。俳句とよく似ている。

北海道に移り住んでそれまでの東京の生活とはまるで違った自然との出逢いがある。それぞれの季節が実に豊かだ。青い広大な空、透き通った光と風、緑の木や草、動き回る野生。全てがシャッターチャンスで一期一会の出逢いだ。この地で何が一番美しいかと問われれば幾つもある。それも大気自体が実にきれいだからだろう。北海道は夏も観光に良いが、厳冬期の霧氷の林は実に見事だ。あまり外に出たくはないが、特に氷点下十度あるいは二十二度以下、この時期の早朝の日の出のあと、雪裡川の周辺の樹々は川から毛嵐と呼ばれる水蒸気が木々の枝全てに凍り付ききらきらと輝き、村全体の樹木の枝先が煌めく。私はまだサンピラーの確かなものを見ていないがダイヤモンドダストは何度も見た。それでも川を塒にしていた丹頂の群れが、霧氷の中を舞い立ってくる様は実に見事で何度も写真に撮られている風景だ。厳冬期が最も美しいと思うが、これまで出逢ったたった一度だけの体験に雨氷という現象がある。これは急速に気温が冷却された時だけ生じる現象で、降っている雨が過冷却の状態で木々の全体に流れた時点で付いたものだ。それが朝日に反射する。いつもの霧氷とどこか異質な美しさ。霧氷に似るがきらめきがどこか異なって実に美しい。また見たいと思う。写真ではその違いは表現できないだろう。

厳冬期に次ぐ美しさは今のこの時期の緑、それに庭の草花だろう。我が家の庭も百花繚乱で特に草花が美しい。桜は数年前と昨年植え今三本あるが蝦夷山桜、千島桜、それに新しい枝垂れ桜だが、土が悪いのかまだ馴染まないのかあまり艶やかではない。確かにこの地には染井吉野のあの見事さは望まれない。それでも山肌にちらほら蝦夷山桜が咲いている風情は本州の山桜とは趣が違う。ふっと思い浮かんだ詩句、「花は愛惜に散り、草は嫌悪に生うる」、誰のものだったか忘れている。禅僧の言葉であったろうか、あとで調べておこう。一期一会と云えば草はその対象には入れてもらえないのだ。人は好ましいと思う対象に限り一期一会の感情を抱くものだろうが、今の私ならそうは思えなくなってきた。山下正男著の『植物と哲学』に王陽明の仏教徒への反論として「仏教徒は自らが無善無悪の状態に達することだけに力を注ぎ、世の中の一切のことに関心を払おうとしない。しかしそれは天下を治めようとする人間のすることではない。（中略）草がもし花を害するのであれば、ひとはその草をちゅうちょなく除き去るべきである」と。なんとなく習近平の言い分に聞こえてくるが、確かになるほどと思うが、何事も解釈による選択なのだろう。しかし王陽明が言う花とはどんな花なのか。習近平と同じだろうか。

牡丹咲くや一期一会の月を待つ

六月十五日　記

今日初めて牡丹が咲いた、少し小ぶりの黄色の花だった。月の出を待つ前に咲いた。

存在論と比喩

『植物と哲学』はその存在論的な見方のうえで面白かった。著者は存在論を植物と人間との歴史的関係の中から捉え、植物を喩として様々な例を引き合いに出している。存在論を語るうえで比喩は「存在論的技法」とでも呼べそうな気がした。「擬生物観」を挙げその中に「擬獣観」と「擬草観」に分類している。漢字でも獣偏より草冠の方が多いと思うが、古代中国人にとって植物との関係のほうが深かったろう。

本の中でラファエロの有名な名画「アテナイの学堂」の絵画が載っていたが、ひとつの比喩としてこれなど私の中の観念論と存在論の実に見事な映像化だ。左側にプラトンが指で天を指し、アリストテレスが掌で地を指した構図だが、一方が形而上学的天をもう一方が存在論的地を指し示した図であり、これほど思想を絵画化したものを知らない。無論、アリストテレスは植物でなく存在の基盤である地を指し示している。当時のギリシャ時代では絵のようにバランスが取れていたのだろう。その他にもマルクスが『ドイツ・イデオロギー』の中で「植物の間や動物の間に、このうえなく大がかりな競争を見ることができた」とあって、プーチンのウクライナ侵攻は、ツンドラの植物が豊かな麦畑へ侵入してきているような印象を持った。それによく似た状態が我が家の庭にも見られる。この地の春先のタンポポの花は凄まじかった。至るところに黄色い花をつけ、他に花はまだなく派手な黄色なので目の敵にして引き抜いていったが、スコップで掘り出すほどに根は深くまで入り込んでいる。花を引き抜いてもまた次に同じ草に咲く。何本も花芽を持っている。なぜそれほどタンポポを嫌うかといえば、全てが西洋タンポポだからだ。なんといっても多様性こそ自然だと思う。村中の道脇には黄色のラインが引かれたようにタンポポが咲きそろう。いつもならさほど目につかない牧草地まで黄色が目立つ。前は酪農家も目の敵にしていたらしいが、今年は手が回らないような有り様だ。初めて北海道に来て、ある峠道で見たことのない花を見たが、珍しかったためその後調べて、その花が紅輪タンポポと分かったが、その花もここ数年猛烈な勢いで繁殖地を拡大してきている。加えてその赤い色の他に黄色の黄花紅輪タンポポまで庭に侵攻してきた。引っ越した当初はなかった草だ。タンポポは咲いた後ロシアのクラスター地雷爆弾に匹敵するような種を飛ばして方々にばらまく。もうそうなったら手の施しようもない。マルクスならずとも、植物同士の闘争は凄まじさを感じる。

植物といえば、家の裏側に大きな森の公園があり、村は落葉松の植林が盛んだが、巨木はないものの公園はいろいろな樹木がどこか共存している雰囲気があって好きなところだ。いつからか忘れているが、私は大きな樹を見るとその幹に手を触れ、フィトンチッドではないが「生気を分けてくれ」というような感じで幹の肌から手のひらへ息を吸い込む。ふっと思い出したのがだいぶ前に亡兄から聞いたノルウェーの哲学者アルネ・ネスの「ディープ・エコロジー」

という概念で、私もこの公園の森に来るとあたり全てが境を持たない身体のイメージを感じる。森も樹々のその下草から地中のバクテリアから、空を飛ぶ鳥や昆虫などとの相関的な世界として、全てが関連し合った関係の連鎖体と思えるのだ。

「木を見て森を見ず」という表現も人間の近視眼的視覚のことだが、ネスは地上の植物世界に対し制度的な対策を立てることも考えたようだ。本はまだ読んでいないが、より個人の内面性の改革を意図していたらしい。植林された森の道を通る時など、確かに功利一辺倒のような落葉松林を見て、実に不自然だからそれでよいのだろうか考えてしまう。それでも私は村の落葉松林から精神的な恩恵を受けてきた。木の芽が出始めた頃と、禁色から黄金色の秋の落葉松林は実に美しいし、村の大きな産業でもある。ネスはその概念の中で階級や支配・搾取の関係を否定しているらしい。地球全体として森と人類の関係を見れば、確かにネスが言う通りだと思わざるを得ない。是非読んでみたい。オーストラリアでの森林火災の映像など見るとコアラではないが絶望的になる。

ところで俳句の季語だが、私は「草の花」を秋の季語などと野暮なことは絶対に言わぬつもりでいる。

六月十六日　記

時といふ花もつ草や庭の夏

『ロラン・バルト』を読んで

石川美子著『ロラン・バルト』を読み始めた。

その本を持って定期健診のため釧路の病院まで出掛けた。九時前に家を出たが受付時間は十時半で、いつもなら駐車場が空いているかどうかの心配や検査結果への不安も湧くはずが、なぜかなんともなかった。初めての若い医師だった。真っ先に「先生、結果はどうでしたか？」と実に気楽に聞けた。診察といっても腫瘍マーカーの報告だけで数分もかからず終わり、値は不思議なことに正常範囲内。安堵するはずがホッとすることもなかった。今考えても不思議だ。診察に呼ばれる前、待ち時間中に駐車場から見ると鶴居の方角の空が黒雲に覆われていた。持ってきた本を読んでいたら暗くなって夕立が降ったが、鶴居村では雹が降っていると連絡があった。本は後で引用するかもしれないので『ロラン・バルト』の文章を記録しておこう。彼が日本を訪問した箇所から「（ただひとつの意味・デノテーション）への抵抗から、バルトは意味の複数性をあつかう（文学の科学）を夢みていたのだった。そうして、（ただひとつの意味）に対する苦々しい思いと、（意味の複数性）をもとめる望みとをもって、日本を訪れたのである」。その後、「俳句の教え」という項で著者の石川は「意味を否定しているというよりは、むしろ意味を中断しているのだと思う。このときバルトは、威圧的な（ただひとつの意味）に抵抗するための新しい方法を見つけたのである。（中略）すなわち（意味の中断）であった」と書き、芭蕉の「古池や蛙飛び込む水の音」についてバルトの文章の「芭蕉が水音を聞いて発見したのは、もちろん（啓示）とか象徴への敏感さとかいったモチーフではなく、むしろ言語の終焉である。言語が終わる瞬間（大いなる修行ののちに得られる瞬間）というものがあり、この反響のない断絶こそが、禅の真理と、俳句の短くて空虚な形式とを、同時に作り上げているのである」と述べ、もう一カ所「俳句の時間には主体がない。俳句を読むときは、俳句の総体以外の（わたし）をもたないし、その（わたし）にしても、かぎりない屈折によって、読むことの場でしかなくなっている。（中略）俳句には、始まりのない反復、原因のないできごと、個我のない記憶、もやい綱のない言葉などがある」と『記号の国』の中からバルトの言葉を引き出している。私は意味の中断というところより人を「読むことの場」（正確な表現としては詠むだろうが、場は読むと詠むが渾融している処）とする表現に驚き即座に納得した。バルトの言う通りに、俳句に「私」はない。それは確かに「場」でしかない。これほど明確に俳句の本質を突いた表現に出逢ったことがない。さらに私が驚いた点はロラン・バルトが芭蕉の俳句と禅との関係を深く考えて書いていることだ。どう考えても日本の文化人より西欧の知識人の方が素直に俳句と禅を結びつけているとしか思えない。第一回森田療法学会の時、先輩医師に森田と禅に深い関係性がある点の同意を求めたが反応が無かったことを思い出した。医学部とはどこまでも自然科学の場なのだ。俳句の世界が禅とは全く無関係だとは思えない。

持参した『ロラン・バルト』の本のこのあたりを読んで感動していて診察への不安など全くなかったのだと思う。不安が全くなかった点、実に不思議で、あれが読書三昧であったかとさえ思った。

家に帰って家に入る前に庭に出てみた。庭全体が白くなるほどの雹だったという。鬼罌粟の赤い花弁は無残にも砕け散り、白い鉄線の花も花弁は散っていた。他に樹木にはさしたる被害はなさそうだったが、ギボウシの葉やエゾニュウの大きな葉は無残にも穴があいていた。樹や草花を一本一本丁寧に調べたが、大した被害ではなくホッとした。急に西空の雲が切れ強い西日が射しこみ、背中が暑くなるほどだった。この北海道に来て初めての雹で地球温暖化の兆候と思うし、一層の不気味さはコロナへの不安やプーチンの苛立たしい戦争よりもはるかに恐ろしい。ただ嬉しいことにロラン・バルトは宗左近訳の『表徴の帝国』を五年前に買い読んであった。文庫本の表紙が印象的な本でいつかまた読んでみよう。それにしても日本の文学者や言語学者や俳人たちはどうして連句や俳句を言語学的に取り上げないのだろう。

えぞにゅうの葉は無残なり雹の痕

六月二十日　記

『春風夏雨』

岡潔のこの本を読んだ。以前にも彼の本を数冊読んだことがあるがもうだいぶ前のことでそれも懐かしい文章であったことを覚えている。この本は『春宵十話』などの本よりもっと後に書かれたものだろう。我が国の科学者の文で好きな人は、寺田虎彦と岡潔、どちらの文章も好きだが岡さんの文章は本職が数学などとても思えない。何はともかく「数」より「情」がある。

以前読んだ『春宵十話』の表扉と裏扉に私が書き残した文章があったので書き残しておこう。「禅と数学は実践する者にとってその本質は同じか」、「情とは言語化が可能となる以前からの一種の記憶でもある」。

今読んでいる『春風夏雨』に引いた傍線には「自分というものは、抑止して消すことができるものだといえる。してみると、自分というものが本来あるのではなく、自分というものがあると思っていることがあるだけだというのが正しいように思われる」、「本来の日本人は自我を自分だとは思っていないが、欧米人は自我を自分だとしか思えないらしい」、「自然の存在は情抜きでは説明できないであろう」、「自然は自分のこころの中にある、のである」、「童心の時期にも自分はある。しかしそれは普通に人の思っているような自分ではなく、一つの（情緒）である」、「人が生まれて最初に感じるのは匂いではなかろうか」、「教育にとって非常に重要な項目を捜してみました。一、人の中心は情である。二、有情にはなぜ頭があるか。三、自分とは何か。四、大脳前頭葉の抑止力」、「不変のものとしての自分については、私はもの心のついたころと今と本質的にはなんら変わっていないという気がしている。何が変わっていないのかときかれると、はっきり答えられないが、情緒の中核が変わらないのだといえばよいのだろうか」などなど、実に親しみを感じ、私が考えてきたことと同じ事柄が実に情がある表現でしかもさらりと文章化されているのだから当然だろう。私も確かに「情」だと感じた。自我同一性の確立は私より岡さんの方が早くから出来上がっていたようだが、自我同一性の根幹は「情」だと、確かに思えた。

人はまず母親の心音の響きとリズムに出逢い、次に匂いそしてメロディー、さらに相貌、最後に言葉を受け入れるのではなかろうか。その際、全てにわたって受け取る側は、岡潔が言う「情」であると思う。岡さんは「情」という言葉が好きなようだ。確かに人に情が無ければ人間ではなくなる。人間という漢字の中の「間」とは「情」が取り持っているということではなかろうか。

岡さんは天才的な数学者で数学の世界的難問を解いたことでも有名だが、数学の問題に取り組んでいる時は、忘我状態になるのだろう。数学に関して彼は「自然科学は、数学を使っているといういがいに、全体として数学に似ている。自然それ自体の存在を立証しようとしているのではなく、自然と同じ性質を持つ、何がしかのものが、存在すると仮定しても矛盾しないといおうとしているのである」と、そしてその直後に先の「自然の存在は情抜きでは説明できないであろう」と。彼は仏教に詳しく、俳句にも詳しく、美学にも豊かな感性を持って、教育にも熱心な人だ。それら全てに共通するものが「情」である。岡さんが数学の問題に向き合っている時の忘我は「有想三昧」というものらしい。一点集中して己自体を忘れ去っているという状態だったのだろう。禅はさらにその一点も消し去るところらしいが、それを私が想像できる表現は聞いたことがない。納得できる言葉にまだ出逢っていない。仏陀が明けの明星を見た体験時の「情感」は伝わっては来ない。「悟った」とはその体験を言語化しえないものなのだ、岡潔のように「情」だけは伝達しようがない事柄なのだ。ウィトゲンシュタインが言う通り「語りえない事柄には沈黙しなければならない」ことなのだろう。維摩の一黙も、それは肯定でも否定でもなく、それ以上に言葉が尽きた体験でしかない。以前、私が日誌に書いた「この世のものとは思えない体験」を説明しえないことと、同じことなのだと思う。

ところで今さっきテレビで東北地方の梅雨明けが発表され、今年梅雨前線がこの地、北緯43度辺りに停滞した。いつもの蝦夷梅雨ではない六月末の「夏雨」。岡潔の頃の時代と異なり恐ろしいことだ。

白牡丹夜目白々と残りけり

六月二十九日　記

『東方の言葉』を読みつつ

中村元の本は昔何冊か読んだだろうが記憶にない。この本の帯に「汝が殺そうと思う相手は、実は汝に外ならない（マハーヴィーラ）」とある。初版発行年月日は令和三年五月二十五日とあるから、ロシアのウクライナ侵攻より前だったが、本のこの帯だけは三月以降に作ったものだろう。この言葉はそっくりそのままロシア国民へ示したい。独裁者は自分が作った宗教の教祖たらんとするだろうから、信者になったロシア人には示しておいた方がよいと思う。

言葉の主は仏陀と同時代のジャイナ教の開祖、マハーヴィーラの次の表現である。「すべての有情、すべての生命あるもの、すべての生存者を殺すべからず、虐待すべからず、害すべからず、苦しむべからず、悩ますべからず。これは清浄にして永遠・常恒なる理法である」と、「汝が殺そうと思う（相手の）者は、実は汝にほかならない。汝が虐待しようと思う（相手の）者は実は汝にほかならない、汝が害しようと思う（相手の）者は実に汝にほかならない。汝が苦しめようと思う者も同様であり、汝が悩まそうと思う者も同様である。それゆえにこのことをさとって生活する正しき人は殺すべからず、殺さしむべからず」とある。経典だからくりかえしがあり韻が踏んであってリズムがありどんな「情」が流れているのだろう。日本仏教のお経と比べ言葉自体は分かりやすく、優しく懐かしいメロディーがある気がする。日本のお経はどうも馴染めない。まず意味が分からないし節回しが記憶に残らず単調だ。

今、近くでアオバトが鳴き始めた。これほど近くで聴くことは初めてだ。なんとも奇妙な、犬が寝ぼけてでもいるような鳴き声で、とても鳥の声とは思えない。だいたい鳩より小さな鳥ではどれも個性的で美しい声で鳴くが、この鳥ほど見てくれと鳴き声が極端に食い違っているものもいないと思う。数年前の晩秋に丹頂サンクチュアリーで手が届く松の枝に渡り遅れた一羽のアオバトが蹲ってとまっていたが綺麗な鳩だった。夏鳥だから渡りができねば死ぬ他ない。なんとも慰めようもなく、こちらも惨めな気分になった。

ところで先に「有情（サットバ）」というマハーヴィーラの表現を紹介したが、この言葉を仏陀が作ったものか、あるいはマハーヴィーラの言葉かどうか分からないが、岡さんの「情」が残っている今の私には植物まで含めてみたい。この有情という表現にしてもいろいろ解釈があるらしいが私は「山水草木悉皆成仏」の解釈を選ぶ。

『東方の言葉』の最後の附「カナガキ仏教書」に、芭蕉門下十哲のひとり禅師丈草の「ねころび草」を中村元が評して書き残している。こうあった「丈草禅師は芭蕉門下十哲の一人といわれるだけあり、その著（ねころび草）は他のかな法話とはおもむきをことにし、美文をもってつづられている。人生はつねなく山水のとどまらぬように、人身もまた朝露に喩うべき理をのべ、ただ死を思うとき、道念がおのずからおこるということをとく」と。丈草は二十一歳の頃玉堂和尚に禅を学び、十年後に奥の細道の旅を終えた芭蕉と京で逢っていて弟子になった禅師だ。記憶に残っている彼の句は「うずくまる薬（缶）の下の寒さかな」だけだったが、角川の『芭蕉の本3　蕉風山脈』の野々村勝英の担当の「蕉風の隠者たち」に「大原や蝶の出てまふ朧月」との懐かしい句が出ていて、さらに「木枕の垢や伊吹に残る雪」という丈草の句を芥川龍之介が「この残雪の美しさは誰が丈草の外に捉へ得たであろう」とあるが、この批評には頷けない。美醜の対比として、さらに遠近の景として詠んだのだろうが、句に美の情は感じない。傍線を引いて？の私の印が書いてあった。とっさに私は「香炉峰の雪は簾をかかげて見る」という白楽天の漢詩を思い出した。しかし、本との出逢いはまさに一期一会としか思えない。読んだ本のほとんどを忘れている。記憶の底に沈殿している。ところで今日は不安定な天気だったが、本州は四十度にもなったらしい。恐ろしいことだ。今日、小雨の降る中、便秘中だった猫のナツコが外に出て庭で排便した。猫の便器以外でしたことがなくよほど苦しかったのだろう、ほっとした。

六月や瞳はすべてみどり色

六月三十日　記

七月

情

ここ一カ月の中で読んだ本の、その中から私が得た最大のヒントは岡潔の「情」だと考える。岡潔が言う「情」とは「情動」であり言語機能より発達史的にはずっと古いはずだ。ヒトは言葉を持つ動物と云われ、他の動物にも同類への伝達機能は持っているだろうが、動物との間にある伝達機能としての差は極めて大きい。人類の言語機能は確かに革命的な進化だが、動物種族間の生命機能にはグレーゾーンが必ずある。細胞レベルでのヒトの心臓も豚の心臓も、多くの点で差異は小さく脊椎動物に限れば肉体の多くは極めて類似したものだ。情動に関して考えてみても、脊椎動物にみられる情動はヒトとの間には実にさまざまなグレーゾーンがある。

ここまで考えたとき、ふっと昨年の秋に読んで十分に理解しえなかったアントニオ・ダマシオの『意識と自己』を思い出した。本は時間をかけて読んだが、理解した事柄を私なりの表現としてまとめられなかった。確か初めのところに、演奏家がステージに上がりスポットライトを浴びたときに聴衆と共に感じる緊張感、その時の「情動」、そこから著者は意識の基底にある自我意識を探求する関心が湧いたという。人間の意識は世界という外界へ向けられるが、そればかりでなく、世界に向いている己自身もその意識野に含まれる。というより、世界像を認識しているその意識の基盤にこそ自我意識が存在しているのだが、そこを彼は解明しようと書いていたが、本を読んだ限り明確に解明はされなかった。だからダマシオの本から読者としての私に残った表現は「情動」という言葉だけだった。その時、自我意識は情動の中核の「場」とした表現がふさわしいと感じていた記憶が残っただけだったが、「情動」こそ自己同一性の中核なのだろう。ただ、放置による赤ん坊の死亡事件、ロッカーへの赤ん坊の死体遺棄事件、子どもの虐待事件のニュースが多い一方、テレビ番組に見られる動物親子間での愛情表現など見ても、ヒトの情報伝達機能の優位性に比べ、動物の情動がヒトの情動以上の豊かさとして感じられてしかたがない。情動ニューラル・ネットワークの崩壊が自殺を起こす。もちろん人の手が加わった場所の動物園などでは動物にも育児放棄がある。生物学者の福岡伸一氏などの著述を読むと出てくる「ピュシス（自然）とロゴス（理性）」を引き合いに出せば、ロゴス優位がヒトならばピュシス優位が脊椎動物だということになる。「情」はよりピュシスに含まれる。子を見捨てるヒトの親たちは、哺乳動物なら持っている親としての情動が欠如している。それはピュシスが剥奪される動物園と同じ境遇にいるためだろう。世界平和統一教会（現世界平和統一家庭連合）なるカルト教団の信者などはヒトとしてのピュシス、自然体としての主体性まで取り上げられた人たちの集団に他ならない。岡潔が教育者として何十年も前に危惧し、本に書いた通りになってしまった。そのうえ、今この世界を眺め渡せば、まさにちょうど今私が読み進めている鈴木大拙著『華厳の研究』に「百千万億の餓鬼がいる（中略）生命はたえず猛鳥・猛獣に脅かされる。渇に逼られて水を求める、河は間近にある（中略）それはかれらにとっては河ではなく、ただ枯渇した河床である。なぜこうなるのか。それは、かれらの上に重くのしかかっているかれらの罪業のためだ」と書かれてあるが、この文章はこの地球の温暖化の表現であり、人類の退化、つまり、知と情、あるいはロゴスとピュシスのバランスを崩し去った挙句の人類が作った姿だと思う。元首相暗殺の動機がカルト教団への復讐だと云われているが、これまた無明の最たるものだと思う。殺された者、殺した者、さらにその親、親を引きずり込んだカルト教団、ほうっておいた政治と世間、その全てが「無明」そのものを現し、さらに「無明の輪廻」を描いている。そこは「理性」（欲望としての言葉）と「情動」のバランスが崩れロゴスが圧倒した世界でプーチンなど幾らでも生み出す場なのだ。誰かに起こることは誰にでも起こる。

昨日、庭にエゾニュウの大きな蕾を見上げた。見落としていたのだ。ここまで大きくなっていることに気がつかなかった。唐突な出逢いだった。鶴居村に野生のエゾニュウは見ない。十勝から持ってきて医師住宅に植えたものを持ってきていたから十年以上は経っている。

私は三メートル近くある草を他に知らない。

七月十四日　記

入道の如きエゾニュウ空に立つ

言葉のいい加減さ

鈴木大拙著『華厳の研究』を読んでいるが、彼はインド人の思考体系のひとつ華厳経を達磨以降中国人が作り変えていった経緯を、禅問答に見られる応答から読み解いている。

インド亜大陸の北西から侵入したアーリア人が途方もない言葉数で繰り返し唄い作り出した「かの唯一なるもの」、そこから生まれた輪廻の思想、その影響の中で仏陀が悩み考え黙想し、たどり着いた三法印、そこから生まれた生き方の工夫の教え、その流れがガンジスの大河のような様々な仏典を生み出した。その仏典の流れの飛沫があちこちへ飛び散っていたが、仏陀より数えて二十八代目の師と云われる菩提達磨が、流れの一滴として中国の地に跳ねとんで、中国人との言葉の交流が生まれた。様々な経典のどのような言葉が中国の地に滲み込んだか分からないが、達磨の「廓然無聖」に象徴されるように、当時の漢字文化に凝縮していった。それは幾つかの言葉数のパロールをたった一つの漢字という象形文字に閉じ込めることでもあったようだ。あたかもガンジス川の河底の砂金を砂ごと皿に掬いだし洗い流して取り出すようなことだったろう。それまでの多くの経典を手にした中国人がインド伝来の仏典の博学多聞は他人の金勘定ばかりさせられる使用人と同じだと考えたかどうか分からないが、その一部の人たちが達磨の教えに従って瞑目し、教えから言葉を削ぎ落とし削り落としして、その手元まで引きおろしたものが禅問答となったと、私は本からこんなふうにイメージした。大拙は唐時代の禅匠の中に、言葉が持つ機能を無視しすぎた人物もいたとさえ言っている。問答を交わしている二人の関係がどのようなものか分からないが、問答つまり、挨拶が哲学的意味とは実に面白い国であり時代だった。本の前半を読んでいると禅僧たちの問答に、「いい加減にしろ」とまで云いたくなる気がしてくる。インド人も中国人も言葉に関していい加減だったのではなかろうか。大河のような言葉数の流れ、そして片や「麻三斤」とか「乾屎橛」とか「山青水緑」などという意味不明の表現。インドや中国にはバランスの取れた的確な言葉数での思考が無かったのかとすら思ってしまう。無論膨大な漢字の経典も残された。ところでこの「いい加減」な言葉数の表現は「良い加減」とも云われる。日本語でこれほどいい加減な表現も他にないとでも思いたくなるような言葉だ。目に付くことが多い点で「いい加減」は「良い加減」をはるかに上回っている。

本から現実に目を向ければ、一週間前に安倍元首相が暗殺されたが、テレビニュースのさまざまなアングルから見て、警察の警護体制は見事なまでにお粗末であった。何年か前、暗殺された元首相が札幌で街頭演説をした際、ヤジを飛ばした聴衆二人が警官から強引に排除され、その後裁判沙汰になった事件があった。このときはなんと馬鹿馬鹿しいほどのいい加減な警備であって、まるで香港の治安警察並みであったらしいが、奈良の今度の事件は映像で見る限り札幌警察とは真逆で、驚くほどいい加減でお粗末な警備でしかなかった。どちらも警備警護がいい加減で、双方の警備は両極端だったのだろう。福島原発事故の判決も下りたが、事故を起こすような経営体制が何年も続いていたこと自体まさにいい加減。故赤松氏の妻の裁判の判決のスピードも特別扱いでもしたかと驚くほど速く下りた。いい加減に特別扱いしたのだ。そもそも法律文はとことん短く、まるで禅問答の答えのようにいかようにも解釈できる言葉からできている。問題は誰が解釈するかだ。『華厳の研究』を読んできて、思考が途中からそれてしまった。読書という行為が、その個人の頭の中でどのように行われているか、どこかに複眼的な頭脳の働きがあって、一方では本の中に引き込まれていく思考と、それでも周囲との関連性を取り付けようとしている思考が働き合っている。連想という概念、それはあえて試みるべきものでもないらしい。言葉が言葉を作り出し、思考をでっち上げ、この世界の中にさらなる文明を作り出すのか破滅に導くのか分からないが、いい加減であったからこそ、今、「私」が考えている。

丁香花《ハシドイ》の花はみどりの吐息かな

七月十六日　記

いい加減な宗教の時代

ヴォルテールの『哲学書簡』（斉藤悦則訳）を読んでいたが、その中に「どのような世紀にもかならず出てくるような政治家とか征服者のたぐいは、たいがい、たんに名の売れた悪人にすぎない」とあった。即座にあちこちの国の政治家の顔が浮かんだ。まずはプーチンで、その名もその顔も日々の報道番組に出ないことがない。彼こそ、政治家で殺人者でその上に征服者たらんとしている人物で、これほど名を売った者も近頃まれだと思う。

ニュースを見れば、安倍元首相暗殺の背景に世界平和統一教会という名の宗教団体があるという。とうに忘れていたが、韓国で合同結婚式をあげ、日本人も何組か参加したというあのいかがわしい新興宗教団体だ。暗殺者の母親が莫大な献金をしていたことが殺害への動機になっているらしいが、政治家の多くがこの宗教団体と関係を持っているという。事件の後始末に政府がどんな態度を取るかと思ったら瞬時に元首相の国葬を秋に行うと反応した。まるで主犯格が名乗り出たかのような驚きを覚えた。様々な名を持つこの宗教組織と保守党の議員らは持ちつ持たれつの相互利益集団であるらしい。教義と信条が一致していたという報道もあるが、この教団の裏側での経済活動のすさまじさが日々ニュースで報道され、同時に政治家の中から関わりの疑いがある者が次々出てきた。報道の輪は次第に大きくなってきたが、国葬とはどんな考えから発想されたのだろう。私なりに想像してみるに、ショッキングな事件だということ、長期間首相を務めたこと、国際的に名が売れていることなどだろうか。外国からの弔問が多いなどは全く国葬の理由にならない。ここで国葬とはどういう意味をもち、そこにどのような価値観があるか考えてみたい。故人の親族をどの範囲までにするかだが、葬儀は遺族にとっては参列者が多いほど悲しみを共有されることが救いになるから好ましい。その遺族という範囲を広げれば、彼を担ぎ彼に従ってきた政治家全てが含まれて不思議ではない。親分子分の暴力団の場合も葬儀は大々的に行われるが、彼らが葬儀を行う意味は残った組織の勢力の誇示である。つまり葬儀の規模は昔の墳墓の規模を見るまでもなく、故人の力の大きさのピーアールであり、その力を継続し維持するという意志をもつ。この国葬の利を得る集団が安倍元首相が率いていた集団であることは明白だろう。

世界平和統一教会が信者に心理的不安を起こしそれによって献金させていたと報道にあり、カルト集団であることに間違いはない。そんな宗教団体と選挙戦を通じて元首相が関係していたかどうか不明だが自民党関係者が関係を持ってきたという。合同結婚式を思い出しても、犬・猫のブリーダーではあるまいしカルト教団であることは誰もが即座に分かる。

国葬となれば、国家が安倍元首相の無謬性を保証し、彼を神格化しようとすることで、これこそまさに国家ぐるみのカルトと解釈する。政治家であった故人の無謬性などありえないことだ。私にとって彼は、疑惑の人物であり、政治家としての彼に感謝すべきものは何もない。

「もり・かけ事件」や自殺した赤木氏の件や、桜を見る会の多くの不正など私の記憶の中にしか彼は存在していない。私は国家が政治家の国葬など行うべきではないと考える。なぜならどのような業績があろうと、民主国家であればその仕事自体には必ず功罪共にあるからだ。古今東西、完全な無謬性を以て政治を行った指導者などいたためしがない。葬儀とは家族だからこそ個人の功罪共に許せるのだ。人の死の軽重をあからさまにする国葬など決してしてはならない。今日のテレビで、ひとりのタレントが、旧統一教会の存在を「こうした背景を犯人が暴いたなどと云う人がいるがとんでもない、本当は安倍さんこそが暴いたのだ」など実に頓珍漢なコメントをしていた。思うに葬儀とは故人のためではない。それは残された親族の者たちを慰めるためだけのものだ。命ある者全てがやがて死を迎えること、そこに例外がないこと、つまり諸行無常が世の定めであることを再確認させるためのものでもあろうが。二十一世紀のこの世、仁徳天皇の時代まで逆戻りするかと寒気がしたが、仏陀の三法印の涅槃寂静の言葉を思い起こした。

七月十八日　記

逆光を縁どりにして雲の峯

蜩の句

北海道で私はいろんな動植物を見聞きしてきた。東京住まいだったら決して出逢わない動物や鳥や植物など数えたらきりがない。印象に残るものに、白鹿、銀狐、ミンク、蝦夷黒貂、羆。鳥はきりがないが、声だけでの感激は鵺、シマアオジ。間近に大鷲や丹頂や、庭まで来てナツコに捕まったキクイタダキやキビタキ。植物ではルピナスやエゾニュウ。ルピナスはもはや庭から排除したい草になったが初めて出逢った時は感動した。原産地が北米かヨーロッパかはっきりせずいつ頃日本に根をおろしたか分からない。それに我が庭の一角にはコマクサが夏になればやたら花が咲く。ヤナギランも村のあちこちの道端に見るが最近減少した。

北海道は寒いことと秋から春にかけ日照時間が短すぎることが難点だが、私のその他の不満を挙げれば、この地に杜鵑《ほととぎす》と源氏蛍、それに蜩がいないことだ。源氏蛍は幼い頃からの思い出があり、蛍といえば源氏だった。不如帰はその鳴き声の価値を私が明確に理解できたのは大学生頃だったろう。それ以来古典に出てくる詩歌の不如帰の声の価値が理解できるようになった。道東に長らく住んできた人の中にはエゾセンニュウを不如帰と勘違いされた人もおられた。釧路湿原にも平家蛍がいて夜中に木道を歩いたがどこか物足らない思いがする。

ところでこの地の蟬はいかにも貧弱な鳴き声でしかない。東京の方がはるかに豊かな蟬の声が聞かれる。この村ではエゾハルゼミしか聞かず、屈斜路湖の和琴半島でミンミン蟬を聞いたぐらい。

今の私が一番出逢いたい虫は蜩だろう。遠い昔林間学校で聞いた関東平野での蜩の声がいつまでも耳に残っている。なんとか是非もう一度聴いてみたい。俳句を詠むようになって蜩の句を詠んだことがないが、その頃から蜩に出逢っていないからだろうか。東京では聴いた覚えがない。それでも好きな俳句がある。加藤楸邨の句だ。

「蜩や硯の奥の青山河」いつどこで出逢った句か全く記憶にない。この出逢いで彼の『ひぐらし硯』という本を手に入れたが、俳句の本というより硯についての随筆集の本で、汚していない箱入りのそれこそ硯のような昭和四十九年初版本。本の中ほどに先ほどの句が載っていて七頁ほどの随筆だ。この本は目次の前に硯の写真が九枚載っていて中の洮河長方硯が句中のものだ。写真の硯はどれも中国産のものらしく、名だたる名産地の硯ばかりだ。彼は硯のコレクターでもあるのだろう。俳人はその石の奥から蜩の鳴く声を聴き取った。

楸邨は「石中から研ぎだした一つの小宇宙を一個の硯だとみる私は、硯の中の小宇宙が持ついろいろの声を聴きたいと思う」とあって蜩の声を聴いたとある。文人趣味の最たるものだからこそ素晴らしいと思う。

俳句は文字やそれが孕んでいる意味が、別の言葉が持つ意味と五・七・五という試験管の中で混ざると、そこに化学反応が生じ火花を散らすか、あるいは美しい色が輝きだすように、言葉と言葉、その意味と意味が反応し合って色とも光とも匂いともいえる特別な情感を引き起こす。取り合わせものという表現もあるが、楸邨の句は蜩と硯という取り合わせだ。なぜそこに化学反応が生じたかを考えると、蜩の声とは表現されず、硯に奥などはないが故に、隠された声と奥が反応し硯から蜩の声が青山河となって立ち現れてくる。実にあの鳴き声と青山河という組み合わせが懐かしいのだ。それにしてもなんと美しい響きのある鳴き声なのだろう。ふるさとの晩夏の青山河の情感そのものが目に見えるようだ。私の硯との出逢いは市民病院時代大先輩から小さな端渓の硯を貰ったからで、その後、上京した折新宿のデパートの中国物産展で薄緑色の端渓と説明のあった石を買った。ほとんど使っておらず床の間の李白の置物の前に添えてある。時々手の上に載せて眺めるが、その触感、冷たさや重さまで含んだ硯のクオリアを楽しむ程度だ。雨畑硯なども持っているが中国の物は色がある。

それにしてもこの地に蜩が鳴かないことはなんといっても淋しい。

蜩の声思い出す西日かな

七月二十一日　記

八月

『我と汝・対話』を読んで　その一

植田重雄訳『我と汝・対話』を読んだ。「我と汝」「我とそれ」のそれぞれの関係はブーバーの別の本を読んで知っていた。なんとなく東洋的思考の持ち主と思っていた哲学者、マルティン・ブーバーだが、この本はまるで古文を読み解くようにゆっくり読んで理解した。私が考えていた通りキーワードは「関係」で、彼は関係する双方を関係の持ち方により「なんじ」と「それ」に区分し、日本語の人間の「間」を彼は本来的な関係として「我と汝」と呼んだのだ。確かに「人間」は（われとなんじ）と（われとそれ）のあいだにこそ「存在」する。「人間」という文字は我が国では江戸時代までは仏教の十界の中の三善道、つまり天上界・人間界・阿修羅界の中から「人間界の人」となり、漢音でジンカンと読まれていた発音が、江戸時代からこの世とか現世など、浮世の世の「界」の意味から人という存在者の間の方に重心が移され呉音に呼び変えられたものらしいが、異論もあるようだ。つまり「人間」とは「我」と「汝」との間に生まれ出て、「我」と「それ」の中でも生きていく精神的・心理的な存在者である。傍線を引いた部分の要約から考えていこう。

「(われ) はそれ自体では存在しない」、「(なんじ) を語るひとは、関係の中に生きるのである」、「(われ) は (なんじ) との関係に入ることによって (われ) となる」。まさにその通りで、二千年以上前の仏陀の言葉「諸法無我」を噛み砕いた現代訳となっていて、仏典にある「有情」との関係は「我と汝」の「汝」となるのだろう。

「私」の中にイメージされる (われ) という言葉、そうした言葉もブーバーは「言葉は人間のうちに宿らず、人間が言葉のうちに宿り、そこから語りかけるからである」に加えて「すべての言語がそうであり、すべての精神がそうである。精神は (われ) のなかにあるのではなく、(われ) と (なんじ) とのあいだにある」と、人間存在の根底を「あいだ」、関係として明示している。本来言葉とは (なんじ) との間に、間を具現化するものとしてあるのだ。(われとそれ) の間にはケースによってサインや記号しか存在しない。言葉を覚え始める頃から、子供に (なんじ) 以外の (それ) が生まれる。情 (あるいはピュシス) から知 (ロゴス) の世界への移行期に当たる。ブーバーはまたこうも言っている。「経験される対象の世界は、根源語 (われ ―― それ) に属している。根源語 (われ ―― なんじ) は、関係の世界を成り立たせている」と。そういえば私の記憶が誕生した頃から (それ) が現れた気がする。今のこの「私」は出逢った全ての存在者との関係から作り出されたが、「経験とは (なんじから遠ざかること) である」とブーバーは言い、「この世におけるすべての (なんじ) は本質上、ものとなり、あるいは、ものとならねばならぬように決まっている」。さらに「(それ) は永遠の蛹であり、(なんじ) は永遠の蝶に同一のままの相手である（われ）の意識が、しだいに明らかになってくる」と自我意識の成立の過程を記し、その後ブーバーは（なんじ）の（それ）との差異について書いているが、因果関係の中や、時空に確認する中でとか、その向かう方向や、計量や、制約的な中からは（汝）は（それ）へと変質していく様子を記録している。現実に目を向ければ、例えば選挙は全ての（なんじ）を（それ）へ、つまり票へと変質させることであり、閣僚や保守系の議員と世界平和統一教会との「関係」は（われとそれ）の関係で、「（われ――それ）は、物質が悪でないとの同じように、悪ではないが、――物質が現存者であるかのように見せかけるとき悪である」のとおり信仰の対象まで（それ）へと変えてしまっている。立候補者は選挙の際、地域の隣人たちを全て「汝」から「それ」である票へと変え、統一協会側からすれば立候補者を「それ」としての集金マシーンと見る。「労働と所有と発展自体は、向かい合うものとの生活、すなわち、意味深い（われ――なんじ）の関係の痕跡をほとんど根絶してしまう」とブーバーは断言する。人間の経済活動とは全てが（われとなんじ）の関係を（われとそれ）の関係に変換するシステムなのだ。スマホなどの機械が人間を（なんじ）から（それ）に変えているし、スマホに記号はあっても「言葉」はない。先に書いた一期一会は時の世界を（なんじ）と見ることなのだろう。

八月五日　記

夕立や隣りの村の雲に脚

『我と汝・対話』を読んで　その二

マルティン・ブーバーは私が二十五歳の時八十七歳で亡くなったオーストリア生まれのユダヤ系宗教哲学者だ。本を読み進むと、ユダヤ教やキリスト教の聖書の他、中国の老荘思想やインド哲学や仏教思想を学んでいたことが分かった。文明批判も、例えば荘子の「機械有れば機事あり機事あれば機心有り」との思考を下敷きにしているところもあった。なぜ私が親近感を持ってきたか、その訳も読み進むうちに了解できた。さらに純な（われとなんじ）の人格的構造を持った人物としてソクラテスやイエスなどを引き合いに出し、イエスに関しては「人間が（なんじ）を（父）と呼び、彼自身はただ（子）として、（子）以外のものではありえない絶対的な関係の（われ）である」とあり、ならば私も人間としてのイエス・キリストを理解できるし、キリスト教の原点はここにあると勝手に解釈した。それに対し（われとそれ）の関係の代表的な人物としてナポレオンを挙げ「明らかに（なんじ）の世界の次元を知らなかった。（一切の存在はわたしにとって価値であった）と云うナポレオンの言葉はこのことを適切にいいあらわしている」とか「なぜならば、ナポレオンは一度たりとも人間を人格的存在として認めることはなかったからである」と。さらに加えて「ナポレオンは（なんじ）と関係にはいる力なくして、（われ）を語った」とあった。あの時代から人類に進歩はない。進歩は機械文明の中に独裁的職業政治家が出てきただけだ。政治家の世界はまずは（われとそれ）の世界に入らねばならない。そこに（われとなんじ）の世界を探し出すことはできない。今の日本の政治家たちを見るに主義・主張より重要なものは金と票だけでしかない。今の世の中を見渡して、間に何物をも介在させない関係を親と赤子の間のような愛のある家族や、恋人の中にしか私は見つけ出すことができないが、それすらいささか怪しくなってきた。さらに宗教という本来絶対的な（われとなんじ）の世界も、世界平和統一教会のように、金銭を目的化した集団が取って代わっている。さらに佐渡金山のユネスコ登録を目論んで愛国心を装いながら裏で韓国の宗教団体の力を借り、票集めに利用する政治家などは全ての存在を（それ）以外には見ていない。ブーバーは本の中で（運命）と（宿命）を区別しており、前者は（われが明確な）自由人が選び取るもので、「個的存在」（勝手気ままな我意をもった存在者）は宿命にしか出逢わないと書いている。つまり世界平和統一教会に入信した者たちは、人生の主人公になりえなかった者として宿命としか出逢うことができないし、政治家も信者も共に（われとそれ）の世界にしか生きられず、それゆえに両者が（それとそれ）として出逢うことになる。言い換えれば利用して使い利用されて使われる関係でしかない。自ら哲学を志したうえで己の信仰を持つ、それができるかどうか、私には疑問だとしか思えない。マルティン・ブーバー自身の信仰もキリスト教のそれ以前に己の哲学への信仰だったと私は思う。己の中で「我」を見出したうえで、つまり

（われと我）との関係を築きあげてこその信仰となろう。確かにイエス・キリストは自身での哲学の結果、己を、さらに己以外の他者を、それればかりかこの世界まで作り出した（それ）を父と呼んだのだろう。この場合の（それ）とはウパニッシャッドの「それ」、プロティノスの一者のことだ。ブーバーが言う（それ）ではない。キリスト教を私は知らないが、イエスを私は「神の子」であると宣言した人類の教師のひとりとは思うが、神、あるいは神への導師としても私は崇めることはしない。西欧的思考は上下の力関係で、東洋的思考は関係としての水平的なものと思う故に、私は尊敬以外の態度を知らない。

今、娘夫婦らが孫と犬を連れ東京から遊びに来ている。彼らは酷暑とコロナウイルスから疎開し、ここまで遊びに来ただけだが、彼らの（なんじ）の中心は二歳半のゴールデン・レトリバーの「セン」という犬だ。齢をとってくると他者との間にブーバーが言うような（われとなんじ）の構築は難しくなったとすら思える。反面、ぐるっと見渡して大自然との間には（われとなんじ）の世界が広がってくるようにも思える。

八月六日　記

夜静かに夜の秋から秋に入る

『我と汝・対話』を読んで　その三

ブーバーを読み進んでいるが、実に読みにくい文章で比喩や暗喩が至る所に差しはさまれ、扉をひとつひとつ鍵で開けて入らねばならないような文章だ。まだ本の半分の少し前までだが、読みながら考え、考えて日誌を書くという手順で時間がかかる。ひとつ既に読み終わった箇所に「神という言葉が非常に誤解されやすいので、これを正しくいいあらわすために、わざと避けようとした（中略）あらゆる人間の言葉のうちで、最も意味の多い言葉である」との文章があった。私からすれば「神」の定義から彼に文章を書き始めてほしかった。宗教哲学は神を専ら主題として取り上げていくのだろうが、「神」とは何か？　という説明は私の読んできた本の中にはない。ブーバーのこの本も同じで、出逢った本のどれもカフカの『城』のようにいつまでも「神」の周りをぐるぐる回り続けている。イエスは神でなくその子だ。その「子」を通さねば「神」は示されないと崇めたが故に私には理解できないのだ。考えるに「神」とは（われとなんじ）の間を作り出す力、「磁場」として喩られないだろうか。それにしても「神」を言語で表示することはできない。やはりイエスが言った（父の子としてのわれ）が呼ぶ「父」が一番しっくりする。イエスが呼んだ父とは比喩であって、父母を命の垂直的継続性の末と考えれば、神とは命の継続性として理解もできる。考えたすぐ後に本の中で（永遠のなんじ）が出てきたが、命の継続性を「永遠」と表現することも可能だろう。こうした解釈は祖先崇拝と云える。それでも今のところ私の頭の中にはブーバーが言う「神」は掴みえないし、私は一神教に抗いがたい力、それは主体性を否定するほどの力までを見てしまう。現在、我が国で問題になっている世界平和統一教会と安倍元首相殺害事件との関係で、政治と宗教団体の「間」が問題視されているが、（永遠の汝）としての神に出逢うことが可能な者は「自由人（われ）」（主体としてのわれ）であるらしいから、彼らが逢うことはないだろう。（それ）を（なんじ）に戻す力こそ（永遠の汝）だということだろうが、ブーバーは人間の宗教的な状況を、対象との関係を持つ際、ひとつには（それ）とし、もう一方では（なんじ）とせねばならない二律背反性を持ってしまうことが特質だと言っている。この二律背反性を背負った存在が人間だということだ。ブーバーはさらに（それ）の世界の持続は長いが（なんじ）の出現が実にはかないと嘆いているが、私も（なんじ）の世界を持続的に持ち続け得る自信は全くない。人間関係の様々な関係性の中では一瞬の間に（それ）へと関わりを変えてしまう。医療従事者としては最初に注意せねばならないことだ。私たちが関わる者は「情」を持つ心身としての（なんじ）なのだ。当然心せねばならない。

私とナツコとの関わり合いは、意図的に（それ）へと転換可能でほとんどの時間（なんじ）は持続している場合が多い。ペットという存在は、飼い主が対象をいつでも自由に（なんじ）から（それ）へ変換が可能な対象であるということで、ピュシスとしての性格が色濃いからだろう。振り返って己自身をじっくり眺めてみると、多くの場合、私が（われ）として存在しているか否かははなはだ疑わしい気がしてくる。いつでも（なんじ）を（それ）へ、あるいは（それ）を（なんじ）へと変換可能とするスイッチを握っているという自信に安住しているのだろう。ブーバーも猫を飼っていた記述があるが、彼が（われとなんじ）という構造自体を考え出した場は人間社会だけでなく猫も関わっていたのだろうか。それでも、彼は「大我」という表現を引用し、ヨハネ福音書の「父」や、ウパニッシャッドの「それ」、プロティノスの「一者」などと同一視している。さらに禅の「悟り」の基本構造は主客未分のまま向かい合うことだとまで言っているが、全くそのとおりと思う。ブーバーは（われ）と（それ）と、（われ）と（なんじ）といった人間の取りうる世界への態度から「神」を論じたかったのだろうが「神が人々の前でみずからの名を証したとは信じないし、また、神が自己を定義したともわたしはおもわない」と書き残している。

夕立が去って楓の木立の近くの水溜まりに秋空の青い貌が映っていた。

夏木立影一片の空の色驟雨の跡に秋の貌みゆ

八月八日　記

『パンセ』から選択と出逢い

塩川徹也訳の『パンセ・上』を読み始めた。本の解釈の前に、本の注の中のモンテーニュの『エセー』から、「おまえのうちを見よ。おまえを知れ。おまえ自身に立ち止まれ。おお、人間よ、おまえ以外の万物はそれぞれ真っ先に自己を研究する。そして自分の必要に応じて、自分の仕事と欲望に限界を定める」とあった。なるほど。道元の言葉のようだ。

今頃、『パンセ』など読むなど、私に出逢いのタイミングがなかったのか、それとも選択しなかったからか。

人生とはまさに後悔が積み重ねられていく過程だと考える。後悔とは先の注釈に出てきた言葉どおり、まずおまえ自身を見ず、知ろうともせず、そのための結果でしかないのだろう。しかし、『パンセ』がこれほどしちめんどくさい本とは知らなかったし、後ろにモンテーニュが控えていることなど知らなかった。『エセー』など読む余裕もなく『パンセ』ですら三巻の一冊で手をあげそうな気分だ。こんな本はもっと若い頃出逢うべきでタイミングが悪い。人生は出逢いと選択だと書いたが、私には取り返しがつかない。ただ、思うに後悔、これこそが人生であってそれで良い。後悔しない人生は人間の生ではない。出逢いと選択である以上、後悔こそ人間だけの特権だからだ。と新たに思ったが？　巡り合わせで真の出逢いと思えばよい。初めに引用したモンテーニュの言葉は、これまでの日誌のテーマのひとつ「斯く有る私」という疑問そのものだから引用した。猫のナツコも己自身をとうに知り尽くし、己の欲望に限界を定めている存在なのかもしれない。人間以外、大半の生き物は己自身に全く気付かぬ存在か、あるいは自己を知る必要もないくらい直観的に限界を超え出ない生き方を知り尽くしているのだ。とするなら、さほど「斯く有る私」などに拘ることはない。「斯く有る」と云っても一寸先の状態が斯く有るか否かは分からないし、「斯く有った」という存在も全てが出逢いと選択という二重の絡み合いからその都度生み出されたものだから、どう考えても分かるはずはない。そのまま放置せよということだ。精神療法のひとつ森田療法においてすら「あるがまま」の自己認識に価値を見出しているわけだから。なぜなら人生とは選択より出逢いのほうの割合が圧倒的に多く、なんといっても最初から選択して生まれたわけではない。例えば本屋での一冊の本との出逢い。選択したかに思えても実はその本がたまたま目に付く所にあったからだ。加えて今の世の中は選択の幅が狭くなりつつある。逆説のようだが時代の進歩が生活上の選択肢を少なくしていると私は感じる。それに人生、選択肢が多すぎると絶えず判断と決定をせまられ、そのための逡巡が多く過労やストレスの原因となる。「習慣」というものもこうした過労やストレスを回避するため人々が知らず知らずのうちに選び取った手段だろう。人は目標を達成するため幾通りもの道順を持つが、その選択は絶えず最短な道を選ぶため何度も試行錯誤する。動物はその際全く逡巡せずエネルギーの消耗を防ぐが、人は絶えず迷う。何かを選び取るという作業は必ずそれ以外のものを失うわけで、人間だけが欲張りなため迷う。考え判断し決定する過程は大きなエネルギーを伴うから疲れるのだ。偶然の出逢いにまかせきったほうがはるかに楽だし、失敗したとして諦めやすい。あれやこれやで、そんなわけで、やはり人生とは選択するより以上の出逢いが多いわけだ。だから人間は「神」を持ち出してしまったのだろう。選択を「神」にお任せしておけば疲れずにすむし、あれこれ思い悩む必要などないのだ。人が善し悪しの判断をその都度繰り返さねばならないと考えたら、その過労はひどいものとなるだろう。ロシアの国民の大半がウクライナ侵攻に無関心を装っている気がするが、その方が楽だし、身の危険も恐れずに済むのだろう。歴史的に多くの国の民衆がこうした経験をしてきてしまったのだ。ただ結果として憎悪だけは残る。

今日午後、老健でコロナ陽性者が出た。慢性閉塞性肺疾患があり、一時間ほどでマスクが苦しくなる身。休むことを「選択」する。日々コロナだとかプーチンだとか行動と思考の制限が多く選択肢が少なくてつらい。ところで猫のナツコはやはり後悔はしていないということだろう。

八月十八日　記

鵺啼くや真夏の闇の深きこと

夜、三度目だろうか北海道で鵺の声を聴いた。最初は医師住宅で深夜、南の森の奥から「ピー・フィー」と実に美しくも物悲しい声だったが、二回目と今回は「フィー・フィー」と一音だった。

『パンセ』と旧世界平和統一教会

『パンセ・上』の中程を読んでいる最中、たまたまつけていたテレビ番組で、統一教会と元首相や自民党議員との関係についての解説と、日本人信者らの韓国でのデモ行進のニュースを見た。一部自民党議員については何も云うことはない。（われとそれ）だけの関係しか持たぬ輩が国政を担当しているという事実にあきれるが、プーチン支配下のロシア国民と日本国民とは基本的に似ている。むしろ日本人の方が罪深いというか質が悪い。なぜなら今のロシアでは戦前の日本国民に似て、それ以上に生命の危険が圧倒的に強いからだ。

さて、本の中身の方だが、例えばパスカルは『ヨハネ福音書』の「イエスは言われた。（私は道であり、真理であり、命である。私を通らなければ、誰も父のもとに行くことができない）」から引用し、「イエス・キリストだけがそこに導く。（道、真理）」と書き、別のところでは削除されたタイトルがあって、そこには最初「イエス・キリストぬきの神をもつ哲学者に反駁する」と書いており、さらに別に「人間を幸福にするために、宗教は、神があること、神を愛すべきであること、私たちの真の幸福は神のうちにあり、私たちの唯一の不幸は神からの離反にあることを示してくれなければならない」とか、「世界中のあらゆる宗教を吟味するがよい。そしてキリスト教以外の宗教で、以上の条件を満たすことのできるものが一つでもあるかどうか、みるがよい」などとうんざりしてくる。パスカルはここらあたりの文章で哲学者らの思考をキリスト教の信仰と比較して書いているようだが、私が最も嫌う権威主義丸出しの物言い。これほど人を馬鹿にしきった表現はない。「人間は信仰なしには真の善も正義も知ることができないこと」などはさんざんニュースで見せられる世界平和統一教会の教義にそっくりだ。前に読んだ神にたいしてブーバーの「一人の人間にたいする関係において神が何であるかを語り得るだけである」とすれば、「神」はただひとりの人間に対してのみ「信・善・美」の姿を、「苦悩」からの救いや、「疑い」の答えを示すのだろう。宗教の始まりは哲学であり、ひとりの哲学の行きついたところで、収斂され切ったところに生まれ出た言葉が「神」であったのだろう。他人が解釈した神など安易に信じることなどできない。だから神は「それ」でも「一者」でもよい訳だ。いったい、パスカルが言う「真理」とは何を指しているのか。神を経ず理解できないものなら「真理」など無意味だ。少なくとも私には普遍的な真理なるイメージが湧いてこないし、少なくとも真理とはひとりの人間の内部にあるものと思う。私はこの歳になってもキリスト教を知らない。聖書などろくに読んでおらず、アウグスティヌス解説書は読んだが、彼の三位一体も恩寵も全く理解していない。しかし、歴史上、この宗派だけが圧倒的に軍事力に利用されたことは事実だと思う。『パンセ』を読んでいて、なぜかパスカルの一方的な物言いがひどく鼻につく。当時のキリスト教の支配は今までの数十年間の旧統一教会の信者らが吸っていた空気に似ている気がする。哲学するという小学生でもできる疑問への好奇心をこれほど馬鹿にした文章に出逢ったことは初めてだ。パスカルを好奇心だけで読めばさほど気にはならないだろうが、私はうさんくさくなってきた。天才的な科学者でもあったパスカルがなぜこんなふうに考え、こんな『パンセ』を書いたのだろう。

生まれ出た以上、その世界に大きな好奇心を持って当然だし、疑問が生じてくることが人間だろう。そうして好奇心からそこに疑問や悩みや恐れや不安を混ぜ込んで、人は次第に己自身の哲学を試みていく。それを無視し、先人がいてその教えのみを信仰せよなどと幼い頃から躾けられてきた人々は、逆説的に幸せなのかもしれない。なぜなら何の疑問も好奇心すら持たされず世界に出逢う。宗教とはそうした無駄な苦しみや悩みを素通りさせることを救いとしたものなのだろうか。仏教的文化に長らく接してきた私にとって、視線が外よりも内側に向いてきているのだろう。キリストが生まれ出る前、西洋でもデルフォイの神殿に刻まれた「汝自身を知れ」という名言があったはずなのだが、いつどこから視線が外の上の方ばかり向くようになったのだろう。「アテナイの学堂」でアリストテレスが下を指さした、あの頃からだろうか。ソクラテスが死んだ後からだろうか。

八月二十日　記

克と勝漢字の違い面白き洋の東西哲学の差異

パスカルと政治家

『パンセ』を本屋で買ったのはこの夏の七月末。まさか三冊もあるとは思わなかったし、ヴォルテールの本でさんざん批判めいた文章に出逢い、いったい何が書かれているのか読んでみようと思っただけだ。「人は考える葦だ」と「クレオパトラの鼻」の二つの言葉を知っていただけだったから、またなんともとんでもない選択をしてしまったと悔やんだのは、上巻を半分ぐらいまで読んでからだ。パスカルのキリスト教に関する一方的で、説教じみて断片的な、それでいて延々と続く文章に辟易した。ちょうどニュースで垣間見る統一教会の幹部から、日本人信徒が説教されているような気分にすらなった。統一教会はカソリック系の真似をしたカルトらしい。

ところでなんとなく不思議なのは、私の本との出逢いや選択のタイミングが現実への視点でぴったり合うことだ。『パンセ』は宗教組織が持つ力の恐ろしさを現実の中で実感させる内容のようだ。読書の最中も、安倍元首相殺害事件から「旧統一教会」が引きずり出され報道されているが、それにしても今度の事件は冗談でないが、「瓢箪から駒」という表現がピッタリくるほどとんでもないものが出てきてしまった。出てきた以上、この「駒」はがっちり組み伏せねばならない。駒はえせ宗教家とえせ政治家のふたつだが決して逃がしてはならない。政権は不利な案件には常に逃げるか隠すか国民が忘れさるのを待つから、特にえせ政治家の方は完全に首根っこを押さえ組み伏せねばならない。外国の組織が国の政治家を動かして、国民から金銭を巻き上げているという実態はスパイ以上で、つまり票を貰って国民の金を流したことで軍事機密を流すこと以上である。いかがわしさは統一教会にもあるが、マスコミを含め非難すべき政治家への追及がお粗末すぎる。お上にはいつも目をつぶる、いつもそうだ。嫌韓かどうか分からないが金銭を朝鮮半島へ流していた政治家のスパイ的活動などどう考えても見過ごせない。

人間集団を取りまとめしていこうとする政治は、どのような形であれ力を使う。同じパターンで力を宗教も持つ。力とは他者の顔を強引に一方に向けさせる強烈な磁力である。『パンセ』を読んでいても、私はその磁力を「暴力」として感じ取る。それは上から下へと一方的に振り下ろされる力で、人間が持つ思考力を削ぐほどのものだ。それにしても信者になった日本人の無力さ、それはまさに無知からのものと思う。十七世紀のフランス民衆のレベル以下であり、二十世紀後半の日本文化の中に生まれながら、たやすく宗派に引きずり込まれた無知はまさに飼いならされた「羊」レベルだ。

『パンセ・下』の解説に、カソリック系の「教会組織については、聖職者と一般信徒を制度的に区分して、前者を羊飼い、後者を羊飼いに導かれる羊として位置づけること」と書かれてある。この文脈から喩れば、教団に関係した国会議員は、羊飼いが飼っている忠実な牧羊犬ということだ。文鮮明は日本の国会議員らを牧羊犬に仕立てたわけで、元首相がもしこのカルト教団と関係があるなら、牧羊犬の為の国葬など私は断固反対する。

　宗教組織とは、人間が己の人生を歩む中から生じた様々な疑惑を解明するため、あるいは不安を抑えるため考え出し引き継がれた哲学を人々が先人の語り口に耳を傾け、その話を「主体的」に受け入れることからなる集団であったろう。今のところ私は仏陀の「諸法無我」という教えに納得し、「私」などという実体は無くどこまでも関係が収斂したところの意識体であり、空海の言う『即身成仏義』の中の「重重帝網名即身」が「それ」としての私だと感じている。仏陀が言う通り人生が諸行無常である点も当然であると十分納得している。故にパスカルが言うような「人間の惨めさ」などという表現を受け入れることはできない。無常と云うのなら分かるが、惨めとは比較から生まれ出た価値観でしかない。

　今日が処暑、かつウクライナ独立記念日だが、良い天気で暑い。この地で二十四度もある。明日もコロナ発生のため休まざるをえない。何度も職場に連絡し確認しているのだが、コロナ禍は少しも衰えていないようだ。

風鈴の短冊すくむ暑さかな

八月二十四日　記

九月

パスカルと死

『パンセ　上・中・下』三巻のうち上巻一冊と解説、下巻の解説、それに三木清著『パスカルにおける人間の研究』を読んで、私はパスカルから逃げ出した。まずは今騒がれている旧統一教会関係のニュースに日々接していたためか、その世界がパスカルの生きていた時代のキリスト教カソリックの実態に似ていることに驚いた。三木清は「（パンセ）の最初の目的は、人間を困惑に駆り、不安に陥れることであった」と書いている。

パスカルは世界平和統一教会の信徒と同じレベルではなかった。彼がなぜこれほどのキリスト者であったかやっと理解できた。天才であったパスカルが、フランスの知識層の中で、片やストイシズム、もう一方がエピキュリズムの二分化された中に生き、しかも僅か三十九歳で夭折していることを知ったからだ。いつ頃から彼が己の死に直面したか分からないが、あんなに若く優れた知性が死に向かい合わざるをえなかったとは。

私が医療の現場に出たのは二十代からだが、精神科入院病棟でも死をじかにした人を診察したし、悔しくも自殺者に幾度も出逢った。この人たちが自分の「死」をどのように受け止めているか絶えず考えていた。私の父親が末期癌で入院したが、自ら自宅へ帰ることを希望し私を含めた家族全員が看病に当たった。五十三歳の最後まで意識はしっかりしていた。父は癌についてなど一切口にしなかった。

この頃から私の関心のひとつに「死」に対する人間の構えがあった。こうした体験から考えて、「死」に面前にしたときのパスカルの感情と思考に焦点を合わせてみたのだ。彼の生きた時代背景や、数学者で自然科学者でもあった彼の「宗教的不安」は確実なるものを求めてやまなかったと思う。彼の執拗なまでのイエス・キリストへの信仰は、周囲のエピキュリアンたちの生活、それは人間文化一般にみられるパスカルが言う「気晴らし」であって、その気晴らしに明け暮れる同時代人の態度に我慢できなかったのだ。「自己について考えぬ」と彼が書くとき、それが「己の死」から目を逸らしているとしか考えられないという意味だったろう。『パンセ・上』を読み始めた時、彼が哲学を貶めているかの表現に出逢ったが、三木清は「全編を通じて、これを滲透し、これを支配するものは『死』の観念である」と書いている。これまで西洋の哲学がいかにも存在論に傾きすぎているとの印象を持っていたが、禁欲主義と快楽主義のはざまで、パスカルは、その中の人間の存在を「哲学的なる生」と言い、生の自覚こそが哲学であって、「哲学を嘲けること、それが真に哲学することである」とまで言い、キリスト教への信仰を煽ったのだ。煽ったが、それは彼が彼自身を煽りたてていたと、そう考えた。三十九歳での夭折、さぞすがりつきたかったのだろう。確かに無限という暗黒の宇宙の只中に放り出され、上も下もなく平衡感覚も視覚も聴覚も触覚すらなくなった中で、何かにすがりつかねば一瞬たりとその明晰な頭脳の働きを保つことなどできなかったのだ。しかし、パスカル自身が言うとおり、人間存在とは「動き」である。変化という諸行無常ということであり、三十九歳の彼が死との直面を避けえてさえすれば、多分キリストへのあの熱狂的な「愛」は薄らいでいたと思う。あるいは『パンセ』など書かなかったろう。

人類が誕生して以来、言語機能から人類は「死」を知ったと同時に、逃れる術を求めたのだろうが、それが叶わぬと知った時から人類は気晴らしを探しはじめ、同時に哲学をも始めたのだ。哲学なくして宗教は誕生することは無かった。モンテーニュやパスカルはあたかもニュートンの言葉の「巨人の肩の上に乗って」世界を眺めながら、考えたのだろう。パスカルにとってはユダヤ教やイスラーム教が邪宗として、かつキリスト教の傍証としての存在として彼の頭の中にあったのだ。

テレビで死亡保険や、「ピンピンコロリのＰＰＫ」や、葬儀や墓石などのコマーシャルが流れる中で、さらに元首相暗殺、さらに親が赤子を殺し、子が親を殺し、「死」にさほど拘ることもない時代になってきている現代に、パスカルがもし生きていれば、どのような考えを書き残すであろう。

九月一日　記

白風も吹かず黒々雲の底

エリザベス女王の葬儀から

テレビで彼女の葬儀を見た。国葬という儀式を見たのは初めてだが、これほどはっきりキリスト教文化の示された映像を見たことは初めてだった。ところでこの世界でどこの国の者であれいつの時代であれ、全人類に大きな利益をもたらし、そのためだけに自己の人生をささげ尽くしたと云える人物はいるだろうか。文字通りの意味では仏陀であれイエス・キリストであれ該当するだろうか。今度のエリザベス女王の国葬で知ったが、昔、イギリスでニュートンの国葬が行われたらしいが、それでもニュートンは人類にひとつの解釈を示したにすぎない。

戦後三流国家という表現があったが、大英帝国の栄光がまだあった頃で、国家にも等級感覚があって、どこの国もその国なりの面子に必死になっていた。当時はイギリスが一流国家で敗戦国の日本は三流以下だった。その感覚が今もってしっかり残っているらしい。国家の等級を誰も正確に表現できないが私に云わせれば劣等感の等級だろう。じきに我が国でも国葬（儀？）が実施されるだろうが、それは首相が面子に拘っているからで、それでもこうした「文化的」儀式を見た以上、今度実施される国葬はどんな形であれ三流国家以下の実態を暴く。国民の半分以上反対している国葬など矛盾の最たるものだし、今からでも中止し、自民党葬儀にすればと思うが、元自民党幹事長のように、自分が云っている言葉のでたらめすら理解していない者がいる以上無理だろう。彼の発言は「国葬は当たり前だ、やらなかったらバカだ」と実にバカな発言で、葬儀の実施が利口かバカかで決められるという、それ自体がバカな発想にすぎない点に気づいていない。日本という国家が品位に於いても三流以下でしかないことを政治家が明言しているのだ。

エリザベスの国葬がマスコミの云うとおり大英帝国日没の象徴になりうる可能性があるが、とすれば元首相の国葬は自民党自体の葬儀となるだけで済まない可能性がある。テレビを見ているといわゆる識者と云われている人物が国葬を弁護するかの如き意見を述べているが、その誰もが国葬が持つ意味を真剣に考えての意見なのか実に疑問に思う。国家という意味付けも実に曖昧模糊として、意見を云っているつもりで互いにとんでもなく論点がずれている。初めから葬儀の持つ意味範囲と国家という概念が持つ価値基準の次元がばらばらなのだ。これらをひとつにした場合には必ず論理に矛盾が生まれる。具体的に考えれば人間の組織には幾つもの階層的な規模があり、葬儀とは基本的には一族とその一族が所属していた範囲内で行われるものだろう。小さな部族や村落での葬儀なら参加し得る者たちと個人との間に具体的な関わりがあり、面識のない葬儀への出席は全て儀礼的なものだ。その儀礼も時に必要となろうが、その儀礼が持つ意味をそれぞれの組織体のスケールから考えるべきだが、現代国家が考えるべきことではない。首相であろうと国民のひとりに国家を挙げての葬儀を行うなど論外そのものだ。エリザベス女王の国葬が彼の国で許容されたらしいが、反対する者もいたらしい。国王の持つ領土が国土の1・4パーセントも占めていれば、貧困層からの反感は必ずあるし、「王侯将相焉ンゾ種有ランヤ」はホモ・サピエンスである以上当然の思想だ。その上、旧イギリス帝国の国の中には今後共和制国家への移行を考える国もあるらしい。葬儀でみた王冠のダイヤモンドはインドから持ち去られたものらしい。どんな人物も政治に関わった者に無謬性はない。政策の実施に利害が絡む以上、バランスを取らねばできない事柄だし、それ以上の誤謬が必ずある。六十年安保の時、私も国会のそばで岸を倒せと叫んでデモに参加した。その岸元首相が世界平和統一教会教祖、文鮮明と深い関わりを持ち、その文鮮明の指示の下に我が国の信者がつい最近まで巨額の金銭を貢いでいた。そんなことは全く知らなかった。その結果として信者の子供が殺害事件を起こしたのだ。岸元首相の孫の安倍元首相も、最近の選挙まで統一教会を支援していたという報道すらある。その事より前に私は彼に疑惑以上の何物も見ないし、無謬性などはあるはずもない。人間に無謬性などあるはずがないのだから。

九月二十日　記

雨音に代わり虫鳴き嵐去る

出勤せず、今日彼岸

コロナ発生のため八月十九日より欠勤してきた。昨日事務に電話して、今朝はいつもの出勤時間より十五分ほど早く家を出た。老健入り口でナースに出逢い、出勤したことを告げたが、「先生には今度のマスクは酸欠を起こしますよ」と注意され、別室で説明を受け引き返した。未だコロナの全面解除ではなかった。散歩と読書以外はいつものようにテレビニュースでほぼ一日が消化されたが、ニュースは昨日プーチンが予備役の部分的動員令に署名したこと。その言い訳に軍部からの進言を受け入れたとある。国民への言い訳で、プーチンが二正面作戦を取らざるをえないところまで追い詰められているということだ。戦術核使用の可能性まで言外に話していたが、「これはブラフ（脅し・ハッタリ）ではない」と脅したことから決断はしないだろう、と思いたい。怖いのは単純な右翼の軍人や取り巻きもいるだろう。それに古今東西完全に統一された軍隊など存在していない。プーチンにしてみればまさにロシアンルーレットのような事態に陥ってしまった。ブラフとはブラフでは決してないと言わざるをえないからこそブラフなのだ。それすら忘れた彼も生命の危機感は持っているから逃げどころを見失う時が危険だ。

午後相撲を見たが、ロシアを巨漢力士とした相撲を喩とし考えた。前野隆司著の『脳はなぜ「心」を作ったのか』の読書中だが、人間という大脳を持った肉体をコンピューターとの類似から「心」に焦点を当てて書かれた本で、昨年読んだアントニオ・ダマシオの本を思い出した。どちらの本も「ニューラル・ネットワーク」というキーワードで、前野氏はそれを脳内の「小人」と喩ている。例えば力士の足裏からの神経伝達がニューラル・ネットワークの「小人」としてひとつの働きを持つ。そうした世界と肉体との関係をそれぞれの部署で担当している無数の小人たちの働きとその伝達能力から、力士の判断や肉体の反射まで含めた活動の総体としての相撲がとれるのだ。考えれば、国家とか宗教団体などの組織体は肉体という組織体にそっくりだと思う。プーチンとはロシアという巨漢力士の中枢部の最高位にあって、突っ張った腕先の感覚と、同時に報告される足指の神経伝達からの情報を統合する。それが無数にしかも経時的にあるのだ。それらが神経の電位変化の流れである以上時間的ずれは必ずあるし、それらを統合する時間も中枢の小人の数や能力も必要だ。脳内では一個の素子としての神経作用がコンピューターと比べれば一千万倍も遅い時間で計算するらしいが、それでもそれが一千億のニューロンが網の目のように作用反作用し合いつつ働いて、中には「勝たねば」という前頭葉ニューロンの強烈な介入による指示と相まって、瞬時に相手力士の動きや力やその予測をしつつ力を操作して相撲を取っている。そんな巨漢力士としてプーチンは、自国内での混乱や、諸外国の反応も見つつどんな相撲が取れるというのだろう。前頭葉前野からの必勝との指令が強いほどそれぞれの小人は萎縮し、優勝圏内の力士ほど固くなりバランスが崩れやすい。さらにプーチンはウクライナだけと相撲を取っているわけではないのだ。

その後、勅使河原とかいう統一教会の本部長が出て来る記者会見を見た。言語中枢でやり取りする大脳の回転は議員並みだが、それ以前に記者団の質問が全くポイントをついておらず、こう質問すれば相手がこう回答するというイメージトレーニングすらやっていない。教義すら調べていないどころか、宗教組織の何たるかも分かっていない。マスコミもその先端の「小人」が断ずるような始末なのだ。「先祖解怨」などという表現の使用段階で既にカルトと断じて質問すべきだ。実に馬鹿々々しい記者会見の問答だった。

ロシアのウクライナ侵攻というプーチンの戦争と、統一教会というカルト教団の会見と、秋場所での相撲力士の活躍とを見比べながら、その類似性に思いやった。相撲もあと三日もあり誰が優勝するか分からない。楽しみな相撲も楽しめない実にいやな秋場所である。今日は雨。久々の村の収穫祭もほとんどテント内で、雨の中ですぐ帰ってしまった。うすら寒かった。どうにもこうにも気が晴れない。

九月二十三日　記

今日彼岸なるほど秋は肌が知る

内心の自由と宗教

アランも書いていたが、政治家は己の失敗や失態を民衆の忘却に委ねる。その上彼らは民衆の忘却を促す操作も行う。政治に満点がない以上民衆には残る不満が必ずある。政治家は民衆の関心の焦点を絶えず絞らせぬよう操作するか焦点を矮小化する。取って代わりうる不満があればそちらに焦点をずらす。多少の妥協的操作が可能の場合は、その点を大々にアピールする。手っ取り早いのが減税だろう。最も効果的な手段は希望を持たせるようなテーマを持ち出すことより、外国の脅威の不安を煽ることだ。

プーチンは大国の独裁者だからそんな小手先の操作などまだしないが、それでも今の彼は責任の拡散を図っている。我が国の衆議院議長も旧統一教会との関係が取りざたされ議長としての責任を問われているが責任転嫁もできず何も云えず押し黙ったままだ。人はせかされ飽きるのも速いし、政治課題は次々に湧きだし目移りせざるを得ない。こうした結果、国民の前に突き付けられていた「内心の自由」とか「宗教問題」が議論の場から引き下ろされる。野党もマスコミも国民の大半も瓢箪から転がり出たえせ政治家を後ろ手に縄を打てなかった。僅かな数の政治屋が役職を解かれただけだ。まだまだ大物が大勢いるし、元首相の関わりも死人に口なしで蓋をしようとしている。衆院議長を始め疑惑ある与党の要職の議員は国民が忘れた頃に顔を出してくるだろう。

さて、「内心の自由」なる自由など我が国にあるだろうか。自由と云うからには何からの自由なのか問われねばならない。問われるという点からして自由など無い。いずれにせよ「内心の自由」という表現自体がいかにいかがわしい表現であるか問題にしないわけにはいかない。第一にこの表現は人間として認められる以上当然であって、表現の自由以前に問われる必要のないものだからだ。言い換えれば、現実に人間として認められない状況があるために問われる言葉となってしまったのだ。これは尋常の世界ではない。具体的に云えばプーチンの世界であり金正恩の世界だろう。そうした独裁国家特有の表現が我が国で言葉にして出されているという事態、それこそ由々しきことだ。マルティン・ブーバーで云えば「われとそれ」の「それ」だけの世界でしかない。つまり主体が存在しない世界ということだ。「内心の自由」という表現は「主体性」の言い回しにすぎないわけだから、統一教会なる団体も「それ」の中の世界だけでしかない。ナポレオンの世界が斯くあったように、世界であろうと国家であろうとあるいは組織体であろうとトップが構成員全てを「それ」とする以上、そこに「内心の自由」などない。フランスの反カルト法の刑法新設追加項目の「無知並びに脆弱性につけ込んだ不法侵害罪」など、実に情けないことだが児童福祉法同様に必要不可欠と思う。保守政党や政府は手際よく棚卸ししようとするだろうが、見過ごすわけにはいかない。宗教の何たるかを理解していない我が国で、初めて「宗教」それ自体国民的規模で哲学的に問う絶好の機会だと思うのだが。

考えるに我が国は宗教を曖昧模糊なものと見なし、国民も真面目に考えなかったと思う。寛容と云う以前に、無思想なのだ。フランスの国民性と比較しても宗教に無知であり無思想であり、それ故の脆弱性を兼ね備えている。いずれにせよ日本の保守政党は「日本会議」など複数の宗教団体を集票組織にまとめ上げ、世界平和統一教会同様に各宗派の信者を利用しているのだ。思うに、霊とか悪魔とか祖先とか死後の世界とか地獄などを「比喩」でなく語る者は、宗教との関わりを持てぬ者でしかない。「先祖解怨」など口にする教団はカルトである。布施とか献金とか、さらにその金額などそれ以前の問題であり、無知からくる脆弱性に注意しなくてはならない。統一教会が合同結婚式を挙げたということ自体、ブリーダーとして日本人を犬猫同様に扱ったということだ。マスコミを挙げて宗教に関する全国民的な検討を行ってみるべきと思う。「サギに御注意」など貼り紙で事は済まない。

今日も出勤した。良い天気で特別な事態はなかった。出勤する前から多分に緊張していたせいもあるだろうが、何も無かったが精神的にも肉体的にも疲労困憊した。長いこと休んだ結果として、フレイルという事態に気が付いたからだろう。

閑なり硯の海に秋の水

九月三十日　記

十月

七十代の危機

ナポレオンは19世紀、ヒットラーは20世紀、そして21世紀初頭にプーチンが現れた。彼ら独裁者と呼ばれた中でナポレオンは貴族の末裔であったらしいが、三人ともいわゆる王族出ではない。この三人の独裁者は帝王学を学ばずに国の頂点に立ってしまった。彼らがどれ程人間の心理に精通していたとしても、それは彼らが幸運にものし上がってきた狭い範囲内で学んだことでしかない。人はその時代から作り上げられたものにすぎないことを知らず己が己を作り上げたと思い違いをしやすいが、帝王学とはその点が違う。帝王学は王座が与えられたものであることをとことん教える。同時に民衆にも徹底化する。民主主義とは帝王学を生み出さぬため編み出された体制だが、最近の二世、三世議員らはただ親の地盤を引き継ぐだけで百年先の地球まで視野に入れた者などいない。右傾化によるジバン・カンバン・カバンの強化は、日本にも民主主義の衰退の可能性があることまで考えれば、先例に北朝鮮金王朝の例があり、宗教などとの結託には注意すべきだろう。

ところでプーチンはスパイだったからその世界の仕組みはしっかり学び昔ながらの暗殺術す

ら持っている。しかし彼にどれほど優れたブレインがいたとしても、そんなものの知能や情報の入手で全世界を相手にすることなどできるだろうか。例えば将棋の藤井聡太が棋士全員と将棋を指したとして全て勝てるはずはない。人間の頭脳に入力される情報は当然限界があり、しかも時々刻々変化していて入力情報のその一パーセントであったとしても、さらにその中の九十九パーセントすら無視せざるをえないし、その前に己が作り上げた「そんなことは無いし、有ってはならない」との願望（それは知性ではなく情動である）に引き寄せられそこからしか決断することができなくなる。パラノイアの独裁者が出来上がっていく過程だ。加えて今日、十月七日はプーチンの七十歳の誕生日という。私の経験上まだ七十歳は生に執着心があり、それどころか六十から七十歳までの執着心は加齢を意識し余命を気にし出す時期で、生への執着心の最も強い時期と思う。つまり今現在のプーチンが最も危険な年頃だ。若者が容易に自殺を試みる危機的状況と異なって、老人になったプーチンというパラノイアは己の命と全世界とを天秤にかけることすら可能な立場にいる。孔子の七十にして矩を踰えずとはあの頃の哲人の考えであって、現代では八十過ぎでもこの考えは当てはまらない。たぶんアメリカではスーパーコンピューターを駆使して、プーチンの行動予測をしているだろうが、彼が現在健康体であればあるほど危険度は高まるだろう。ナポレオン五十二歳、ヒットラー五十六歳で死んでいるが、今の政治家からすれば若かった。プーチンがロシア第二代大統領になった年齢が四十七歳である。ナポレオンもヒットラーもこの二人ともあの時代では最終兵器など持っておらず、世界全体に対等に立つことなどできない時代だったが、今、プーチンは数千発の核弾頭の発射ボタンを握っている。とにかく経験上、七十歳に入る頃は己自身の肉体の変化に敏感となり、加えて余命まで指を折る年頃なのだ。それまでさして「死」を意識せず済んできたが、七十に入ると還暦の頃とは異なって「死」に向き合わざるをえず、死の相貌がありありと見えてくる年齢と思う。八十台に入ってしまえば、七十歳と違って「死」は多分に受け入れられ、終末ボタンを握った者の危機的年齢は過ぎているだろう。プーチンへの感情移入などしたくもないが、ムッソリーニのような民衆のリンチに遭うことは避けたいと思うだろう。回顧録でも書き残す時間はあるだろうが、イスラエルのモサドに見つかったアドルフ・アイヒマンのように、地球上プーチンが隠れ住むところなどどこにも無い。そんな怖いことを考えるのは止めようとテレビをつけ、ニュースで今年のノーベル物理学賞が量子のもつれに関したものということを知った。「ひも理論」すら理解できていない身で、そのもつれなど想像すらできない。ニュートンが言ったように「巨人の肩に乗って見た」ことでしか受賞は可能にはならない。ましてスパイ上がりの政治家風情が全世界を見渡そうなど、プーチンとはパラノイア以外の何者でもない。

量子とはその縺《もつ》れとは秋の空巨人の肩に乗りてこそ見よ

十月七日　記

鈴木大拙とハイデッガー

鈴木大拙の文庫本『禅と日本文化』と戸谷洋志著のNHKテキスト『100分de名著 存在と時間』を同時に読んでいるが、専ら大拙の本を読み、疲れると気分転換にテキストを読んでいる。ところで『存在と時間』はどこかに翻訳者別の数冊があってかじった記憶があるが実に読みにくい翻訳で一冊は『有と時』という題であった。大拙の本は初めて読むもので、外国人向けの日本文化の武道を禅の視線で紹介している「禅と剣術」のところ。沢庵禅師の『不動智神妙録』の「いつかどこかで心が（止まる）のは、外側の何かによって心が動かされている兆候だ。つまりは迷いの状態であり、それは無明と煩悩の段階にいる凡夫の心であるとされる」とあって、私が引用したい箇所は「凡夫」であり、大拙にはハイデッガーとの対比にもっと的確な著作があるが、たまたま読書のタイミングが悪く、対比としての一方の『100分de名著』の頁には「ダス・マン」とあった。それ故に大拙の「凡夫」を「ダス・マン」と同じ人間の在り方として引き合いに出してみる。私が理解していたダス・マンとはむしろ日常的な人間の在り方だろう。つまりマルティン・ブーバーの「われとそれ」の世界の、ハイデッガーが言う「道具存在」の中に埋没しその中に生きる存在のあり方だ。つまり日本の後期高齢者の男性であるという表現の中の私のあり方がダス・マンだろう。言い換えれば「現存在」（ダー・

ザイン）のひとつの在り方は、「道具存在」である「それ」が己自身まで組み込み「それ」だけで構成される世界である。もう一方の現存在の在り方の典型が、人生上の目標とでもいう本来的自己であって、この在り方は常に（われとなんじ）の世界であって、現実、日常の中で常にそこに立つことは稀だろう。抽象的で極端な表現で喩れば、私が思い浮かべるのは臨済禅師の「赤肉団上一無位の真人」を自覚した者とか、道元が『正法眼蔵』で「万法に証せらるるなり」と云われるような人物である。禅の十牛図で云えば、最後の入鄽垂手（禅の修行を終え街角に懐手してくる状態）に当たろうか。ただし、日常の一般的人間の有り様はその点で非本来的でしかありえない。無論、多くの人がその人生で本来的存在を目指しているはずだ。といっても、「非本来的」との価値自体の表現はハイデッガーによる。私はこの二人の発想が逆転していると思う。ハイデッガーは天上の神からの視点で先に「まず神ありき」の思考であり、大拙は「まず己自身を学ぶ」という下からの視線だ。

ところでテキストの著者は現代人向けに砕いて説明している。この著者が言いたいことは現代人の無責任さだろう。例えば「赤信号皆で渡れば怖くない」に代表される人間の態度であり、小学生辺りから見られる「いじめ」も同じだと思う。このＮＨＫテキストは今年の四月のテレビでのものをまとめた本だが、プーチンや金や習が支配する国の沈黙する民衆、あるいは統一教会に振り回され続けている国会議員らも同じダス・マンということになる。だからこそ私はこの時点での国民的規模で宗教を問うべきと考える。昔に比べ今や、人類の大半がダス・マンに堕落し切ったままなのだ。十九歳年下のハイデッガーを鈴木大拙は読んだであろうか、ハイデッガーも鈴木大拙を読んだろうか。それでもこの東西の哲学者は同じことを異なった考えからスタートして異なった言い回しで言っているわけだ。西欧では上から下への垂直の視線、東洋では水平、あるいは内部への視線。ハイデッガーのこの著作が西欧で大きな反響を得たが、視点を東洋思想のように内側を向けただけのことのような気もする。西洋の神概念と東洋の仏教思想の大きな違いだろう。ついでに云えばダス・マンを翻訳として「世人」としているが私には馴染まない。「阿修羅」とは次元を異にした存在だが、人間の最下層で「阿修羅」に近い立場かもしれない。西洋では神が「人」を引き上げて「人間」とし、仏教的思想は「人」が人との関わりから「人間」となっていく。仏教の十界の「界」が通過しうると思えば、人類も見方によれば餓鬼として生まれ畜生から阿修羅となって人になると解釈する事もできる。

朝のテレビ番組で国会議員たちの「世襲」についての論争を見ているが、政治の世界、どうもダス・マンがほとんどで、私にはこの国の政治状況に何の希望も持てない。

枯草に竜胆のみが光りおり

十月十二日　記

ハイデッガーから考えたこと

戸谷洋志著の『存在と時間』から思い出したことはダス・マンという言葉だった。人間存在とは己自身を振り返り見ることができる唯一の存在者だとあり、それを現存在とし、その現存在たる人間が世界に投げ込まれた状態を世界内存在と呼ぶ。気がつけばヒトはとんでもないところに閉じ込められ、見回せば大勢の大人たちがガヤガヤ云っている中にぽつんといて、まわりに従わざるをえない。そうなれば人はダス・マンとして大人の中に這い上がろうとし、それしか出来ない。

ハイデッガーは価値観の露わな表現でダス・マンを非本来的存在などと決めつけているが、この存在の有り様こそ日常的な自然体としての在り方だ。人がこうしたあり方に陥ることをハイデッガーは「頽落」と表現しているが、仏教的視線は逆だろう。つまり人間存在がその人生で到達しうる境地こそ本来的なものであり、それを目指す態度を私は「実存」と考えていた。我々人間は社会的動物であって、組織立った集団を作り出しその中で生きている。人間はメダカなど群れを作る生き物や、蜂や蟻のように社会集団を構成する昆虫のような性質と、虎や蜘蛛などのように単体で生きる様々な性質を兼ね備えている。ハイデッガーは頽落したあり方をメダカの群れのように考え、ヒトの群れに好奇心や世間話や曖昧さなどを見ているが、これはパスカルが言う「気晴らし」と同じ発想だろう。頽落という表現はむしろ現代人にふさわしい。歴史は繰り返すといわれるが、全く同じパターンで繰り返され、ヒットラーの舌に丸め込まれたドイツ人と、プーチンの舌の上で踊らされているロシア人と、百年以内の出来事なのに寸分も違わぬ有り様に驚嘆する他ない。この日本ですら統一教会と絡んだ政党、党首で首相だった人物に加え議長などがまさに持ちつ持たれつの関係を長年続けてきた。その挙句に教会の被害者の凶弾に倒れ、さらにその国葬まで強行し、関係のある閣僚らが今以て居直っている状態、それを見てみぬふりしかできない国民など、ヒットラーのドイツや今現在のロシア、北朝鮮などの国民と基本的に違わない。云ってみればダス・マンとはあらゆる国家を構成する国民のことだ。この本には頽落した有り様に、好奇心や世間話や曖昧などが挙げてあったが、さらに重要な有り様として「忘却」と「慣れ」がある。ダス・マンの特徴のひとつにあるこの忘却こそ人類が何度も同じ失敗を繰り返す元になっていると思う。逆に国家を操る政治家は、もちろん彼らも同じダス・マンだが、国民に対して先の好奇心・世間話・曖昧さに加え忘却を最大利用する。元首相も現議長も、政調会長や経済再生担当大臣も、彼らの言葉はどれも極めて曖昧模糊として国民の忘却を期待する。いつもそうだった。繰り返し何度も同じであってすっかり慣らされた。そのうえさらにフェイクが加わった。これも新設されたわけではない。大日本帝国大本営の発表とロシアの国防省の発表に少しも違いはない。国民は国民なりにハロウィンだ何だかんだと世間話によって自ら忘却を促す。むかし中国の杞という国の男が国中を逃げ回っていたという話があったが、私も含め現実をとことん疑心の目で眺め、その宙ぶらりんな人の有り様に不安を感じ続けるような存在者はひとりとていなかったと思う。その意味でも人はダス・マンであろう。

中国が打ち上げたロケット長征5号Bの落下が危険視されているが、今は共産党大会でそれどころでない。こうした常在する危機的状況に人類は次第に馴らされていく。「慣れ」もダス・マンの特異的なあり方と思う。宗教など無用の長物か麻薬でしかないのか、はたまた暴力か、その暴力をプーチンも世界平和統一教会の文鮮明も利用していた。かく云う「私」という存在者もハイデッガーが言うような本来的な現存在ではないが、それでもなんとかそこへの工夫は考えているつもりだ。住（ダス・マン）・往（実存）・還（地球人という社会人）というルートをどうやったら確かめうるのか。実存とは弁証法的生き方だろう。ただ私は「実存」を蛹から蝶が生まれ出るようなイメージしか持っていない。それにしてもコロナ禍に私の現場、医療現場が慣れ始めているのではないか。恐ろしい。感染者が増えるほど変異ウイルスもより多く生まれ、その中には毒性が強力なものもいるのだ。

十月十四日　記

コロナとは共存しうるや秋の空

全世界の相貌

昨日のBS放送『報道1930』を見て考えた。二つの映像でプーチンの珍しい相貌の具体的な表情を報道していた。ひとつはトルコの大統領との会談の場面。エルドアン大統領に待たされたプーチンがメモを読んでいる横顔と、もうひとつは集団安全保障条約機構でベラルーシ大統領から侵攻の停止を提案された時だったか、プーチンの硬い表情が長いこと映し出された。野矢茂樹氏の『語りえぬものを語る』という本での彼の「相貌がまったく客観的な事実である」という言葉を思い出した。あれほどのプーチンの表情はこれまで見たことがなかった。彼の窮地に立たされている苦渋に満ちた苦々しい相貌だ。表情である彼の相貌は「愚かさ」を語っている。プーチンもたかだか諜報員上がりの一介の若造にすぎない。だが実に怖いことに、彼はこの二月二十四日、小学生でも分かる失敗をし、「敵を知り己を知れば百戦殆うからず」の名言も知らない。知っていたかもしれぬが、情報が上がっていない可能性もあり、一個人の大脳にはあり余って処理しきれない情報が無限にある。プーチンが世に出た時、世界はその相貌から「冷徹な理論家」を思い描いていたと思うがそれが斯くも惨めなほどの相貌を見せたのだ。相貌、それは変化しその都度実体も意味する。

プーチンが十月十四日、独立国家共同体の会議で、2025年を対ナチス戦勝利記念としての団結の年にしようと提案し、ウクライナ侵攻がこれら独立国家共同体の関係にいささかも影響を与えるものではないと明言した。独立国家共同体とは旧ソ連を構成していたベラルーシを始め八カ国からなる。これらの国の会合がカザフスタンで開かれその席上プーチンが発言した。ナチスドイツの侵略からこれら参加諸国を防衛し、世界中をナチスの蹂躙から救った大祖国を祝い団結を強めようという話だ。七十数年前をひとり夢みる少年のような発言に共同体諸国の大統領はむしろ白けたというより驚いたろう。独立国家共同体自体も西側諸国の存在も全く無視し、あるいは己自身のウクライナ侵攻の非論理性に全く気付かぬような、かつ時代感覚も歴史認識も抜け落ちたかのような彼の発言で、パラノイアは一種の認知障害と同じ範疇の疾患と思うが、経験上私は臨床でこれがパラノイアだというパラノイアを診たことが無い。ヒットラーと全く同じことを自らが実行しているという認識が欠落しているのだ。共同体の各国もプーチンが自国をウクライナ同様に見なす危険を内心は感じている。各国の首脳はプーチンに対し、内心危険性を感じ、これほど破廉恥な男とは思っていなかったとあきれるだけだろう。映し出されたプーチンのあの「相貌」は今現在の彼の実体と同時に、私を含めた「全世界の現実の危機の相貌」なのだ。

考えるに、八十億人の中のたった一人の人物に、世界中が斯くも脅され続けているこの現実をどう理解したらよいのだろう。この年齢の私ですら「あとは野となれ山となれ」でよい訳がない。先に私の寿命と人類の寿命が同時の可能性があるといったような日誌を書いた記憶があるが、そうでないことを願うばかりだ。プーチンを許すわけにはいかないが、この延々と続く憤懣をいかに和らげるか、仏典にもある通り、憎しみを以て憎しみを解決することはできない。それどころか憎しみを強めるだけだ。この感情の処理と、現実への関わりを真剣に考えねばならない。それでもここに至って世界の現実を正面から目に据えて見ることができ始めた。人生須く何事も解釈という夢見にすぎないが、それでもなお私はこの世界に関わっている。「私」はこの現実に生きているのだ。生きている以上考える。いかにすべきか。

再び職場でコロナが発生した。休まざるを得ない。それにしても皆が一生懸命仕事をしているのに私が欠勤することは実に後ろめたい。もう一度言い訳させてもらえれば、マスクが苦しくてたまらないし、それぞれ持病ある高齢者夫婦で感染への恐怖もある。入所されるご老人はその時点で発熱もなく検査上問題ないが、入所直前にコロナ感染しているとしか考えられない。それでも感染した方もその後の感染の経過は良好でスタッフ全員に感謝するしかない。

外《と》に出れずする事もなし秋の暮れ

十月十六日　記

狐との縁

今日は鶴居村の文化祭で数年ぶりだ。皆でそれぞれの俳句の短冊を役場のホールの展示版に掛けた。ひとり四句ずつで掲示板がいっぱいになってしまった。俳句もそうだが未だ書が思うように書けない。このところ色紙や短冊には細筆しか使っていない。昔の方がもうすこしましな字が書けていたと思う、書とは実に面白い芸術だと思う。真っ白な和紙に筆で墨のさまざまな色合いの黒い文字を書く。最近では私にとって絵画より面白いと思えるようになった。絵画は静物画とか風景画とか人物画とか抽象画もあるが、どれも対象は自由である。書は形が公に決められた文字である。漢字が思うままに書けたらどれほど楽しいことかと思う。この歳でのかなわぬ夢、妄念と呼んでもよいが、筆を自在に使えるようになりたい。展覧会などで書を見ることも楽しい。形が決まっている漢字だが書家によって実に個性がある。良い書とは「味」がある。姿かたちのよさとか、かっこよいというだけでは駄目で、全てはクオリアとしての「味」の有無だ。読めない書は困るが、書道に近い芸術といえばあるいは音楽かもしれない。視覚と聴覚という違いが大きすぎるが、楽譜という既に出来上がった曲をそれぞれの演奏家がその人なりの個性をもって演奏する。だから私にはひらがなだけの書より漢字ばかりの書が好きだ。あまりにデフォルメされた書は絵画と異なり意味が伝わらない。書とはシニフィアンとしての機能が残されていなくてはならない。特に漢詩を書で見ることが好きだ。中国や我が国にも自ら詩を詠み、それに絵を描き自画自賛した書の総合芸術があったが、私も四十八歳でこの地に来てからは五言絶句や五言律詩を詠み、和紙に書き額に入れ部屋に掛けてある。床の間に掛けた自画自賛の掛け軸は四十歳過ぎ、東京の病院勤務時代のものだ。狐の振り向いた姿をモデルを見て墨絵で描き、詠んだ五言絶句を書き添えたもので、今も床の間に掛けてある。これを描き、書いた時は兄が既に病院を開院した前後頃だったと思う。なぜ「狐」なのかと云えば、当時勤めていた市民病院で、私は先輩精神科医師二人の下で勤務し、病院長も先輩らと親しい内科医で皆飲み仲間だった。当時、精神科病棟は別棟で鉄格子がはまった保護室もあったところから新棟四階の内科病棟隣に移転しており、全くの開放病棟だった。よく先輩と院長とそれに若手のケースワーカーや心理士と帰りに飲みに行っていたが、そんな親しい間柄であったせいか、ケースワーカーや心理士が、院内放送を揶揄していたところから思い付いた漢詩で、まさか将来北狐の塒近くで生活するなど考えてもいなかった頃だ。院内放送とは「院長先生、院長先生、事務所までご連絡ください」とか「院長先生、院長先生内科病棟までご連絡願います」などを「院長先生、院長先生、表で狐が待ってます」とからかっていた。今夜も皆で飲みに行きますよとの意味で、彼ら彼女らの揶揄から作り出されたこの掛け軸を、この地へ赴任した当初、私は自分の運命の象徴とすら感じてしまった思い出がある。住み込んだ医師住宅周辺はいくらでも狐が住んでいた場所だった。その狐も呑みに行こうなど誘わなかったし、第一飲み屋などどこにもなく心のゆとりなどなかった。それでも漢詩と墨絵を書き終えた時は満足したものだ。赴任して数年後北京大学の女医さんにも見せてもらった。その漢詩とは、市民病院時代の記念だが、私と狐との因縁とも思えてしまう。

「春月吐銀花　君復呑金杯　流連既朦朧　狐一匹待表」で「春月銀花ヲ吐キ　君復金杯ヲ呑ム　流連トシテ既ニ朦朧　狐一匹表ニテ待ツ」（おぼろな月が花を照らせば、君は一杯また一杯、腰を据えれば既に朦朧、表で狐が待ってます）と読ませた。平仄についても女医さんは間違っているとは言わなかったし、対句は「銀花」と「金杯」と「吐」と「呑」で、韻は「杯」と「待」だ。実にあの頃私は先輩等とよく飲んでいたものだ。その場が臨床以外の最大の学びの場だった。良き先輩等に出逢ったものと今でも感謝している。ただ、当時の飲酒と喫煙で北海道へ来てからは心労も祟ったか歯槽膿漏でこんな漢詩を詠んだ。

「歯揺噛桜花　髪白惜春宵　人生多細事　緑酒猶晶晶」読みは「歯揺ライデ桜花ヲ噛ミ　髪白クシテ春宵ヲ惜シム　人生細事多シトイエド　緑酒猶晶晶晶タリ」。飲める酒が飲めない負け惜しみの詩を飲んでいた。

我が人生、知らぬ間に「狐」にだまされていると思うことも解釈は自由だ。今は酒は稀で赤ワインを少々。

十月三十日　記

トコトコと秋の狐の帰る先

二〇二三年

一月

『21 Lessons』

今日夕刻やっと去年の大晦日に買ったユヴァル・ノア・ハラリ著・柴田裕之訳の『21 Lessons』を読み終えた。今の私の考えに似る所が沢山出てきそうな印象を持ったためで、至る所に傍線を引き、書き込みを入れておき、全編を読んでからの解釈を書くこととする。ある文庫本にハラリのこの本が紹介されていて、本屋に出向き手にとって頁を読み二十一の項目名に惹かれ購入した。じっくり読み面白かった。私なりにこの本を解釈すれば「反一神教信者による無知の自覚のためのレッスン」とでもまとめられると思う。イスラエルという国の価値観の下で、僅か四十六歳という若者が、二十四歳からヴィパッサナー講習に参加してその結果の集大成がこの「本」になったというが、今の現状を見るに若さ故にいささか甘すぎると思う。

はじめに「ファシズムと共産主義が崩壊した後、今度は自由主義が窮地に陥っている」から始まり、「幻滅」の項で、トランプは「アメリカを再び偉大にする」と約束し、プーチンもまた「ロシアのナショナリズムと東方正教会への忠誠心で支えられた独裁政権が（中略）ロシアの栄光へ回帰する」と約束したことから、さらに加えてＡＩの支配を許すが如き21世紀の現状に幻滅を見ている。「自由」の項を私なりに解釈し要約すれば、神からの自由と、その神の代替物としてのＡＩテクノロジーに支配されることについて語っている。また彼は「集団的な差別に加えて、しだいに深刻化する個人的な差別の問題にも直面する恐れがある」と書いているが、もはやそれが現実であり、さらに「人間は家畜に似ている。私たちは品種改良によって、膨大な量の乳を出す従順な牝牛を誕生させたが、そうした牛は、乳量以外の点では野生の祖先にはるかに劣る」と、ＡＩ支配下の人類を喩ているが、現実の人類は精神面では実に家畜化されたと思う。「文明」の項でオリンピックを取り上げ「人々は自国の選手が金メダルを獲得して国旗が掲揚されるとき、国民としておおいに誇りを感じるものの、人類がこのような催しを計画できることにこそ、はるかに大きな誇りを感じるべきなのだ」と妙なことを述べている。次の「ナショナリズム」の項は大きく期待したが、「気候変動に懐疑的な態度を取るのが、右翼のナショナリストであることが多いのは偶然ではない」と、人新世の深刻な事態にこうしたナショナリズムがいかに大きな弊害になっているかの説明が実に不十分だ。後の項でファシズムに関した箇所も書いているが、私はファシズムや独裁者の出現はナショナリズムの癌化した姿でしかないと考えている。「宗教」の項では、この本の全てにわたって通底しているテーマで、彼はアメリカ社会のカソリック系とプロテスタント系の思考の違いを車の選択で皮肉っているが、私には進化論まで信じないトランプ信仰者がいるというキリスト教の現代の教えに反感を覚える。「アイデンティティの問題 ── 境界線」のところで「ロシア人とポーランド人という人間の区別は、依然として宗教的な神話に基づいている」と、宗教がいかにナショナリズムに親和性を持ち、「ナショナリズムの手先」と項目も書いているのだが不十分だ。私は現代宗教をナショナリズムを束ねる「しめ縄」と考える。その後で彼は「ナショナリズムと宗教が依然として、人間の文明を異なる、そして敵対することの多い陣営に分割している」と書いていたが、現実を見れば誰にでも分かることだ。この項で日本についても彼はよく調べていて「この（国家神道）を、日本のエリート層がヨーロッパの帝国主義から学んだ」とある。後のところでもこの「神道」を第二次世界大戦で煽った人物名三名まで出てくる。「戦争」は副題に「人間の愚かさを決して過小評価してはならない」と表現しているが、著者はまだ若く、私から見ればこの表現もあまりに楽観的すぎる。それに権威主義的ナショナリズムという表現があったが、権威に裏付けされないナショナリズムなど考えられない。権威が持つ旗こそがナショナリズムだ。ナショナリズムは独裁者の軍旗なのだ。本の解釈は半分までで中断する。

温泉に入って来た。露天風呂の軒下に蜘蛛が張った巣に霜の花が咲いていた。正月に入った時の俳句。

湯面まで身を浮かばせて冬日浴ぶ

一月三十一日　記

二月

ハラリのレッスンの続き

全編を通して宗教や人格神がチラチラする本で、「神」の項の副題が「神の名をみだりに唱えてはならない」も期待して読んだが、これもハラリがユダヤ教の国の生まれで、周辺国のイスラーム教や教育を受けたキリスト教などの一神教下で人格を構成されてきたからだろう。人はその時代の文化の下で形作られていくから当然だが、この中の文章で彼は「なぜこの世には何もないのではなく、何かが存在するのか？ 何が物理の基本法則を定めたのか？ 意識とは何か？ そして、どこから現れるのか？ 私たちはこうした疑問の答えを知らない。そして、自分の無知に、〈神〉というたいそうな名前をつける」と、さらにさまざまな経典が「想像力に富んだホモ・サピエンスによって書かれた。それらは、社会規範や政治構造を正当化するために、私たちの祖先によって創作された物語にすぎない」ともある。私は一神教の文化の知らぬ国に生まれ育ったが全く同感できる。「神」の項の続きに「世俗主義——自らの陰の面を認めよ」が出てくるが、一神教徒であれ人はみな哺乳動物の一種でしかなく、人の群れの中でしか実際は何もできない動物である点を忘れるなということを、一神教の各教徒に自覚させせようとしているのだろう。要約が難しいが、イスラエルという特殊な宗教の歴史を背負った民族に生まれ出たが故の彼の考えだ。仏教は「中道」、儒教では「中庸」という物語に偏るな、現実も見よということだろう。世俗主義の「平等」という価値観も「世俗主義者は根本的に、先にありきの階層性は全て疑いの目で見る」と書いているがこれは古代中国の陳勝・呉広の乱のアジテーション「王侯将相焉ンゾ種有ランヤ」に見るように古代からある。本で「マルクスは世俗主義の権威だったが、スターリンは断じて違った。彼はスターリン主義という、神の存在は認めないもののきわめて教条主義的な宗教の預言者だった」と記しているが、預言通りその後プーチンが現れた。人間の陰の面とはこの世俗主義では如何ともし難い。ヒトが動物以上の「欲望」を言葉から作り出した以上、そのコントロールは愛とか信とか道徳などといった古代からのルールは通用しなくなっている。次の項「無知」を私なりに要約してしまえば、たった一人のしかも僅か七十年から八十年ほどしかまともに活動しない大脳のニューラル・ネットワークの作用で、人間に見える世界像など星空の六等星の点ほどの光にすぎない。とすれば誰であろうとどこの国で生まれようと、ヒトは（ひとりひとりみな違う）などと思いあがったことなど云えない。ハラリが本の「無知」の項の最後で言う通り「私たち一人ひとりが自らの無知を認めることだ」と言った点は仏教の原点でもあり、ここからでしか（ヒトはひとりひとりみな違う）と云うことはできない。独裁者や同調する宗教家に云ってやりたい。私は宗教の「人格神」や「神の物語」などというドグマに身を預けることなどしない。どうもハラリはホモ・サピエンスという表現は使うがホモ・ロクエンスという言葉は使わないようで、言語学的な視点が希薄な印象を受ける。「ポスト・トゥルース」の項でも私が考えるに、ホモ・サピエンスがホモ・ロクエンスの名も得た時から始まっているという点の強調が乏しい。せいぜい「ホモ・サピエンスはポスト・トゥルースの種であり」としか表現していない。サピエンスを「知恵」、ロクエンスを「言葉」とすれば、「欲望」は知恵でなく言葉から生まれ出たと考える。彼は自国の国会を例に挙げて「一九六九年、イスラエルのゴルダ・メイア首相は、パレスティナ人などというものは今も昔も存在したためしがないという、有名な言葉を残した」と書き、イスラエルの政治における信仰を取り上げている。私はユダヤ教の聖典など全く知らないが、ハラリは「それにもかかわらず、何十億もの人がこうした物語を何千年にもわたって信じてきた。フェイクニュースのなかには、いつまでも消えないものもあるのだ。私が宗教をフェイクニュースと同一視したために腹を立てる人も多いかもしれないことは承知しているが、それがまさに肝心の点だ」と書かねばならなかった。

日誌を一旦中断し、気晴らしに車で牧草地を走った。雪一面の牧草地に足跡が残っていた。アニマル・トレッキングができるこの地の冬は実に面白い。狐、兎、鹿、鶴、烏、栗鼠、鼠と実に様々だ。各国の言語のようだ。

狸やエゾクロテンもいるはずだ。これは多分キタキツネだろう。

雪原に一直線に北狐足跡残す逡巡もせで

二月一日　記

読後感をハラリへ

先にハラリが自分の文章で「宗教をフェイクニュースと同一視したため腹を立てる人」に「それがまさに肝心の点だ」と書きつつ、「私が宗教の有効性や潜在的な善意を否定しないことに注目してほしい」と書き加えねばならなかった点こそ、私は注目したい。

一九九一年、筑波大学助教授五十嵐一氏が『悪魔の詩』訳者として刺殺された事件があった。イスラーム教の経典を揶揄した本の日本語の訳者が殺害された事件だ。三十二年ほど経った今でも、その危険がある。今日のニュースで知ったが、大衆の前でスウェーデンの極右の人物がコーランの本を焼くという事件があり、それに反応したトルコのエルドアン大統領がスウェーデンのNATOへの加盟に反対するという。その右翼の人物には暗殺される危険もある。ロシア以外どこの国の人物も暗殺者に成りうる。否、どこの国の人物も上からの指示か金銭かあるいは本人の狂信から暗殺者に成りうる。

「ポスト・トゥルース」の項で「どれほど見事なプロパガンダのテクニックをもってしても、ある根本原則を絶えず念頭に置いておかないかぎり成功は覚束ない。すなわち、要点を絞り込み、それをひたすら繰り返すのだ」とヒットラーの『わが闘争』の言葉を引用しているが、聖書もコーランも仏教すらヒットラーの『わが闘争』以上の長きにわたってひたすら繰り返されてきたのだ。唯一異なった点はどの経典も要点を絞り込めなかった。プロパガンダと宗教の聖典の大きな違いだ。「教育」の項で「アルゴリズムよりも先回りし（中略）彼らよりも前に自分自身を知っておかなければならない」と答えとしての結論を書いている。「意味」という項で「人生は物語ではない」と言っているが当然であろう。

さらに彼は「すべてのナショナリストがファッシストであるわけはない」と危険な書き方をしている。「ファシズム」の言葉の由来が「棒の束」というところから来ているらしいが、ナショナリズムはファシズムと「束」という点で変わらず、その違いは、棒の束を締め上げる縄の締め方の違いでしかない。その力を強めるものが暴力だ。暴力の種類はさまざまあるが、それは歴史的に変化し、ホモ・サピエンスが同時にホモ・ロクエンスであるように、まずは「はじめに言葉ありき」の「言葉」であり、その集合体である「聖典」であり、その基に集まる「教団」であり、政権や独裁という権威であり、歴史と共に「言葉」の機能を一部肩代わりした「金銭」と「選挙」が登場し、今や「核」を持つ絶対権力だ。その暴力の歴史的推移の裏には、ホモ・サピエンスの「知恵」でなくホモ・ロクエンスの「言葉」が全て貼り付けられてきたのだ。現にこの二十一世紀に入る前から、人類が発明し開発した「言語機能」を今やＡＩが引き受け始めている。人類の歴史的進化は斯く矛盾したもので、行き止まりのない「欲望」に動かされた「言葉」が「知恵」に先行して人類を支配してきたと云える。ハラリが歴史学者ならなぜこれまで斯くも多くの言葉を使いながらその点を素通りしてきたか分からない。彼の世界に広く目を向けた知識には驚くし、日本人の宗教観にも触れる部分があったし、東洋の宗教にも言及しているが、その解釈は不十分で、せめて仏陀の三法印の「諸行無常」や「諸法無我」や、そこからの中国仏教、老荘思想などにも焦点を当ててほしかった。せっかく彼が二十四歳からヴィパッサナーを実践したのなら、ひとつの大きな答えが見つけられたであろうに。願うことはハラリが今の私と同年齢になってどんな世界を見ることができるか、是非見てほしい。それまではこの星の上のホモ・ロクエンスがホモ・サピエンスにまとまって、言葉が情のある知恵の支配下にあることを願う。

もはや「愛」や「信」にすがりつけない以上、人類がこの星の殺人者にならぬためには人類共通の危機に気付くことだ。地球がいかに小さく脆弱であり人類の欲望を満たせない星である事に。加えて生成ＡＩの脳内侵攻を阻止することだ。それ以外に生き延びる術はない。

言葉を自分のものにし、各自が己を知り足るを知ることでこそ二十一世紀をヒトは生き抜けるだろう。

言葉が阿頼耶識という、世界と通底している無意識の中の情動の吃水線上に生まれ漂っているなら、

言の葉は人の情けといふ水を地から汲みあげ色付けたもの

二月三日　記

おわりに

七十歳後半からパソコン相手にＡ４一枚、週に一日か三日ほど、日誌を書いていた。初めは東京の孫二人へ、北海道に来て出逢った事柄や読んできた本などの印象や、過去の思い出や、あれやこれや一日分の日誌として一枚にまとめて書き、私の人生観や世界観や人格像を遺言として残しておこうと思い、ＵＳＢに入れたものを東京へ送っておいた。一年たって誰も読んでいなかった。見直したら面度くさい文章、そこで日誌の大半を没にし、説教じみたものは綺麗に取り除き、本にして無理やり読ませてみようと思った。それが途中から政治や社会一般やプーチンの狂気から異常気象など、世界への怒りと不安の混在した愚痴が入り込んだが、それも祖父としての私の人格の一面だろう。私の若い頃はイデオロギー、つまり資本主義対社会主義の世界だったが、グローバル化を経てナショナリズムの細分化へと移り、今の世界は紀元前の古代中国などのような印象を持つ。彼有って我有るという現実の関係を忘れ、多様性の価値も無視し、欲望の一極集中化とでも云える世界となった。さらに欲望は荘子が言った「機心」が「人心」まで支配し始めてしまった。マクロ的に見ればこの星が極端に縮小化し、ホモ・ロクエンスというウイルスに感染して地球温暖化の限界点近くにまで悪化してしまい、ミクロ的に見ればコロナウイルスのパンデミック、加えてソビエト連邦だった肉親同士の殺し合いの時代に逆戻りし、世界の大半がフェイクだらけとなり、ＡＩが軍隊まで操作し始め、人間というウイルスも軍隊アリ同様の有り様。

私は若い頃から観念論の視点が優位だ。生命とはあらゆる関係が奇跡的に収斂した上に生まれ、人間が持つ「心」という現象は、出来上がった人体のほんの僅かな部分の神経細胞の活動の表現でしかなく、その心も世界との関係それ自体の表現でしかない。斯く有る世界も斯く有る私も真の実体でなく関係の中に浮かび上がったもの。精神科医の私は「病識が無い」ことをもって精神科治療の究極的対象と考えてきたが、その代表的精神障害であるパラノイアの典型を私は臨床の場で診たことがない。見たのはこうした独裁的政治家やえせ宗教家だけだ。自己を振りかえり見ようとしないことを私は普遍化し「病識が無い」と云うが、こうした政治や宗教的世界のことだ。恐ろしいことはロシア国民ばかりでなく個人崇拝に走り寄るさまざまな国の民衆や、世界平和統一教会の信者のように、「病識が無い」状態に人が作り変えられてしまうことだ。コロナだけでなく、人は「人」から「人間の家畜化という病」に感染するが、「人」とは歴史であり、社会一般である。そればかりか近頃は「機心」（ＡＩ）からも感染する。コロナは主に空気を、「人間の家畜化という病」は主に言葉を介して感染する。間を取り持つ空気や言葉で人は人間として生かされているという矛盾。「我と汝」の間に言葉が生まれる以上、ＡＩの「言葉」は情がなく記号でしかない。ＡＩがどれほど進化しようと情が植え付けられる以前の記号を持つこと、情に裏打ちされていない記号は決して言葉とはならない。

「情のある言葉といふは心なり有情すべては言葉もつもの」
唐の時代、絶えず「主人公」と自らを繰り返し呼んでいた瑞巌師彦禅師を思い出しても、あの呪文は現代風に云えば精神機能の免疫強化策なのだ。主人公としての思考からしか哲学は生まれない。得体の知れぬ指導者とか教祖とか、天からの声など、己の哲学から生まれ出なかった思想は全て麻薬であり、個人の人生哲学と共鳴できなければ、宗教は毒薬でしかない。思想も宗教も組織化されたものは何重にも勝手に解釈されてしまっているから十分自分なりに解釈し直しておくべきだ。思想や宗教の基本は個人の哲学から生まれ出たもの、それを磁場の如く操作し人を動かす強力な力に悪用するものを許してはならない。

中学一年生の頃、当時はやった「幸福の手紙」からヒントを得て「平和の手紙」として十枚ほどの葉書に「原水爆禁止」とキノコ雲の絵をかき、賛同された方は貴方の「平和の手紙」を出してください、と投函したことを思い出した。その延長線上がこの日誌である。

解釈などと分かったかのような日誌を書き連ねてきたが、人生と世界が渾融したものであるとすれば、分かる（分けられる）はずなどなく、やはりウィトゲンシュタインの「世界が斯く有る事が不思議なのではなく、世界が有る事が不思議なのだ」のとおりだと思う。

八十路までの若き人への願い事残してほしきこの美しき星

二〇二三年春　記

春夢子（しゅんぼうし）
本名宮田洋三。
昭和15年４月９日、東京生まれ。昭和41年東京慈恵会医科大学卒業。精神科医師。昭和63年より北海道鶴居村のつるい養生邑病院理事長。現在、非常勤医師として現資生会つるい養生邑病院併設の老人保健施設えんれい荘勤務。

80歳からの哲学
この齢になって見えてきたこと・言葉に騙され支配されないこと

2023年９月７日　初版第１刷発行

著　　者　春　夢　子
発 行 者　中 田 典 昭
発 行 所　東京図書出版
発行発売　株式会社 リフレ出版
〒112-0001　東京都文京区白山 5-4-1-2F
電話 (03)6772-7906　FAX 0120-41-8080
印　　刷　株式会社 ブレイン

ISBN978-4-86641-649-6 C0095
Printed in Japan 2023